ALIEN-ERZFEIND

Gefährtinnen der Sandmeer-Warlords
Buch 2
Ursa Dax

RECHTLICHER HINWEIS

Alien-Erzfeind © 2021 Veronica Doran

ursadaxwriter@gmail.com

Übersetzung: Maike Wiegand

Lektorat: Debora Exner

Korrektorat: Tanja Eggerth

ISBN: 978-1-7388449-5-1

Peace Weaver Press Inc.

5-190 Minet's Point Drive, Suite 140, Barrie, ON, Canada, L4N 8J8

DANKSAGUNG

WIE IMMER MÖCHTE ICH mich bei meinem geliebten Lebensgefährten RSH für deine unermüdliche Unterstützung bedanken. Und bei meiner Mutter SMD, die alle meine Bücher nicht nur Korrektur liest, sondern auch liebt. Danke für alles, was du für mich tust. Und vielen Dank an euch, meine Leserinnen und Leser und neuen Freunde. Danke, dass ihr mich auf dieser merkwürdigen, heißen, unglaublichen Reise begleitet.

TRIGGERWARNUNG

DIESES BUCH ENTHÄLT Darstellungen von Gewalt und gefährlichen Situationen. Im kleineren Rahmen werden auch der Tod eines Elternteils und Krebs erwähnt, dazu psychische Erkrankungen auf Seiten der Eltern sowie der Mord an einem Elternteil.

KAPITEL EINS
Chapman

SO HABE ICH MIR DAS nicht vorgestellt.

Ich war nicht Soldatin geworden, um vom Angesicht der Erde geschossen zu werden. Sicher, als ich zur Army gegangen bin, wollte ich schützen und dienen. Aber ich war davon ausgegangen, dass ich das auf meinem eigenen verdammten Planeten tun würde. Ich hätte nie gedacht, dass ich hier landen würde. An einem Ort, an dem meine Kameraden gerade von Alien-Monsterkrabben auseinandergerissen wurden und weinende Zivilistinnen hinter mir kauerten, die auf eine Art Erlöserin warteten.

Auf eine Heldin.

Nur war ich keine. Mein Vater, der vor mir in der Army gedient hatte, war einer gewesen und man sah ja, was es ihm eingebracht hatte.

Ich konnte hören, wie die Alien-Monster sich hinter uns lautstark durch das Schiff vorarbeiteten, durch jenes Raumschiff, das uns zu diesem lebensfeindlichen Wüstenplaneten gebracht hatte. P14256ABX. Jenem Planeten mit der mysteriösen chemischen Verbindung, über deren Abbau und

Untersuchung wir mit den dort heimischen Aliens verhandeln sollten.

Tja, zumindest ein Teil besagter Aliens riss gerade unser Schiff, die *SS Trailblazer*, und meine Kameraden sowie die Piloten in verdammte Fetzen. Die Mission war fehlgeschlagen, bevor sie auch nur begonnen hatte. Vom Kreischen der Aliens und dem Knirschen des Metalls hinter uns bekam ich Gänsehaut.

Es war uns gelungen, den Frachtraum der *SS Trailblazer* zu erreichen. Er lag weit von der Brücke entfernt, die die Krabbenmonster überfallen hatten, kaum dass wir gelandet waren. Mit meiner Waffe, einer erbärmlichen Pistole irdischer Bauart, konnte ich einen Scheiß gegen die Angreifer ausrichten, die unser Schiff verwüsteten. Dennoch hielt ich sie im Anschlag.

Ich sprintete die Längsseite des Frachtraums entlang, vorbei an langen Regalreihen und Kisten, und zu dem Keypad, mit dem man die Türen öffnen konnte. Wir waren gefangen. Wir konnten nirgendwohin fliehen. Nur in die unendliche Weite einer unbekannten Wüstenlandschaft.

In die Wüste zu flüchten, ohne zu wissen, was uns dort erwartete, war nicht ideal. Aber es war ganz sicher um einiges besser als hierzubleiben und wie meine befehlshabenden Offiziere und die Piloten aufgefressen zu werden.

Hektisch tippte ich auf die Tasten ein. Ich war das letzte verbliebene Mitglied der Mannschaft. Die Einzige, die über das Schiff und die Sicherheitsprotokolle Bescheid wusste. Ich gab den letzten Befehl ein und drückte meine Schlüsselkarte gegen das Feld. Die Frauen, die wir von unserem

Heimatplaneten Erde verschleppt hatten, versammelten sich zitternd hinter mir.

Auch dafür war ich nicht Soldatin geworden. Um Zivilistinnen zu entführen und in den Dienst dieser Mission zu zwingen. Doch als mir bewusst geworden war, was vor sich ging, war es bereits zu spät gewesen.

Ein Klicken, gefolgt von einem grausigen metallischen Ächzen, erklang und übertönte die Laute der sich nähernden Krabbenmonster. Die gesamte Rückwand des Frachtraums hob sich und schwang nach innen, fast wie eine Garagentür auf der Erde. Sonnenlicht strömte zu uns herein und eine überwältigende Mischung aus Erleichterung und Angst erfasste mich. Erleichterung, weil wir nicht länger gefangen waren. Und Angst vor dem, was draußen lauern mochte.

Aber ich hatte keine Zeit, mir darüber Gedanken zu machen.

Zeit zu fliehen.

Als ich losrannte, hörte ich eine der Frauen verängstigt hinter mir herrufen: „Moment. Wie sieht der Plan aus? Wollen wir da etwa raus?"

Ich wirbelte zu Celia, der grünäugigen Linguistin herum, die die Frage gestellt hatte.

Plan? Wer auf diesem schrecklichen Alien-Planeten hatte behauptet, ich hätte einen Plan?

Ich hatte nichts von all dem gewollt. Die Verantwortung, mich um diese Frauen zu kümmern. Sie schauten mich an, als würde ich ihnen jeden Moment irgendeinen heldenhaften Ausweg präsentieren. Wie ein Zauberer, der ein niedliches weißes Kaninchen aus dem Hut zieht. Sie sahen mich an, als bräuchten sie mich.

Und das konnte ich nicht ertragen, verdammt noch mal.

Bitter schrie ich zurück: „Ihr wollt hierbleiben? Tut euch keinen Zwang an. Aber diese Viecher haben unsere verstärkten Schilde durchbrochen. Schilde, die für interstellare Reisen ausgelegt sind. Es gibt auf dem ganzen Schiff kein Versteck, in dem sie euch nicht aufspüren werden. Ich werde mich jedenfalls nicht verkriechen und auf den Tod warten. Da versuch ich mein Glück lieber draußen."

Die zwanzig jungen Frauen schauten mich sprachlos und bestürzt an. Einige weinten, andere wirkten wie erstarrt. Ich konnte es ihnen kaum vorwerfen. Ich schaffte es selbst kaum, mich zusammenzureißen. Aber dass sie mir die Verantwortung für sich aufbürden wollten, führte mich an meine Grenzen.

Von jetzt an kämpft jede Frau für sich allein.

„Kommt mit oder lasst es bleiben. Eure Entscheidung."

Ihre betroffenen Mienen ignorierend drehte ich mich um und rannte auf die offene Seite des Frachtraums zu. Ich umklammerte meine Waffe, als könnte sie mich retten, auch wenn ich selbst erlebt hatte, wie wenig Wirkung sie auf die Angreifer hatte.

Aber darüber konnte ich jetzt nicht nachdenken. Ich wiederholte meinen vorherigen Gedanken und ließ ihn wie eine Glocke wieder und wieder in meinem Kopf erklingen. *Zeit zu fliehen. Zeit zu fliehen.* Einen Fuß vor den anderen. Jede verstreichende Sekunde war eine weitere Sekunde, die ich am Leben war. Und Sekunde um Sekunde würde ich es schaffen. Ich würde mir etwas einfallen lassen.

Anders als die anderen Frauen an Bord war ich ein Teil der bewaffneten Truppe gewesen und körperlich auf den

Einsatz auf diesem Planeten vorbereitet worden. Seine Atmosphäre war atembar, enthielt jedoch etwas weniger Sauerstoff, als die meisten Menschen gewöhnt waren, ähnlich wie in den höher gelegenen Gebieten der Erde. In den Monaten vor dieser Mission hatte ich auf dem Laufband Kilometer um Kilometer bei reduzierter Sauerstoffzufuhr zurückgelegt, immer davon ausgehend, dass ich mich für einen Auftrag in Afghanistan vorbereitete.

Daher konnte ich rennen, als ich auf dem kupferfarbenen, sonnenbeschienenen Sand landete. So schnell wie möglich hetzte ich über den unebenen Boden, ohne dass mir schwindelig wurde oder meine Kräfte nachließen.

Aber ich kam nicht weit, bevor ich langsamer wurde und zurücksah. Ich konnte nicht anders. In mir wurde ein erbitterter Kampf ausgefochten. Ein Teil von mir wollte zurücklaufen und jede einzelne Zivilistin retten. Der andere wollte einfach nur weg.

Der erste Impuls gewann allmählich die Oberhand. Der Teil in mir, der eine Möchtegernheldin war. Meine dümmere Hälfte. Jene Hälfte, die nach meinem Vater kam. Nach dem Teil in ihm, der ihn das Leben gekostet hatte.

Ja, vielleicht war ich dumm. Aber es lag mir im Blut. Ich konnte es nicht leugnen. Mir saß der tiefe Instinkt, andere zu beschützen, in den Knochen, sodass sie auf einmal bleischwer wurden. Mich zwangen, anzuhalten. Mich zwangen, umzudrehen.

Mit einem frustrierten Aufschrei rannte ich wieder auf das Schiff zu.

Die eine Hälfte der Frauen, vielleicht zehn, war mir sofort gefolgt und stolperte auf wackeligen Beinen und schwer

atmend durch den Sand. Aber sie waren langsam. Zu verflucht langsam. *Wir werden es nie schaffen.*

Die zweite Gruppe kletterte gerade aus dem Frachtraum.
Offensichtlich hatten sie gezögert, bevor sie sich in Bewegung gesetzt hatten. Ich wurde langsamer, als ich mich ihnen
näherte. Nun, da ich bei ihnen war, hatte ich keine Ahnung,
was ich tun sollte. Immerhin konnte ich sie nicht dazu bringen, schneller zu laufen. Ich konnte sie auch nicht alle zu
einem sicheren Ort tragen.

Aber ich war die Einzige, die eine Waffe hatte und für
vergleichbare Situationen ausgebildet worden war. Ich
musste *irgendetwas* tun. Ich hatte meine eigene Flucht
aufgegeben und war zurückgelaufen. Wenn ich also sterben
musste, dann sollte es wenigstens einen Sinn haben.

Ich sah Theresa, die blonde Tierarzthelferin aus Mis-
sissippi, stolpern und in den Sand stürzen. Celia, die ihre
Hand gehalten hatte, bremste ab und drehte sich um, um sie
hochzuziehen.

Ich steuerte auf die beiden zu. Dabei konnte ich helfen.
Die anderen Frauen rannten inzwischen davon und ver-
streuten sich in einem einzigen Durcheinander aus
verzweifelt um sich schlagenden Gliedmaßen in den Dünen.

Gut. Verschwindet von hier.

Theresa saß hysterisch schluchzend und zitternd im
Sand, während Celia hilflos an ihrem Arm zerrte und immer
wieder „Steh auf, steh auf!“ schrie.

Aus dem Schiff ertönte ein furchtbarer Knall. Entsetzt
riss ich die Augen auf, als die Alien-Monster die innere
Wand des Frachtraums einrissen und durch das offene Tor
auf uns zukrabbelten.

Sie waren gigantisch und wirkten mit ihren schwarzen Panzern und stachelbewehrten Schwänzen wie mutierte Krabben oder Spinnen-Skorpion-Hybriden. Sie waren rund einen Meter zwanzig groß und ihre Beine waren mindestens noch einmal so lang. Ich hatte gesehen, wie diese schwarzen Beine und Schwänze wie heiße Messer durch Butter in die Brustkörbe und Bäuche meiner Kameraden gedrungen waren. Scheiße, wir hatten nicht die geringste Chance.

Trotzdem blieb ich schlitternd bei Theresa und Celia stehen.

Die fremdartigen Kreaturen verließen das Schiff. Einige krabbelten über den Sand, um die flüchtenden Frauen zu verfolgen. Doch eine kam direkt auf uns zu.

Mir schlug das Herz bis zum Hals, als ich die Waffe hob. Meine winzig kleine, mickrige Waffe.

Doch bevor ich abdrücken konnte, brach die Kreatur kreischend zusammen und krümmte die Beine wie eine tote Spinne. Ich blinzelte verwirrt. Ein gewaltiger Speer hatte ihren Panzer durchstoßen und sie sofort getötet.

Mir blieb keine Zeit, diese Entwicklung zu verarbeiten. Eine weitere Alien-Krabbe machte Anstalten, die gefallene zu ersetzen, und stürzte auf uns zu. Etwas Großes, Dunkles traf sie, aber das Geschoss fiel klappernd zu Boden. Gleich darauf schoss ein zweites Objekt durch die Luft. Dieses allerdings bohrte sich zwischen Bein und Körperpanzer des Krabbenungetüms und schaltete es nur wenige Schritte von Theresa, Celia und mir entfernt aus. Zischend stieß ich die Luft zwischen den Zähnen hervor, als mir klar wurde, was da geschah.

Ein Mitglied einer der anderen Spezies des Planeten war erschienen und es war bewaffnet. Bei dem dunklen Objekt, das das Monster vor uns erwischt hatte, handelte es sich um ein riesiges Messer.

Inzwischen bewegte sich eine dritte Krabbe auf uns zu.

Verdammt. Los geht's.

Ich zielte auf eine der Stellen, an denen die Beine in den Körper übergingen. Auf jene Stelle, an der das Messer die andere Krabbe getroffen hatte. Ich suchte sicheren Stand und ließ alles in mir hart und leer werden. Es existierte nichts außer meiner Waffe und meinem Ziel.

Ich zog den Abzug.

Wundersamerweise brach die Kreatur vor mir zusammen. Doch bevor ich mich versichern konnte, dass sie tot oder zumindest bewegungsunfähig war, hörte ich einen tiefen, grollenden Ausruf hinter mir.

Ich wirbelte gerade rechtzeitig herum, um ein weiteres monströses Wesen über den Sand auf uns zukommen zu sehen. Seine Größe war erschreckend, vergleichbar mit einer der kleineren Walarten auf der Erde. Unzählige dunkle Augen schauten mir von seinem langen, krokodilartigen Kopf entgegen. Auf Hunderten Beinen, die mich an einen Tausendfüßer erinnerten, krabbelte es auf uns zu.

Aber das war nicht das Schlimmste.

Nein, das Schlimmste war der Reiter.

Er wirkte menschlich und doch wieder nicht. Der Alien auf dem Rücken des Wesens war riesig und strotzte vor straffen Muskeln. Überall an seinem starken Körper entdeckte ich dunkle Klingen und er hielt eine gewaltige Axt in der Hand. Mit einigen dieser Klingen hatte er die Krabben angegriffen, so viel stand fest. Doch jetzt kam er direkt auf *uns* zu. Und sein fremdartiges Gesicht zeigte nichts als furchterregenden Zorn.

Oh Scheiße, nein.

Erneut hob ich die Waffe und zielte direkt auf seine Brust. Ich war nicht vor diesen Krabben-Monstern geflohen, nur um von jemandem wie diesem Kerl – oder was immer er war – gefressen oder vergewaltigt zu werden. Der Ausdruck in seinen seltsamen Augen war unmissverständlich. Er wirkte wütend und unbändig und als bräuchte er nicht mehr als zwei seiner klauenbesetzten Finger, um mir die Kehle zu zerquetschen. Und er sah aus, als hätte er genau das vor.

Ich drückte ab.

Ein grausiges, hohles Klicken war zu hören.

Ein gequältes Aufheulen löste sich aus meiner Kehle. *Erst geht einem die Munition aus, dann die Zeit.*

Der neu eingetroffene Alien-Krieger war fast in Reichweite.

„Los jetzt!", schrie ich.

Es waren keine Krabben mehr hinter uns dreien her – zumindest im Augenblick nicht –, daher konnte ich meine Aufmerksamkeit wieder auf Theresa richten. Anders als Celia hatte ich genug Kraft in den Armen, um sie wieder auf die Beine zu ziehen. Und dann rannten wir.

Ich hielt Theresa fest. Mir war klar, dass sie vermutlich erneut stürzen würde. Sie stolperte und taumelte und bekam kaum Luft. Celia trennte sich von uns und lief blindlings davon, dicht gefolgt von dem Fremden auf seinem Krokodil-Tausendfüßer. Innerhalb von Sekunden hatte er sie erreicht und riss sie nach oben auf sein Reittier.

„Nein!", schrie ich. Theresa umklammerte schluchzend meinen Arm. Aber das Tier war verdammt schnell, schließlich war sein Körper für die Wüste geschaffen. Es entfernte sich bereits von uns. Der Reiter hatte sich Celia über den Schoß geworfen, als wäre sie eine Puppe.

„Scheiße!" Das Wort klang eher nach einem Aufjaulen. Ich konnte nichts für sie tun. Ich konnte für keine von ihnen etwas tun.

Ein weiterer tiefer Schrei hallte heran und ich schob Theresa hinter mich, während ich mich umsah. Ich brauchte etwas Zeit, um das Chaos zu überblicken. Weitere gewaltige Tausendfüßer-Ungeheuer tauchten am Horizont auf und stürmten in mörderischem Tempo auf uns zu. Es mochten fünfzehn sein, jedes geritten von einem Alien-Krieger. Dunkle Wurfgeschosse flogen durch die Luft – Speere und Klingen – und die Krabben-Monster brachen überall um uns herum zusammen. Das hätte mich erleichtert, wenn die Krieger nicht gleich darauf die Frauen zu sich auf ihre Reittiere gezogen hätten, als wären sie Kriegsbeute.

Bevor ich mich richtig orientieren konnte, lagen sämtliche Krabben tot am Boden und Theresa und ich waren die einzigen Frauen, die noch nicht gefangen genommen worden waren.

Reine, tief verwurzelte Angst schnürte mir die Kehle zu. Ich drehte mich um, um weiterzurennen …

… nur um mich von Angesicht zu Angesicht mit einer der Tausendfüßer-Kreaturen wiederzufinden.

Ich wich zurück, als sie fauchend das Maul aufriss und Reihe um Reihe riesiger schwarzer Zähne entblößte. Aber bevor ich davonstolpern konnte, streckte der Reiter den Arm nach mir aus und packte mich an der Solarschutzjacke, die ich über meiner Uniform der US-Army trug. Mit der anderen Hand griff er nach Theresas identischer Jacke und wir wurden beide in die Höhe gezerrt. Er hielt uns mit je einer Hand, als wögen wir nicht mehr als zwei Kätzchen. Die Stärke seines Griffs war beängstigend, denn ich wusste, dass ich mich gegen ein solches Wesen nie zur Wehr setzen könnte.

Der Alien-Krieger ließ mich vor seinen Platz fallen und warf Theresa vor mich. Ich landete auf dem Hintern, das Gesicht nach vorn gewandt, und war halbwegs in der Lage, das Gleichgewicht zu halten. Hastig umklammerte ich Theresa, die auf dem Bauch lag. Ihre Beine hingen seitlich über den Rumpf des fremdartigen Reittiers.

Ich versuchte ihr zu helfen, sich aufzurichten, aber es war aussichtslos. Das Tier bewegte sich viel zu schnell und schüttelte uns immer wieder durch. Ich konnte nicht mehr tun, als Theresa hinten an der Jacke festzuhalten und ihr zu helfen, sich längs auf den grau-violetten Rücken der Kreatur zu legen, den Kopf in meinen Schoß, die Hände an meinen Knien.

Als ich mich nach vorn beugte, um sie besser packen zu können, legte der Alien-Krieger eisern einen Arm um meine Taille. Er grollte mir gutturale Worte ins Ohr, die ich nicht verstand, und meine Brust verkrampfte sich.

Ich konnte nirgendwohin. Mir blieb nicht mehr als ein unausgegorener Plan, der nun auch noch geplatzt war. Eine schluchzende Zivilistin vor mir. Ein Alien hinter mir. Eine Waffe.

Und keine verdammte Munition.

KAPITEL ZWEI
Fallo

„GAHN FALLO."

Die Stimme Vakals, des mir am nächsten stehenden Kommandanten, ließ mich innehalten, als ich mein Zelt betreten wollte. Ich drehte mich zu ihm um. „Was gibt es?"

Vakal hob den Schwanz vor die Augen, um mir Respekt zu erweisen. Ich war der mächtige Gahn, Anführer des größten Clans im Sandmeer. Niemand hätte es gewagt, sich mir zu nähern, ohne seine Unterwerfung zu demonstrieren.

Vakals Schwanz sank wieder zu Boden, die Sichtsterne in seinen Augen pulsierten. „Die Jäger sind am Horizont erschienen. Sie kehren heim."

Ich runzelte die Stirn und spannte mich an. Das war früh. Normalerweise kamen die Jäger erst zurück, wenn die Sonne unterging. Gerade rechtzeitig, damit die Frauen ihre Beute für das Abendessen zerlegen konnten.

„Dann müssen sie bereits reiche Beute gemacht haben. Wie viele *dakrival* haben sie bei sich?"

„Keine, mein Gahn."

Ich klickte mit dem Kiefer. Heiße Wut leckte an meinen Gliedmaßen. Plötzlich war ich mir der Klingen auf meinem

Rücken allzu bewusst. Hart lagen sie an meiner noch härteren Haut. Ich trug mehr Waffen bei mir als jeder andere Mann. Aber so sollte es sein. Schließlich war ich auch größer als jeder andere. Und ich hatte mehr Feinde.

Fragen schossen mir durch den Kopf. Warum sollten die Jäger gegen meinen Befehl so früh zurückkommen? Warum widersetzten sie sich mir? Aus Wut wurde Zorn, kaum dass sich ein Verdacht in mir regte. Ein Mann konnte sich jederzeit gegen seinen Gahn wenden. Ich musste es wissen. Ich hatte es selbst getan.

Knurrend riss ich meine beiden längsten Klingen von meinem Rücken und entfernte mich von Vakal, bereit, mich meinen verräterischen Jägern zu stellen. Die wenigen Frauen unseres Clans und ihre Kinder hasteten beim Anblick der Waffen davon und duckten sich in ihre Zelte.

Die Klippen von Zadazar, vor denen wir unser Lager aufgeschlagen hatten, ragten hinter mir auf, als ich zwischen den Zelten unseres Clans hindurch und an ihnen vorbei auf die sanften Hügel zuging.

Die Jäger waren in der offenen Wüste gewesen, jenseits der Hügel, die unseren Zelten auf der Ebene Schutz boten. Dort draußen war es gefährlich, doch dort lebten die *dakrival*, die großen gehörnten Bestien, deren Fleisch wir jeden Tag aßen.

Grollend versetzte ich meinen gewaltigen Körper in Trab, als ich einen der Hügel im Außenbereich unserer Ansiedlung hochstürmte. *Rindla*-Pflanzen mit blassen Blüten, dazu Büsche voll giftiger roter *axrekal*-Beeren, *peet*-Gras und *valok*-Pflanzen bedeckten die Hänge, die sich vor mir erstreckten. Schließlich wurden sie flacher und gingen in die endlose Wüste über. Das Sandmeer.

Über besagtes Sandmeer und Kurs auf unser Territorium nehmend kamen meine Jäger auf ihren *irkdu* auf mich zu. Vakal hatte nicht gelogen. Ich fauchte und beugte mich vor, fletschte die Zähne und witterte, während ich versuchte herauszufinden, was hier los war. Versuchte, den Gestank des Verrats wahrzunehmen.

Vakal kam hinter mir den Hügel hoch und blieb an meiner Seite stehen. „Ich bin nicht dazu gekommen, es dir zu sagen, Gahn. Sie haben keine *dakrival* bei sich, aber sie bringen etwas anderes mit."

Ich verengte die Augen und spürte, wie sich die Sichtsterne im Zentrum zusammenzogen. Er hatte recht. Jeder der Männer hatte eine Gestalt auf seinem *irkdu*, einige sogar zwei. Sie erinnerten ein wenig an das Volk des Sandmeers, aber sie waren klein. So klein. Kinder?

Doch sie trugen eine merkwürdige Gewandung. Und als sie näher kamen und ich ihre Züge deutlicher erkennen konnte, spürte ich, wie sich meine Brust zusammenzog. Sie gehörten nicht zum Volk des Sandmeers.

Ich wusste nicht, wer diese Männer waren. Aber sie gehörten nicht zu meinem Clan.

Und damit waren sie Feinde.

Ein Kampfschrei löste sich aus meiner Brust und ich schoss vorwärts, den Hügel hinab, um meinen Jägern entgegenzueilen. Vakal stürmte hinter mir her. Er holte zu mir auf und zog seine Waffen. Meine Jäger schienen die Feinde fürs Erste unterworfen zu haben, aber ich vertraute nicht darauf, dass es dabei blieb. Ich kannte diese Wesen nicht. Diese kleinen, fremdartigen Kreaturen.

Ich lachte bei der Vorstellung, dass etwas so Winziges es darauf anlegen könnte, mich zu besiegen. Das würde sicher nicht geschehen, aber falls einer von ihnen Anstalten machte, würde ich bereit sein. Die Blutlust rauschte durch meine Adern und ein Grinsen legte sich auf meine Züge. Gelächter löste sich aus meiner Kehle, während mein Blut hochkochte. Der Hunger der Schlacht war in mir erwacht. Ich, Fallo, der brutalste aller Gahns, war bereit.

Einer der Jäger an der Spitze der Truppe, den ich als Bankor erkannte, rief mir von seinem Reittier aus etwas zu. „Gahn Fallo. Wir haben eine Reihe fremder Frauen mitgebracht."

Frauen.

Das konnte nicht wahr sein. Es war unmöglich. Es gab im Sandmeer nur noch wenige Frauen, ein paar dürftige Handvoll, die sich über die fünf Clans verteilten. Zu unserem Clan gehörten nur zwölf Frauen, aber sechzig Männer. Und hier kamen nun meine fünfzehn Jäger zurück und jeder von ihnen hatte eine Frau bei sich, manche auch zwei. Insgesamt um die zwanzig, vermutete ich.

Vakal hütete sich, innezuhalten und mir Fragen zu stellen, auch wenn mir klar war, dass er genauso viele haben musste wie ich. Wir rannten über die Hügel und blieben am Übergang zur Sandebene stehen, während meine Jäger sich näherten.

Frauen. Sie bringen Frauen mit.

Nichtsdestotrotz hielt ich meine Waffen bereit.

Es dauerte nicht lange, bis die kraftvollen *irkdu* ihre Last über den Sand zu uns getragen hatten. Bankor erreichte uns als Erster, zügelte seinen *irkdu* und hob den Schwanz, um ihn gleich darauf mit einem frechen Grinsen zu senken.

„Mein Gahn, sieh dir die Beute an, die wir dir aus der Wüste mitgebracht haben. Es war eine Jagd wie keine andere."

Mein Blick glitt zu der Frau auf seinem Reittier. Obwohl sie nicht den Eindruck machte, als versuche sie zu entkommen oder als sei sie auch nur dazu in der Lage, hielt er sie fest an sich gedrückt. Ihre bizarr hellen und gleichzeitig dunklen Augen wirkten glasig, das Haar hing ihr schlaff vor dem ausdruckslosen Gesicht.

Als die anderen Jäger sich näherten, stellte ich fest, dass es bei den übrigen Frauen dasselbe war: Sie alle waren mit nichts vergleichbar, was ich je gesehen hatte. Kleine Gesichter, hoch angesetzte Nasen und Haar und Gewänder in einer verblüffenden Fülle an Farben. Aber alle wirkten ebenso zerbrechlich und lethargisch wie die erste.

Alle bis auf eine.

Der letzte Jäger kam zum Stehen und ich hörte einen hellen Laut, einen hohen Schrei, der mein Blut entflammte und mich die Zähne blecken ließ. Ich ignorierte Bankor und die schlaffe Frau und bewegte mich durch die Gruppe, um den Ursprung des Geräuschs zu finden.

Ankrolok hatte zwei der neuen Frauen bei sich. Eine regte sich kaum, doch die andere schrie und kämpfte gegen Ankroloks Griff. Meine Brust zog sich zusammen, als ich die schreckliche Kreatur betrachtete: ein Wesen mit einem Gesicht wie heller Stein und flammendroten Haaren. Ich spannte mich an und sog die Luft ein, als ihr elender Blick meinen fand. Von einem Moment zum nächsten stand alles in Flammen: mein Blut, meine Gliedmaßen. Ihr Haar. Mein Glied. Selbst die Luft um mich herum schien zu brennen.

Und sie schrie immer noch.

„Lass sie runter, Ankrolok!", sagte ich leise und angespannt.

Er ließ die fremde Frau sofort los. Zu ihrer eigenen Überraschung stürzte sie dank ihrer heftigen Bewegungen vom *irkdu*. Ich knirschte mit den Zähnen und ging auf sie zu, als sie aus dem Sand aufsprang. Sie wirkte stärker als die anderen und nahm eine halb geduckte Verteidigungshaltung ein, während ich auf sie zumarschierte.

Ich musterte jedes eigentümliche Detail an ihr: ihre blasse Haut, die über der hohen Nase und den schmalen Wangenknochen gerötet war, ihre Augen, die grau und weiß wie Stein waren, den langen, unmöglich schlanken Nacken, der in ihrem befremdlich steifen Gewand verschwand.

Sie hatte keinen Schwanz! Und auch keine Ohren, soweit ich es erkennen konnte. Sie hob die kleinen, klauenlosen Hände und umklammerte etwas Schwarzes zwischen ihnen. Etwas Glänzendes, das direkt auf meine Brust gerichtet war.

Eine Waffe?

Welche Frau würde es wagen, vor einem Gahn eine Waffe zu ziehen? Wenn es überhaupt eine war. Doch der entschlossene Zug um ihren kleinen, rosigen Mund und ihre Haltung verrieten mir, dass es sich sehr wohl um eine Waffe handeln musste. Sie war bereit zum Angriff.

Diese Unverschämtheit wirkte auf die Flammen in meinem Innern wie heißer Wüstenwind, fachte sie an und verwandelte sie in einen rasenden Feuersturm. Mit jedem Schlag meines Herzens pulsierte der Zorn in mir. Jeder Muskel in meinem Körper verhärtete sich. Und mein Glied ebenfalls.

Die lächerlich dünnen Augenbrauen der Frau hoben sich herausfordernd und brachten mich an die Grenze der Raserei. Mit Leichtigkeit schlug ich ihr die Waffe, oder was immer es war, aus den Händen. Hässliche Befriedigung regte sich in mir, als sich ihr kleiner Mund in verzweifeltem Schrecken öffnete. Der Schock wurde umso größer, als ich auf sie zusprang, eine meiner Klingen wegsteckte und ihren blassen Hals eisern mit der Hand umschloss.

Ich konnte problemlos ihre Kehle umfassen. Jeder Muskel ihres Körpers war verkrampft, die Anspannung vibrierte in ihr und ihr Herz schlug so schnell wie das eines *brazel*, der winzigen geflügelten Kreaturen, die meine Hügel bevölkerten.

Einen Moment lang regte ich mich nicht. Ich *konnte* mich nicht bewegen und fühlte mich angesichts des Dröhnens ihres Herzschlags an meiner Hand plötzlich machtlos. Ich mochte dieses Gefühl nicht und hatte das Bedürfnis, ihr die Luftröhre zuzudrücken. Und es gab weitere, ganz andere Bedürfnisse, gegen die ich mich wehren musste.

Ich zwang mich, die Hand stillzuhalten. *Drück nicht zu.*

Ohne die Finger zu bewegen, senkte ich das Gesicht zu ihrem. Interessiert stellte ich fest, dass ihr Herz noch schneller schlug, sobald wir auf Augenhöhe waren.

Sie hat keine Sichtsterne.

Nur kleine weiße Augen, in deren Mitte sich ein grauer Kreis zeigte und darin wiederum winzige schwarze Punkte. Kreise in Kreisen in Kreisen. Schwindelerregend. Unerträglich.

Ihre Augen waren weit aufgerissen, aber ihr Blick wirkte nach wie vor hochmütig. Ich knurrte warnend und veränderte die Position meiner Hand, sodass die Klaue meines Daumens über ihrer bebenden Kehle lag. Ihr Atem stockte. Mein Lendenschurz saß inzwischen schmerzhaft eng. Und das machte mich wütend.

Ich ließ die zweite Klinge zurück in die Scheide gleiten, dann packte ich die Fremde vorn an ihrem eigenartigen Gewand und riss sie an mich. Ich wollte mit ihr reden, ihr Befehle erteilen und Fragen stellen. Aber sie hatte keine Ohren. Wie sollte ich da mit ihr sprechen?

Doch da! Unter ihren roten Haaren. Weich, tief angesetzt und klein, ganz anders als die spitzen Ohren unseres Volks. Obwohl es ihr Hals war, den ich im Klammergriff hielt, war es meine Kehle, die sich beim Anblick der weichen, geschwungenen Ohrmuschel verengte. Ich wollte ihr Ohr zwischen die Reißzähne nehmen und kräftig hineinbeißen.

Das war nicht tragbar. Ich verlor die Beherrschung. Wütend löste ich den Blick von ihren köstlichen, kleinen Ohren und richtete ihn wieder auf ihre Augen. Augen, die mir Widerstand leisteten. Selbst jetzt.

Meine Stimme klang rau wie Stein, der auf Stein trifft. „Wer bist du?"

Sie antwortete nicht in der Zunge des Sandmeers. Stattdessen zischte sie mir nutzlose, unbekannte Worte entgegen und spuckte mir schließlich ins Gesicht.

Ich zuckte nicht zurück. Stattdessen rückte ich näher und musterte sie wachsam. Was bedeutete das?

Das Volk des Sandmeers produzierte nicht genug Speichel, um jemanden anzuspucken, wie sie es getan hatte. Begrüßte sich ihr Volk auf diese Weise? Selbst mit meinen drei starken Zungen wäre ich nicht dazu in der Lage gewesen, die Geste zu erwidern. Wir waren an die Wüste angepasst und produzierten nur wenig Körperflüssigkeit. Das meiste wurde für Blut und Samen aufgespart.

Der Ausdruck auf ihrem kleinen Gesicht ließ mich vermuten, dass es sich nicht um eine Begrüßung gehandelt hatte. Und sie hatte mit Sicherheit nicht ihren Respekt vor einem Gahn bekundet. *Noch mehr Unverschämtheiten.*

„Du begreifst nicht, dass meine Krieger dich gefangen genommen haben", sagte ich. „Du hast hier keine Macht."

Wieder stieß sie harsche Worte aus und schürzte die Lippen, als wollte sie mich erneut anspucken. Schnell wie ein Wüstenblitz verlagerte ich meine Hand an ihrem Hals und legte ihr fest den Daumen auf die Lippen. Sie waren weich und unter ihnen spürte ich kleine, stumpfe Zähne.

„So bissig und das ganz ohne Reißzähne", murmelte ich.

Als hätte sie mich verstanden – und vielleicht hatte sie das auch, während ich ihre Sprache nicht beherrschte –, wand sie sich in meinem Griff. Irgendwie gelang es ihr, die Lippen um meinen Daumen zu schließen. Angesichts der heißen Feuchtigkeit ihres Munds brodelte es in mir.

Dann biss sie zu.

Und erzielte keinerlei Wirkung. Ihre Zähne waren wahrhaft erbärmlich.

Ein irres Grinsen legte sich auf mein Gesicht, als mein Zorn von einem wilden Gefühl der Macht ersetzt wurde. Diese Frauen waren schwach. Sie konnte mich anspucken und beißen, so oft sie wollte. Es rührte mich nicht mehr als eine leichte morgendliche Brise auf der Haut. Ich ließ meine drei Zungen aus dem Mund gleiten und tastete über die Stelle an meinem Kinn, die mit ihrem Speichel benetzt war. In meinem Glied pochte es erneut, als ich ihre Augen wütend aufblitzen sah und sie die Zähne tiefer in meinen Daumen grub.

Schließlich öffnete sie mit einem Aufschrei die Kiefer und ich ergriff auch mit der zweiten Hand ihre Kleidung. Sie redete hastig auf mich ein. Ich war es leid, ihren unsinnigen Worten zu lauschen.

„Ich habe keine Ahnung, was du sagen willst", erklärte ich ihr. „Und es interessiert mich auch nicht."

Auch wenn ich ihr Gewand in festem Griff hielt, waren ihre Arme frei. Sie deutete mit hektischen Gesten auf die *irk-du* und die Frauen, die schlaff auf ihnen lagen. Ihre Miene wirkte nicht länger herausfordernd, sondern eher ... besorgt? Ihre fremdartigen Züge waren schwer zu entschlüsseln. Ich stellte fest, dass es mich ärgerte, ihre Miene nicht besser lesen zu können.

Gereizt sah ich in Richtung ihrer umherfuchtelnden Hand. Sie schien sich um die anderen Frauen ihres Clans zu sorgen. Ich blinzelte und musterte die schwachen Körper, die herabhängenden Gliedmaßen. Knurrend witterte ich und nahm etwas Unbekanntes wahr. Als ich die dunklen

Flecken auf den Gewändern einiger Frauen entdeckte, wurde mir klar, dass es sich um ihr Blut handelte.

Den Frauen ging es nicht gut. Einige waren verletzt. Manche vielleicht sogar lebensbedrohlich.

Ein entschiedenes Grollen löste sich aus meiner Brust und drückte meinen Widerspruch aus.

Diese Frauen mochten fremd und neu hier sein und von einem grausigen, frechen Feuerwesen angeführt werden, aber ich konnte sie nicht sterben lassen. Nicht, wenn es so wenige Frauen unter uns gab. Die Neuen könnten sich als großer Gewinn für den Clan erweisen. Anders als die Frau vor mir, würde ich einer solchen Gelegenheit nicht in Gesicht spucken.

Mein Zorn meldete sich schnell und hell zurück. Doch dieses Mal galt er meinen Jägern.

„Riecht ihr Narren das Blut nicht?", fragte ich sie. „Seht ihr nicht, dass die Frauen auf euren Reittieren allmählich dahinschwinden?"

Die Männer wirkten verwirrt. Sie schielten hinab auf die Frauen, dann zueinander und wieder zu mir.

„Bringt sie zu den Heilern!", blaffte ich. „Sofort!"

Meine Männer reagierten augenblicklich und trieben ihre *irkdu* die Hügel hinab auf die Zelte zu, Vakal folgte ihnen zu Fuß. Meine Frau – *meine Frau?* – schrie ihnen etwas hinterher.

Ich wandte mich ihr zu. „Bist du die Gahnala dieser Frauen?"

Wenn sie eine Gahnala – eine Königin – war, musste sie irgendwo dort draußen einen Gahn haben. Der Gedanke ließ mich höhnisch die Lippen verziehen. Jeder Gahn, der

mit einer so respektlosen Frau verbunden war, war tatsächlich zu bedauern.

Sie wand sich in meinem Griff und sah trotzig zu mir
auf. Ich schloss die Finger fester um ihren Überwurf.

Und dann ... war sie fort.

Überrascht sprang ich zurück und riss an dem nun leeren
Gewand. Ächzend schleuderte ich es in den Sand, während
die Frau sich erst kleinmachte und dann losrannte. Sie war
also nicht nur trotzig, sondern auch hinterhältig. Eine Kombination, die keiner Frau gut zu Gesicht stand.

Nicht, dass es darauf ankam. Was scherten mich ihre
Qualitäten? Es bedeutete mir nichts, ob sie sich angemessen
verhielt oder nicht.

Sie schien merkwürdige Hüllen an den Füßen zu tragen.
Füße, die ganz anders waren als meine. Anders als ich mit
meinen hohen, starken Knöcheln und langen, klauenbesetzten Füßen war sie nicht dazu geschaffen, durch den Sand zu
rennen. Auch ihre Beine waren zu kurz, sodass ihre Schritte
nur halb so lang wie meine waren. Trotz ihrer Un-
zulänglichkeiten hetzte sie entschlossen den Hügel hinter
mir hinab und jagte den anderen Frauen nach.

Einen Augenblick lang gewann meine Neugier die Oberhand über das Bedürfnis, sie zu unterwerfen, und ich sah ihr
hinterher. Ihre Miene spiegelte Entschlossenheit wider und
sie bewegte die Arme wild an ihrem Körper.

Sie blieb mit einem ihrer hüllenbedeckten Füße an etwas
hängen und geriet ins Stolpern. Nach Halt suchend griff sie
in die Dornen eines *axrekal*-Beerenbuschs. Sie schrie nicht
auf, sondern richtete sich einfach wieder auf und lief weiter,

obwohl ich Blut von ihren Händen und aus einem Riss in der Wange rinnen sah, wo ein Dorn sich verhakt hatte.

Ihr Blut war von einem hellen Scharlachrot, beinahe erschütternd in seinem Glanz. Ich witterte angestrengt. Ich kannte bereits den Geruch des Bluts der anderen Frauen. Aber dies war ihre ganz eigene Note. Ich atmete tief durch und prägte sie mir ein, bevor ich ebenfalls losstürmte.

Innerhalb kürzester Zeit hatte ich sie eingeholt, legte die Hände um ihre Taille und warf sie mir mit Leichtigkeit über die Schulter. Sie schrie auf und wehrte sich, konnte jedoch nichts gegen mich ausrichten. Ich ignorierte ihre Fluchtversuche und folgte meinen Männern und den *irkdu* zurück zu den Zelten.

Der Rückweg war nicht weit und doch stellte das Gewicht ihres leichten Körpers an meiner Haut die ganze Zeit über einen heißen Juckreiz dar, dem ich nicht durch Kratzen Herr werden konnte. Mein Glied wurde umso härter. Und das machte mich wütend.

Ich gab mich keinen Illusionen hin, was meinen Ruf anging. Ich wusste, dass man mich den Irren Gahn nannte. Aber in diesem Moment hatte ich zum ersten Mal wirklich das Gefühl, dass mir die geistige Gesundheit abhandenkam. Sie schrie und kratzte mich. Grollend ging ich weiter und versuchte, dem einen Wort zu entkommen, das sich in meinem Kopf endlos wiederholte.

Fallo, das ist Irrsinn.

Irrsinn.

Irrsinn.

Vielleicht war ich meinem Vater ähnlicher, als ich geglaubt hatte.

Ich dachte, ich hätte den Wahnsinn aus meinem Blut verbannt, als ich ihn getötet hatte. Aber nun regte er sich in mir und erhob sich, um dem Zorn dieser Frau zu begegnen. Ich hatte mich noch nie so bar jeder Kontrolle gefühlt.

Oder so verdammt lebendig.

KAPITEL DREI
Chapman

NA GUT, ICH WAR ALSO nicht in der Lage gewesen, einen Fluchtplan für die anderen Frauen aus dem Hut zu zaubern. Aber offensichtlich war es mir gelungen, einen Houdini abzuziehen.

Während der Alienfeind Nummer 1 den Männern, die seine Untergebenen zu sein schienen, Befehle zugebellt hatte, hatte ich hastig die Arme aus den Ärmeln gezogen, bis sie eng an meinem Oberkörper anlagen. Als der Feind sich mir zugewandt hatte, um etwas zu sagen, das ich nicht ansatzweise verstehen konnte, hatte ich mir Glück gewünscht und mich kleingemacht, um aus der Jacke hinauszugleiten und mich in den Sand zu ducken.

Das hatte mir rund eine halbe Sekunde eingebracht. Mehr brauchte ich auch nicht, um meinen Hintern aus der Reichweite des Feinds zu befördern. Der Blick seiner seltsamen, dunklen Augen gefiel mir nicht. Er hatte keine Iris, sondern etwas, das nach Tausenden schimmernden Funken aussah, allesamt rötlich, die sich immer wieder weiteten und zusammenzogen. Wenn er mich ansah, vibrierten sie regelrecht. Das, zusammen mit seinem aufs Äußerste gespannten

Lendenschurz, war alles, was es brauchte, um mich zu ermutigen, mich verdammt noch mal aus dem Staub zu machen.

Also rannte ich.

Ich wusste, dass ich draußen in der Wüste allein nicht überleben konnte. Einer endlosen Wüste, in der die Hitze einem das Gesicht zu schmelzen schien. Ganz zu schweigen von den Krabben, die vor meinen Augen einige der härtesten Materialien zerstört hatten, die man auf der Erde produzieren konnte.

Außerdem war mir bewusst, dass ich die anderen Frauen nicht zurücklassen konnte. Nicht jetzt.

Also folgte ich ihnen und rannte den nächstgelegenen Hügel hoch statt zwischen den Hängen hindurch, um nicht direkt an dem Feind vorbeizumüssen.

Meine Brust hob und senkte sich schwer. Meine Beine brannten. Hinter mir lag ein verflucht langer Tag, aber mir stand eine weit schlimmere Nacht bevor, wenn ich zuließ, dass der Alien mich einfing.

Ich stolperte und biss die Zähne zusammen, als ich in einer Art Mutation einer Stechpalme landete und mir die Hände aufriss. Blendende Hitze schoss mir durch die Wange, als ich an einem dornigen Ast hängen blieb, aber ich sprang sofort wieder auf und lief weiter. Meine Hände waren feucht von Blut und Schweiß. Inzwischen hatte ich auch den größten Teil meines Sonnenschutzes abgeschwitzt und ohne meine Jacke fühlte sich die Sonne auf meinem Gesicht wie ein körperlicher Schmerz an.

Doch ich sah sie nicht lange über mir, denn den Bruchteil einer Sekunde später legten sich steinharte Hände um meine Taille. Mir blieb die Luft weg, als ich mit Brust und Bauch hart auf der Schulter des Aliens landete.

Woraus bestehen diese Kerle eigentlich?

Ich hatte ihm so heftig wie möglich in den Daumen gebissen und er hatte nicht einmal geblutet. Und nun fühlte sich seine Schulter unter mir wie ein Felsen an. Ich wand mich und trat um mich, doch er hielt mich gelassen fest, und das nur mit einer Hand. Es war beinahe eine Beleidigung.

Ich kämpfte weiter und schrie ihm ins Ohr. Es saß hoch am Kopf und lief spitz zu wie das eines kupierten Dobermanns. Sein Kiefer war verkrampft, die Lippen waren unter der breiten, fast flachen Nase höhnisch verzogen. Seine feste Haut war von derselben Farbe wie die Dünen, ein tiefer Kupferton, der hier und da in schwarze Stellen überging. Auch seine Klauen waren schwarz, dasselbe galt für sein Haar, das ihm in Dutzenden dicker Zöpfe über den Rücken fiel. Und am Ende dieser Zöpfe befand sich, um Gottes willen, ein echter Alien-Schwanz. Dick, muskulös, so lang wie eines seiner Beine, wenn nicht sogar noch länger, und braun gefärbt, bis er an der Spitze schwarz auslief.

Ich hielt für einen Augenblick in meinem wilden Kampf inne, um zu Atem zu kommen und den Blick über seinen restlichen Körper schweifen zu lassen, damit ich wusste, womit zum Teufel ich es eigentlich zu tun hatte.

Über seinen gewaltigen, breiten Rücken, der nur aus Muskeln zu bestehen schien, hatte er sich Riemen um Riemen aus einem lederartigen Material geschlungen. Jeder einzelne hielt eine riesige schwarze Klinge. Wie auch der Rest von ihm waren seine Beine kräftig. Starke, breite Oberschenkel trafen auf straffe Waden und sehr eigenartige, hohe Knöchel.

Ich fühlte mich an irgendetwas erinnert. Diese Knöchel und besonders dieser Schwanz ...

Känguru.

Der Känguru-Vergleich wäre beinahe witzig gewesen, wenn dieser Kerl nicht so eindeutig eine Killermaschine gewesen wäre. Und wenn die sehr dürftige Kleidung, die nur seinen Schritt bedeckte, nicht so verdammt eng gesessen hätte, während er mich trug.

Tja. Das war kein gutes Zeichen.

Mir schnürte sich die Kehle zu, als ich an die anderen Frauen dachte. Da mein Gesicht an den Rücken des Feinds gedrückt lag, konnte ich nicht erkennen, wohin sie verschwunden waren. Vielleicht hatten die anderen Typen auch monströse Erektionen. Vielleicht hatte meiner seinen Männern bereits den Befehl gegeben, über sie herzufallen.

„Tut mir leid. Aber das funktioniert bei mir nicht, verdammt noch mal."

Ich sprach die Worte laut und in mörderischem Tonfall aus. Der Feind antwortete grollend. Ich hielt still und überlegte, was ich tun konnte. Ich musste seinem Griff entkommen. Selbst wenn er mich wieder einfangen sollte, ich musste es versuchen. So wenig ich sie gewollt hatte, lag mir die Verantwortung für die anderen Frauen inzwischen schwer auf den nach unten hängenden Schultern.

Um mich zu treten und zu zappeln hatte zu nichts geführt. Was ich brauchte, war ein Überraschungsmoment.

Kaum dass mir eine Idee kam, holte ich tief Luft. Ohne über andere Optionen nachzudenken, streckte ich mich am

Rücken des Feinds entlang nach unten, packte ihn an der Wurzel seines muskulösen Schwanzes und zog mit aller Kraft.

Ich hatte Hunger, mir war heiß und ich war müde und es fühlte sich an, als wären mir 99 Prozent meines Bluts in den Kopf geströmt. Insofern stellte sich heraus, dass ich gerade echt nicht viel zu bieten hatte. So brachte mir mein Angriff nicht die Fluchtchance ein, auf die ich gehofft hatte, sondern nur einen scharfen Ausruf seitens des Feinds. Immerhin riss er mich von seiner Schulter. Und das war schon einmal etwas.

Er hielt mich jedoch weiterhin an der Taille fest. Von seinen Händen ging Hitze aus. Mein Puls dröhnte mir in den Ohren und ein Nerv an meiner Oberlippe zuckte, als ich zu ihm aufsah. Normalerweise hätte ich jedem Mann, der mich gegen meinen Willen auf diese Weise festhielt, eine reingehauen. Aber er war so groß – bestimmt über zwei Meter –, dass es mir kaum gelingen würde, ihn im Gesicht zu treffen. Wenn doch, säße nicht viel Kraft dahinter. Und so, wie sein Kiefer aussah, würde meine Hand vermutlich den meisten Schaden nehmen.

Er knurrte mir etwas entgegen. Seine roten, wirbelnden Augen zogen sich zusammen und pulsierten einmal heftig.

„Keine Ahnung, was du gerade gesagt hast, Freundchen", fauchte ich zurück.

Ihn zu reizen, war verrückt. Das war mir klar. Aber die Hitze schien mir auf den Verstand zu schlagen. Ich fühlte mich wild, fast leichtsinnig. Es kümmerte mich nicht die Bohne, ob ich ihn gerade beleidigte.

„Die Einzige von uns, die auch nur irgendeine Ahnung von eurer Sprache hat, ist längst verschleppt worden. Also spar dir die Mühe", entfuhr es mir bissig.

Ich hatte Celia nicht unter den anderen Frauen gesehen, die unsere Gruppe mitgenommen hatte. Man hatte sie in eine andere Richtung davongetragen, hoffnungslos weit von uns entfernt. Und das Wissen, dass sie irgendwo dort draußen ganz allein war, war eine Qual, die ich mich beiseitezuschieben zwang. Vielleicht bekam ich irgendwann Gelegenheit, sie zu retten. Aber im Augenblick musste ich mich darauf konzentrieren, zu meiner Gruppe zurückzukehren. Und dafür musste ich überleben. Was zunehmend unwahrscheinlicher schien, je länger der Feind auf mich hinabstarrte.

Sein Gesicht war mit nichts vergleichbar, das ich je gesehen hatte, aber selbst ich erkannte den glühenden Hass in seinen Zügen. Er bleckte die scharfen Zähne, als er die Hände fester um meine Taille legte. Wieder sagte er heiser etwas, dann drehte er mich abrupt um und zog mir mit einer seiner riesigen, klauenbewehrten Hände die Arme auf den Rücken.

Mein Mund wurde trocken – oder noch trockener, als er bereits war –, als ich mich erinnerte, wie diese Klauen an meiner Kehle gelegen hatten. Er führte mich auf demselben Weg durch die Hügel, den die anderen Männer genommen hatten. Die freie Hand hielt er an der Seite, aber ich wusste, dass er im Fall der Fälle schneller eine Klinge von seinem Rücken ziehen würde, als ich blinzeln konnte. Es gab keinen Ausweg. Zumindest keinen, bei dem ich am Leben blieb. Noch nicht.

Während wir die offene Wüste hinter uns ließen, wurden die Hügel höher und breiter. Die Hänge waren nicht länger gleichmäßig von kupfergoldenem Sand bedeckt, sondern von Pflanzen in verschiedenen Schattierungen von Braun, Grau und Grün. Manche erinnerten an Kakteen, bei anderen handelte es sich um Beerenbüsche wie den, in den ich hineingestolpert war. Es gab sogar Blumen mit großen weißen und indigofarbenen, dreiblättrigen Blüten. Es war befremdlich, sie in einer so lebensfeindlichen Umgebung zu sehen.

Auch wenn ich wusste, dass es zwecklos war, konnte ich nicht anders, als mich auf dem Boden nach etwas umzusehen, das ich als Waffe verwenden konnte. Meine nutzlose Pistole hatte ich vorhin als Bluff eingesetzt. Der Feind hatte mich sofort und mit einer Arroganz durchschaut, die mich fast zum Schreien gebracht hatte. Ich hatte mich noch nie so machtlos gefühlt.

Nun, das entsprach nicht ganz der Wahrheit. Ich hatte mich auch machtlos gefühlt, als mein Dad im Kampf gefallen war. Ich war damals noch auf der Highschool gewesen. Und dann wieder, als meine Mom zwei Jahre später Brustkrebs bekommen hatte und viel zu jung gestorben war. Und dann erst kürzlich, als mir aufgegangen war, dass mir mein derzeitiger Einsatz etwas abverlangte, mit dem ich nichts zu tun haben wollte. Dass ich zur Komplizin bei der Entführung unschuldiger Frauen geworden war. Dass ich sie bewacht und einigen sogar körperliche Gewalt angetan hatte, wenn meine Vorgesetzten es von mir verlangt hatten.

Ja. Ich war tief gesunken. Mir waren die Hände gebunden gewesen, aber trotzdem.

Und nun fand ich mich in dieser Situation wieder, in der mir erneut die Hände gebunden waren. Nur war es dieses Mal nicht das militärische Protokoll, das mich fesselte, sondern der harte Griff des Aliens in meinem Rücken. Ich versagte.

Ich bin nicht wie mein Vater.

Ich knirschte mit den Zähnen und behielt meine Gedanken für mich. Blut rann mir über die Handflächen und tropfte von meinen Fingern. Wenn ich mich umdrehen würde, hätte ich vermutlich eine Spur aus roten Tupfen wie die Brotkrumen bei Hänsel und Gretel hinter mir gesehen. Nur dass sie mir in diesem Fall kaum helfen würde, nach Hause zu finden.

Irgendwann wurden die Hügel um uns herum flacher und wir betraten eine Ebene mit hartem, rissigem Boden. Über ihr erhob sich eine gewaltige Steinwand oder vielmehr Klippen, kahl und eindrucksvoll. Der Feind grunzte etwas und stieß mich vorwärts. Ich biss mir auf die Zunge und gehorchte. Mir blieb nichts anderes übrig.

Dann fiel mir auf, dass wir uns einer Art Siedlung näherten. Rund fünfzig Zelte, die alle aus demselben braunen Leder zu bestehen schienen, drängten sich in den Schatten der Klippen. Ich zuckte zusammen, als ich die riesigen violett-grauen Tausendfüßer-Ungeheuer bemerkte, auf denen wir die Wüste durchquert hatten. Sie grasten am Rande der Ebene und waren allesamt ohne Reiter.

Die Aliens waren fort. Und dasselbe galt für die anderen Frauen.

Panik regte sich in mir. Wo waren sie? Hatte man die Frauen als Beute in die Zelte verschleppt?

Bei der Vorstellung wurde mir übel. Den anderen war die Reise nicht gut bekommen. Ihre Uniformen waren weniger robust als meine von der US-Army und mir war aufgefallen, dass einige an den Beinen geblutet hatten; aufgerieben vom Ritt. Ganz zu schweigen davon, dass wir alle bis zu einem gewissen Punkt an Sonnenbrand oder gar Sonnenstichen litten.

Auch mein Kopf dröhnte und mir klebte die Zunge geschwollen im Mund. Aber ich würde weitergehen, verdammt noch mal. Einen Fuß vor den anderen setzen. Ich weigerte mich, mich in eine Lage zu bringen, in der mich der Feind wieder über die Schulter werfen würde.

Er führte mich um das Lager herum auf ein großes pavillonartiges Zelt in dessen Mitte zu. Als wir uns näherten, zwang er mich, schneller zu gehen. Ich geriet kurz ins Stolpern, während ich versuchte, Schritt zu halten. Fauchend verstärkte er den Griff um meine Handgelenke, mit der freien Hand packte er mich am Ellbogen, um mich zu stützen. Ich spürte seinen Blick auf mir, als wir weitergingen. Ich erwartete, dass er meinen Ellbogen loslassen würde, sobald ich wieder sicher auf den Beinen stand, aber das tat er nicht.

Vielleicht will er verhindern, dass ich noch einmal stürze. Ich musste an mich halten, um bei diesem Gedanken nicht zu schnauben. *Ja klar. Er will wohl eher nicht riskieren, dass ich noch mal weglaufe.*

Vielleicht gehörte ihm das Zelt, auf das wir zugingen. Es war das größte und er schien eine Art Anführer zu sein. Beim Gedanken, mit ihm auf engstem Raum allein zu sein, wurde mir das Herz schwer.

Als wir beim Zelt ankamen, ließ er endlich meinen Ellbogen los und schob eine dicke Lederplane beiseite, um mich hineinzuscheuchen.

Ich blinzelte, während ich zu begreifen versuchte, was ich vor mir sah.

Das hier war nicht sein Zelt. Es erinnerte mich eher an ...

Das ist ein Feldlazarett.

Die anderen Frauen vom Raumschiff nahmen fast den gesamten Platz ein. Viele ruhten auf schmalen Betten, die aus demselben Leder wie die Zelte zu bestehen schienen. Doch andere saßen oder lagen auf dem trockenen, rissigen Boden. *Sie haben nicht genug Bett für alle.*

Und es waren nicht nur menschliche Frauen anwesend. Vier Aliens bewegten sich hastig und mit geschickten Händen von einer zur nächsten, während sie sich in ihrer fremdartigen Sprache rasch unterhielten. Sie waren anders gekleidet als die Krieger und trugen lange, graugrüne, gewebte Tuniken. Ihre Züge wirkten weicher.

Eine hatte weißes Haar und schien recht alt zu sein, vielleicht sogar eine Greisin, auch wenn sie flink auf den Beinen war. Die anderen drei kamen mir mit ihrem glänzenden schwarzen Haar und der glatten Haut jünger vor.

Frauen. Eine der jüngeren flitzte umher und drängte meine Mitstreiterinnen, aus etwas zu trinken, das eine einheimische Pflanze zu sein schien. Die Alte hielt Verbände in den Händen und versorgte gerade gekonnt Melanies blutende Oberschenkel. Die anderen beiden schienen die Menschenfrauen zu untersuchen und teilten die Ergebnisse bellend denjenigen mit, die mit der Pflege betraut waren.

Sie ... halfen uns?

Bevor ich überlegen konnte, was das alles zu bedeuten hatte, führte der Feind mich zu der nächsten Alien-Frau, einer der jüngeren, die sich gerade um Katerina kümmerte. Kat war kaum bei Bewusstsein und hatte üble Verbrennungen, die Haut ihres rasierten Schädels war von einem tiefen, beunruhigenden Rot. Ihre Augenbrauen- und Nasenpiercings schimmerten matt im Halbdunkel des Zelts, während die fremdartige Frau sie mit flinken Fingern untersuchte.

Kat war eine der lautesten und schwierigsten Frauen der Mission gewesen. Normalerweise hätte ich nichts dagegen einzuwenden gehabt, dass sie ausnahmsweise still war, aber sie so schwach und reglos vor mir zu sehen, war alarmierend. Schuldgefühle nagten an mir, als mir einfiel, wie ich ihr einmal an Bord den Knauf meiner Pistole über den Schädel gezogen hatte, als sie sich gesträubt hatte. Colonel Jackson hatte es mir befohlen, aber was zum Teufel bedeutete das jetzt noch? Hier draußen waren wir ebenbürtig. Und beide gleichermaßen am Arsch.

Na ja, vielleicht nicht gleichermaßen. Sie schien im Augenblick in wesentlich schlechterer Verfassung zu sein als ich.

Der Feind sagte scharf etwas zu der knienden Alien-Frau. Sie erhob sich sofort und ließ Kat auf dem Boden zurück.

„Warum stehst du auf? Sie braucht immer noch deine Hilfe."

Ich wusste, dass sie mich nicht verstehen konnten, aber ich hasste es, Kat in diesem Zustand zu sehen.

Der Feind ließ meine Handgelenke los, aber bevor ich mich von ihm entfernen konnte, riss er meine Hände nach vorn und hielt sie der Alien-Frau unter die Nase. Er deutete auf meine blutenden Handflächen, bevor er mit einer Klaue meine Wange berührte.

Ich sog scharf Luft ein, als sie über meine verbrannte, empfindliche Haut strich. Das Seltsame war jedoch, dass es sich nicht unbedingt unangenehm anfühlte. Es war offensichtlich, dass er mich nicht kratzen wollte.

Okay, was zum Henker ist hier los?

Ich verstand diesen Kerl nicht. Kein bisschen. Und es gefiel mir nicht, nichts über meinen Feind zu wissen.

Die Alien-Frau hob den Schwanz vor die Augen. Dann ergriff sie sanft, aber bestimmt meine Hände und betrachtete sie.

„Warte mal, hör auf, kümmer dich lieber um sie." Ich entzog ihr eine Hand, um auf Kat zu zeigen, dann auf die anderen im Zelt. „Kümmer dich zuerst um die anderen!" Die kupferfarbenen Augen der Frau zuckten und wirbelten und als sie erneut nach meinen Händen greifen wollte, trat ich zurück.

„Bitte, du musst den anderen helfen." Mir gefiel das verzweifelte Beben in meiner Stimme nicht. Aber falls einige dieser Frauen sterben sollten, weil eine der Ärztinnen, Krankenpflegerinnen oder was immer sie auch sein mochten, Zeit verschwendet hatte, indem sie mir Alien-Pflaster auf die Hände geklebt hatte, würde ich mir das nie verzeihen.

Die Alien-Frau zögerte und sah zwischen mir und dem Feind hin und her, der neben mir aufragte. Sein Schwanz zischte ruckartig über den Boden. Die Frauen waren sicher fast zwei Meter groß, selbst die alte. Und trotzdem überragte der Feind sie alle. Er knurrte etwas und der drohende Unterton war nicht zu überhören. Die Frau versteifte sich und griff wieder nach mir.

„Tut mir leid, Doc", sagte ich, tänzelte aus ihrer Reichweite und kauerte mich neben Kats Kopf. „Ich will nicht, dass du Probleme bekommst oder so, aber du kannst mich echt nicht vor Kat und den anderen behandeln."

Ich schaute auf. Die Hände der Alien-Frau hingen wie erstarrt in der Luft. Sie sah erst mich, dann Kat an. Ihre Lippen waren zu einer schmalen Linie zusammengepresst. *Sie weiß, dass Kat ihre Aufmerksamkeit dringender braucht als ich. Sie befolgt nur seine Befehle. Aber warum …?*

Was zum Teufel scherte es ihn, ob meine Hände behandelt wurden? Es war gar nicht lange her, dass er die Klauen um meinen Hals gelegt hatte und kurz davor gewesen war, mir mein dürres Menschengenick zu brechen. Selbst jetzt starrte er mich an, als würde er mich am liebsten auffressen. Er fletschte die Zähne, seine in einem metallischen Rot schimmernden Augen hatten sich verengt, sein ganzer massiger Körper war angespannt, als wollte er jeden Moment angreifen.

Dann fauchte er etwas und die Alien-Frau entspannte sich merklich. Sie kniete sich hin und widmete sich wieder Kat. Prompt erfasste mich herrliche Erleichterung. Ich blinzelte gegen einige unerwartete Tränen an und krächzte ein Dankeschön, von dem ich wusste, dass sie es nicht verstand. Aber ich wollte es dennoch aussprechen.

Aus dem Augenwinkel sah ich, dass der Feind davonstakste, und meine Erleichterung nahm zu. Nun, da er sich von mir entfernt hatte, konnte ich etwas freier atmen und mich sammeln.

Die Alien-Frauen schienen ziemlich gut zurechtzukommen, wenn man bedachte, dass sie sich ohne jede Vorbereitung um eine Reihe ungewöhnlicher Patientinnen kümmern mussten. Einige von ihnen sahen bereits etwas besser aus, nachdem sie das Pflanzenzeug getrunken hatten.

Ich sah zu, wie die Alien-Ärztinnen eine merkwürdige weiße Flüssigkeit auf Schnitten, Blasen und verbrannter Haut verteilten, bevor sie die Wunden verbanden. Zum ersten Mal, seitdem die Krabben-Monster über unser Schiff hergefallen waren, die Mission zum Scheitern gebracht und jedes Mitglied der Mannschaft außer uns getötet hatten, verspürte ich einen Funken Hoffnung.

Vielleicht war unsere Lage gar nicht so elend. Vielleicht würden diese Leute uns helfen ...

Meine Hoffnung löste sich in Luft auf, als sich eine inzwischen viel zu vertraute Hand um meinen Ellbogen legte und mich auf die Beine zog.

„He!", rief ich, als der Feind mich wegzerrte. Entsetzt begriff ich, dass er mich aus dem Zelt schaffen wollte. „Wo bringst du mich hin?"

Er grollte etwas. Verärgert peitschte er mit dem Schwanz.

Ein humorloses Lachen stieg aus meiner Kehle auf. „Wag es nicht, mit deinem verdammten Schwanz herumzuwedeln!", sagte ich. „Immerhin bist du derjenige, der mich sonst wohin verschleppt! Wenn du mich so sehr hasst, warum lässt du mich nicht einfach in Ruhe?"

Ich blickte zu ihm auf, während er an meinem Ellbogen zog, und sah einen Muskel an seinem Kiefer zucken. Seine dunklen Brauen hatte er wütend zusammengezogen.

Wir erreichten ein Zelt am Rand des Lagers. Es war groß, größer als die anderen, wenn auch nicht so groß wie das Feldlazarett. Der Feind ließ den Schwanz nach vorn peitschen, um die Zeltklappe zur Seite zu schlagen. Dann schubste er mich hinein und zwang mich zu Boden. Ich widerstand dem Drang, sofort wieder aufzuspringen. Mir war klar, dass er mich problemlos überwältigen konnte. Daher zwang ich mich, mich zu entspannen und mich umzusehen.

Es dauerte ein wenig, bis meine Augen sich an das schummerige Licht gewöhnt hatten. An einem Ende des Zelts entdeckte ich einen großen Stuhl oder vielleicht sogar einen Thron. Er schien aus langen Tierknochen zu bestehen, während die Sitzfläche mit Leder ausgekleidet war. Dazu gab es eine Reihe Regale, die ebenfalls aus Knochen gebaut waren. In ihnen lagen verschiedene Gegenstände, häufig Waffen. Auch neben dem Thron stapelten sich Waffen, darunter zwei gewaltige Speere mit schwarzen Spitzen. Außerdem entdeckte ich überall Lederriemen und den einen oder anderen Lendenschurz, wie der Feind ihn trug.

Anders als das erste Zelt schien dieses ein Privatbereich zu sein. Ein Zuhause. *Sein* Zuhause.

Oh-oh.

Die Tatsache, dass ich im persönlichen Zelt des Feinds gelandet war, war vermutlich ein sehr schlechtes Zeichen. Und als ich zu Boden sah und begriff, dass er mich auf einen Haufen Tierhäute gezerrt hatte, die vermutlich sein Bett darstellten, war mir klar, dass ich verloren war.

Mir schlug das Herz wie wild gegen die Rippen und ich kroch rückwärts. Meine blutigen Hände befleckten das

Leder und blieben daran kleben. Der Feind knurrte, ließ etwas fallen und kauerte sich neben mich, um mich zu packen. Ich verbiss mir einen Aufschrei, als ich mich hastig auf Hände und Knie rollte und versuchte, mich aufzurichten. Aber der Feind war zuerst auf den Beinen. Er fasste mich um die Hüften und rang mich zu Boden.

Mein Hintern war nach dem langen Ritt sowieso empfindlich und ich konnte nicht anders, als vor Schmerz aufzuschreien, als er auf den harten Untergrund traf. Bei diesem Laut stoben die schimmernden Funken in den Augen des Feinds ruckartig nach außen. Er bellte mir etwas entgegen, dann packte er meine Handgelenke und riss mich hoch, bis ich saß.

Da fiel mir auf, was er fallen gelassen hatte. Gewebten Stoff, der in lange Streifen geschnitten war.

Er wird mich fesseln.

Aber Moment, das war kein Seil. Es war das gleiche Zeug, das die Frauen im Krankenzelt als Verbände verwendet hatten. Und daneben lag ein kleines Gefäß. Was enthielt es?

„Was hast du mit mir vor?", keuchte ich und blies mir eine verirrte Strähne aus dem Gesicht.

Der Feind musterte mein rotes Haar interessiert, bevor er mir wieder in die Augen sah. Und irgendwie wünschte ich, er hätte es nicht getan, denn ich fühlte mich ... entblößt. Als würde mir die brennende Haut von den Knochen fallen. Als würde er viel zu tief in mich hineinsehen, verdammt noch mal.

Er stieß einen leisen Laut zwischen Stöhnen und Grollen aus und beugte sich vor, bis sein Gesicht dicht vor meinem schwebte. Er war mir so nah, dass ich die Zunge ausstrecken und über einen seiner irren, gefletschten Fangzähne hätte lecken können, wenn ich gewollt hätte.

Er verstärkte den Griff um meine Handgelenke, sein Schwanz klopfte auf den Boden und ich zwang mein Herz, nicht länger so wild zu schlagen, damit ich einmal mehr meine nutzlose Frage stellen konnte.

„Was hast du mit mir vor?"

KAPITEL VIER
Fallo

WENN MICH IN DIESEM Augenblick einer meiner Männer gesehen hätte, wären sie überzeugt gewesen, dass ich den Verstand verloren hatte. Niemand hatte je davon gehört, dass ein Gahn auf den Knien lag und die Arbeit einer Heilerin übernahm, und das für jemanden, der weder seine Gefährtin noch sein Kind war. Diesen Dienst einem so seltsamen Wesen wie der neuen Frau zu erweisen, die kaum mehr als eine Gefangene war, war der Gipfel des Wahnsinns.

Ich ärgerte mich über mich selbst, aber aus irgendeinem Grund konnte ich nicht anders. Der Geruch ihres Bluts machte mich beinahe rasend vor Wut und einem Verlangen, das ich nicht zuordnen konnte. Ich wollte dieses eigenartige Wesen sicher nicht auf dieselbe Weise wie eine Frau des Sandmeers. Dieses kleine, blasse Ding, das mich anfunkelte, als wäre ich eine Schmeißfliege, die ihr um die Ohren summte. Die grau-weißen Augen dieser Frau forderten mich ständig heraus.

Warum habe ich sie überhaupt hergebracht?

Ihre Wunden waren nicht so schwer, als dass sie nicht hätte warten können, bis eine der Heilerinnen Zeit für sie hatte. Ich war mir nicht einmal sicher, warum ich von Bo-keelie verlangt hatte, sich ihrer zuerst anzunehmen, obwohl es den anderen Frauen eindeutig schlechter ging. Und dann hatte diese Frau, dieses Feuerwesen, Bokeelies Hilfe auch noch abgewiesen.

Es war ihr wichtig gewesen, dass die Frauen ihres Clans zuerst behandelt wurden. Vielleicht war sie wirklich eine Gahnala. Aber wenn sie hier war, wo war dann ihr Gahn?

Er musste ziemlich schwach sein. Sonst hätte er nicht zugelassen, dass sie sich so weit von ihm entfernte. Ohne sie zu beschützen und zu verhindern, dass ein anderer Gahn sie in sein Zelt führte.

Ich zischte. Mein Glied regte sich und ich schloss fester die Hände um ihre Unterarme. Im Zelt der Heilerinnen waren die neuen Frauen alle nur knapp bekleidet gewesen, aber ich hatte ihnen kaum einen Blick geschenkt. Ich hatte mich zu sehr auf die Feuerfrau mit den wütenden Augen und den blutenden Händen konzentriert. Und jetzt war sie hier in meinem Zelt und mein Körper reagierte auf gefährliche Weise.

Sie sprach wieder und stellte mir Fragen. Fragen, die ich weder verstehen noch beantworten konnte.

„Ruhe jetzt", grummelte ich. Sie nicht zu verstehen, machte mich wahnsinnig. Ich konnte es nicht ertragen, ihre Worte zu hören.

Auf Knien rückte ich voran, zog ihre Arme zu mir und drehte ihre Handflächen nach oben.

Ich sog scharf Luft ein.

Der Kontrast des hellen Rots auf dem Weiß ihrer Haut war wunderschön und schrecklich zugleich. Ihre Hände waren so klein, die Finger zart und ohne Klauen. So empfindliche Haut.

„Du kannst nicht aus dem Sandmeer stammen. Du bist so schwach, und trotzdem hast du überlebt", murmelte ich und senkte den Kopf, um ihre Hände zu untersuchen. Ich atmete tief durch die Nase ein.

Ungeachtet meiner Worte schien sie nicht zu begreifen, wie schwach sie war. Plötzlich ruckte sie mit dem Becken nach vorn, nutzte die Stütze, die meine Hände ihr boten, und setzte ihre behüllten Füße gegen meine Brust, um kräftig zuzutreten. Mit einem erstickten Ausruf erhob ich mich auf die Knie und beugte mich vor, dann ließ ich sie los.

Nicht, weil sie mich übertölpelt oder gar niedergerungen hatte. Ich ließ sie entkommen, weil ihr die Kraft meines Griffs in Kombination mit ihrem Tritt gegen meine breite Brust die Arme aus den winzigen Gelenken gerissen hätte. Ich knirschte mit den Fangzähnen, als sie sich herumrollte und von mir wegkrabbelte.

Einen Atemzug später hatte sie sich einen der Speere aus *zeelk*-Stacheln neben meinem Thron geschnappt. Sie sprang auf die Beine und hielt den Speer zwischen uns. Die Waffe war länger, als sie groß war. Der Anblick war absurd. Aber der Glanz in ihren seltsamen Augen war ganz und gar nicht absurd. Sie würde den Speer gegen mich einsetzen, wenn sie die Gelegenheit bekam. Ohne Zögern oder Gnade.

Vielleicht ist sie doch eine Bewohnerin des Sandmeers.

„Dein Blut beschmutzt meine Waffe", sagte ich trocken.

Ihre Wunden hinterließen tiefrote Schlieren auf dem knöchernen Schaft meines Speers. Zeichneten ihn. *Wie würde es sich anfühlen, ihr Blut am Körper zu tragen?* Ein Schauder erfasste mich.

Das wurde allmählich ermüdend. Selbst wenn sie nicht schwer verwundet war, konnte auch eine kleine Wunde wie die ihre zu Fieber und Tod führen, wenn man sie nicht behandelte.

„Hör auf, dich gegen mich zu wehren, Frau", knurrte ich.

Sie hätte meinen Männern und mir auf Knien danken sollen, dass wir sie und ihre Frauen vor den Gefahren der offenen Wüste gerettet hatten. Gegen die *zeelk* oder eine *krixel* hätten sie keine Sekunde standgehalten. Und doch leistete sie mir unaufhörlich Widerstand. Das war lächerlich.

„Ich hätte dich bei den anderen lassen sollen", sagte ich mehr zu mir selbst als zu ihr.

Wir umkreisten einander inzwischen. Meine Finger zuckten an meinen Seiten und mein Schwanz hatte sich vor Anspannung versteift.

Ihr Blick war konzentriert und fest und huschte zwischen meinem Gesicht, meinen Händen und meinem Schritt hin und her. Ich konnte die Härte zwischen meinen Beinen weder verbergen noch erklären. Das gefiel mir alles nicht.

Ich brüllte meine Frustration hinaus. Sie fuhr zusammen und stieß mit dem Speer zwischen uns. Sie hatte die kleinen, flachen Zähne gebleckt. Mein Schwanz peitschte durch den Sand. Keine Frau des Sandmeers würde je eine Waffe auf einen Krieger richten, schon gar nicht auf einen Gahn. Einmal mehr fragte ich mich, woher sie kam. Ich war genauso neugierig wie zornig.

„Das reicht jetzt!"

Ich trat vor, erwischte den Speer unterhalb der tödlichen Spitze und zog daran. Es gefiel mir, wie sie die Augen aufriss, als sie nach vorn gerissen wurde. Sie ließ den Speer fallen und drehte sich um, um davonzurennen, aber ich packte sie am Kragen ihres eigenartigen Gewands und zerrte sie zu mir zurück. Ihr Atem ging schwer und keuchend, sodass ich spürte, wie sich ihr Rücken an meiner Brust bewegte.

„Hör auf, dich zu wehren und wegzurennen. Ich bin hier der Gahn und du wirst mir gehorchen", sagte ich deutlich tiefer, als ich vorgehabt hatte. Irgendwie war mein Mund an ihrem kleinen, weichen Ohr gelandet. Irgendwie erwischte ich mich dabei, dass ich gierig ihre Witterung in mich auf-nahm. Irgendwie legten sich meine Arme um ihre Taille.

Ich schüttelte mich, um mich wieder auf meine Aufgabe zu konzentrieren.

Irrsinn. Das ist alles Irrsinn.

Mit einem Arm hielt ich sie an meinen Körper gedrückt, obwohl sie wieder um sich trat und gegen mich ankämpfte. Grollend bückte ich mich nach dem Topf voll mit Blut der Lavrika, den ich aus dem Zelt der Heilerinnen mitgenom-men hatte. Das war eine wirkungsvolle Heilsalbe. Zumind-est für mein Volk. Aber wie ich Bokeelie verstanden hatte, schien sie auch bei den neuen Frauen zu wirken.

Die Fremde sträubte sich und schüttelte mich durch. Ich hatte nicht genug Hände für diesen Ringkampf. Nie zuvor hatte ich Grund zur Klage gehabt, weil ich nur zwei klauen-bewehrte Hände besaß. Aber heute und bei dieser Frau gab es eine Menge, über das ich mich beklagen konnte.

Ich wusste nicht, wie ich das Blut der Lavrika auf ihren Wunden verteilen sollte. Mit einer Hand hielt ich den Topf umklammert, mit der anderen hielt ich sie fest, um sie an der Flucht zu hindern. Es war inzwischen offensichtlich, dass sie mich nicht verstehen konnte. Ich konnte ihr keine Befehle geben. Nicht ohne auf die Kraft meines Körpers zurückzugreifen.

Dieser Gedanke ließ mein Glied pulsieren, aber ich ignorierte es. Ich verlagerte eine Hand, bis ich sie wieder am Unterarm packte, und drückte sie mit dem Ellbogen gegen meinen Oberkörper. Mit der anderen Hand kippte ich den halben Inhalt des Topfs auf ihre kleinen Handflächen.

Sie schrie auf und versteifte sich, doch gleich darauf ließ ihre wilde Gegenwehr nach. Das Blut der Lavrika bot rasche Heilung. Inzwischen mussten ihre Schmerzen nachlassen. Zum ersten Mal entspannte sie sich etwas, auch wenn ich sie immer noch festhielt. Ich wusste nicht, ob mir das gefiel oder nicht. Es fühlte sich ... merkwürdig an. Ich vertraute der Sache nicht.

Inzwischen betrachtete die Frau ihre nach oben gerichteten Hände. Ihre orangeroten Augenbrauen zogen sich zusammen. Auch ich sah nach unten. Der Unterschied zwischen uns ließ mich innerlich zurückprallen. Wir hatten beide vier Finger und einen Daumen, aber meine Hände waren mehr als doppelt so groß wie ihre, bewehrt mit grausamen schwarzen Klauen und bedeckt von fester Haut.

Das Blut der Lavrika drang rasch in ihre Handflächen ein und ihre Haut heilte vor unseren Augen. Der Frau klappte der Mund auf und sie sagte leise etwas. Wo immer sie herkam, offenbar kannte man dort das Blut der Lavrika nicht.

Stolz entblößte ich meine Fangzähne. Mein Clan war stark und niemand von uns musste Mangel leiden. Nun, wir wären jedenfalls stark, wenn wir genug Frauen hätten, um die Anzahl unserer Männer auszugleichen und unseren Fortbestand zu sichern.

Aber vielleicht würde dank dieser Frau und den ihren alles anders werden. Mein Grinsen wurde breiter. Ich, Gahn Fallo, hatte jetzt mehr Frauen als jeder andere Clan im Sandmeer. Nun mussten wir nur noch herausfinden, ob unsere Körper an den entscheidenden Stellen zueinanderpassten. Ob wir uns paaren konnten.

Die Lavrika waren schon eine ganze Weile nicht mehr zu einem der Männer meines Clans gekommen. Auch zu mir nicht. Nur die Lavrika, die schwebende Essenz des Sandmeers, konnte zwei Gefährten aneinander binden. Und nur diejenigen, die im heiligen Gefährtenband vereint waren, bekamen problemlos Junge.

Es gab Geschichten über Junge, die außerhalb eines heiligen Bands empfangen worden waren. Es war selten, kam jedoch vor. Vielleicht brauchten wir die Lavrika also gar nicht, nicht, wenn es um diese Frauen ging. Sie stammten nicht einmal aus dem Sandmeer. Möglicherweise galten unsere Traditionen für sie nicht.

Aber ohne das heilige Band und die alles verzehrende Liebe, die damit einherging, würden wir die neuen Frauen anders überzeugen müssen. Und wir konnten uns nicht verständigen. Man mochte mich den Irren Gahn nennen, aber ich war nicht verrückt genug, um die Fremden einfach zu fesseln und zu vergewaltigen. Dennoch glitt mein Blick gegen meinen Willen zu den Verbänden, die ich mitgebracht hatte. Mit den gewebten Streifen würden sich diese schmalen Handgelenke allzu gut fesseln lassen.

Die Feuerfrau sprach mit mir und ich antwortete mit einem abgelenkten Grollen. Sie wandte den Kopf, ihr Blick wirkte fordernd. *Wie konnte sie es wagen, von einem Gahn etwas einzufordern?*

Als sie den Kopf drehte, fiel mir ein, dass sie eine weitere Wunde davongetragen hatte. Der Riss, den der *axrekal*-Dorn auf ihrer glatten Wange hinterlassen hatte, sah böse aus. Auch ihre übrige Haut wirkte ungewöhnlich rot. Zumindest ging ich davon aus, dass diese Färbung unnatürlich war. Mir war aufgefallen, dass die Heilerinnen das Blut der Lavrika auf den roten Stellen der anderen Frauen verteilt hatten. Die Haut hatte sich danach beruhigt. Ich wusste jedoch nicht, was für diese Verletzungen verantwortlich war.

„Wenn du aufhören würdest, gegen mich anzukämpfen und mir sinnlose Fragen zu stellen, könnte ich mich um deine anderen Wunden kümmern", erklärte ich ihr.

Sie rümpfte die Nase, als hätte ich etwas Geschmackloses gesagt, und Wut schoss durch meine Adern. Ich riss sie herum, sodass sie mich ansah. Dann ließ ich ihre Handgelenke los und legte einen Arm um ihren Rücken.

„Halt das fest", fauchte ich und ließ den Topf in ihre geheilten Hände fallen.

Sie quietschte. Ihre schmalen Brauen hoben sich, aber sie ließ den Topf nicht fallen. Während ich sie festhielt, tauchte ich einen Finger in das Blut der Lavrika. Mein Herz verkrampfte sich, als ich es berührte. Reine Kraft schien auf meiner Haut zu brennen und löste überall ein Kribbeln aus.

Ich hob die Hand und ließ die feuchte Fingerkuppe behutsam über ihre blutige Wange gleiten. Sie hielt nun still und beobachtete mich aus weit aufgerissenen Augen. Ständig beobachtete sie mich.

Ich verbiss mir ein Knurren und tauchte erneut die Hand in den Topf, bevor ich ihr über die andere Wange, die Stirn und schließlich über die knochige Erhebung ihrer schmalen Nase strich. Ihre Haut war so weich, dass ich auf irgendetwas einschlagen wollte. Diese ganze Situation war so bizarr, dass ich am liebsten geschrien hätte. Wenn einer der Krieger gesehen hätte, was ich tat, hätte ich auf ewig um meinen Titel als Gahn kämpfen müssen. Es war eine Dummheit. Eine Schwäche, die mich ruinieren könnte.

Ich konnte meine kochende Wut nicht unterdrücken. *Soll doch irgendein Mann versuchen, mit mir zu tun, was ich mit meinem Vater getan habe. Ich werde ihn auf der Stelle töten.* Hier in meinem Zelt konnte mich kein Mann herausfordern.

Aber was war mit der Frau, die mich hier und jetzt herausforderte?

Fasziniert sah ich zu, wie die Röte ihrer Haut nachließ und nur eine Reihe kleiner brauner Flecken zurückblieb. Sie ähnelten Sichtsternen, bewegten sich aber nicht. Ich nahm ihr den Topf ab und stellte ihn auf ein nahes Regal. Anschließend legte ich ihr, ohne darüber nachzudenken, auch den zweiten Arm um den Rücken, sodass ich sie umfing.

Sie schwieg jetzt, ihr Atem ging stoßweise. Ich beugte mich zu ihr. Plötzlich hatte ich das dringende Bedürfnis, ihren Atem an meinem Mund zu spüren. Ich zog sie näher, näher …

... und fuhr zusammen.

Sie hat Brüste.

Frauen bekamen nur Brüste, wenn sie schwanger waren oder ein Junges stillten. Diese Frau erwartete ein Kind. Wie hatte ich das nur übersehen können? Ihr fremdartiges, steifes Gewand hatte ihre Figur verborgen. Ihr Bauch schien flach zu sein, aber es war nicht zu leugnen, dass sich die Wölbungen ihrer Brust an meine drückten. Stöhnend stieß ich sie von mir und biss heftig die Zähne aufeinander, bevor ich aus dem Zelt stürmte.

Wenn sie schwanger war, musste sie irgendwo dort draußen einen Gefährten haben. Vielleicht sogar einen Gahn.

Ich beschleunigte meine Schritte, ließ die Zelte hinter mir und lief auf die Hügel zu. Dann riss ich eine Klinge von meinem Rücken und schleuderte sie so kräftig wie möglich Richtung Horizont. Bevor ich ihn verdrängen konnte, kam mir ein bitterer Gedanke. Die Worte hallten wie das endlose Wirbeln meiner Klinge im Wüstenwind in mir wider:

Ein würdiger Gahn hätte sie nie gehen lassen.

KAPITEL FÜNF

Chapman

ÄH, WAS ZUM GEIER WAR das denn?

Der Feind, derjenige, der mich angeschaut hatte, als würde er mir am liebsten den Kopf abreißen, der mir die Klauen um den Hals gelegt hatte, als wäre es nicht der Rede wert, hatte mich weder in sein Zelt gebracht, um mich zu töten, noch um mich zu vergewaltigen. Er war mit mir hergekommen, um ... mich zu heilen? Weil die Alien-Frauen im anderen Zelt zu beschäftigt gewesen waren?

Das ergibt doch keinen Sinn.

Sein Verhalten war mir absolut unbegreiflich. Und solange ich meinen Feind nicht verstand, konnte ich unmöglich eine Strategie entwickeln. Wie sollte ich die anderen und mich vor jemandem schützen, den ich nicht durchschaute? Heiß und kalt. Hell und dunkel. Im einen Moment rasend vor Wut, im nächsten berührte er mein verbranntes Gesicht beinahe zärtlich. Er war unmöglich. Der Feind. Das große Rätsel.

Rasch schüttelte ich den Kopf und sah mich erneut um. Er hatte mich allein gelassen. Das war schon einmal etwas.

Und was noch besser war: Er hatte mich mit seinen *Waffen* allein gelassen.

Noch etwas, das ich nicht verstand. War er etwa dumm? Oder war er sich seiner Kraft so sicher, dass er überzeugt war, dass ich auch mit all diesen Waffen in Reichweite keine Bedrohung darstellte?

Ich hoffte, Ersteres war der Fall, aber ich bezweifelte es.

Trotzdem griff ich nach einer Klinge. Ein Speer wäre mir lieber gewesen. Er war unhandlich und schwer mit seinem langen Knochengriff. Aber seine Länge vermittelte mir ein Gefühl der Sicherheit. Wenn mir schon keine Schusswaffe zur Verfügung stand, um jemanden aus der Entfernung zu töten, wäre ein Speer die nächstbeste Option. Da er rund zwei Meter lang war, konnte ich mir damit problemlos jemanden vom Leib halten, wenn ich ihn richtig einsetzte.

Ich errötete, als mir einfiel, wie der Feind den Speer mit starker Hand umfasst und mich nach vorn gezerrt hatte, als wäre es kaum der Rede wert. Als wäre er unbesiegbar.

Okay, insofern wäre der Speer vielleicht doch keine so gute Wahl gewesen wie gedacht. Abgesehen davon konnte man ihn nicht verstecken. Mit einem solchen Ding in den Händen würde ich dort draußen nicht weit kommen. Man würde mich als feindlichen Angreifer ansehen und sofort töten. Und ehrlich gesagt wollte ich das so lange wie möglich vermeiden. Nein, es musste etwas Kleineres sein.

Daher wählte ich das Messer.

Ich entschied mich für das kleinste. Für den Feind war es vermutlich nicht mehr als ein Dolch, aber bei meiner Größe war es praktisch eine Machete. Den Griff in der Hand zu haben, fühlte sich unglaublich an. Die Klinge schimmerte in einem tiefen Schwarz und war extrem scharf.

In Ordnung, nun hatte ich also eine Waffe. Stellte sich die Frage, wie ich sie verbergen konnte.

Ich hatte meine Solarschutzjacke nicht mehr. Mit diesem Problem würde ich mich später beschäftigen müssen, da ich dort draußen unbedingt Schutz brauchte. Ich bedauerte es, dass sie im Sand jenseits der Hügel liegen geblieben war. *Vielleicht ist sie ja noch da und ich kann sie mir holen.* Aber eines nach dem anderen: Zuerst musste ich zu den anderen und mich vergewissern, dass es ihnen gut ging.

Aber ohne meine Jacke war es schwierig, das Messer zu verbergen. Ich könnte es mir hinten in die Hose stecken, aber mir gefiel die Vorstellung nicht, die gewaltige Klinge an meiner nackten Haut zu tragen. Ich hatte nichts, um sie einzuwickeln oder anderweitig für Schutz zu sorgen.

Ich kaute auf meiner Unterlippe herum. Mir war bewusst, dass der Feind jeden Augenblick zurückkehren und sehen könnte, was ich trieb, und sah mich auf der Suche nach etwas Brauchbarem im Zelt um. Mein Blick landete auf einem Stapel gefalteten Stoffs, der neben den Regalen auf dem Boden lag. Rasch ging ich darauf zu und griff nach dem obersten Stück Stoff.

Er war weich, strapazierfähig und nachgiebig. Es schien sich um dasselbe Material zu handeln, aus dem die Zelte bestanden: eine Mischung aus braunem Glatt- und Wildleder. Ich hielt meinen Fund hoch und musterte ihn. Er würde den Zweck erfüllen, entschied ich zufrieden nickend. Dann schoss mir Hitze durch den Körper, als ich begriff, was ich da in der Hand hielt.

Es war einer der Lendenschurze des Feinds.

Aber es gab kein anderes verdammtes Kleidungsstück und auch sonst keinen Stofffetzen in diesem Zelt! Die Männer trugen nur diese Lendenschurze und die Riemen für ihre Waffen, als hätten sie ein Cosplay entworfen, das halb *Tarzan* und halb *Gladiator* entsprungen war.

„Scheiß drauf", murmelte ich und wickelte das große, dunkle Messer rasch in den weichen Stoff. Ich versuchte zu ignorieren, wie groß der Schurz war.

Nachdem ich die Klinge bis zum Knochengriff gesichert hatte, nahm ich mir die langen Stoffstreifen, die der Feind aus dem anderen Zelt mitgebracht hatte. Es schien sich um Verbände zu handeln, aber die Schnitte auf meinen Handflächen waren so unglaublich schnell geheilt, dass wir sie nicht gebraucht hatten. Den Zelteingang im Auge behaltend wickelte ich schnell die Bänder um mein Bündel und zog sie fest. Dann schob ich mir das Ganze hinten in die Hose, sodass sich die Klinge an die Rückseite meines linken Oberschenkels drückte und der Knochengriff kurz oberhalb des Bunds saß. Hastig zog ich das Uniformhemd heraus und ließ den Saum über die Hose fallen.

Natürlich gab es keinen Ganzkörperspiegel, in dem ich das Ergebnis meiner Bemühungen hätte prüfen können, aber ich strich mir schnell über Rücken und Beine und hoffte, dass das Messer entgegen aller Wahrscheinlichkeit nicht allzu gut zu sehen war. Ich hatte nicht direkt einen Plan, wie ich die Waffe einsetzen wollte. Es war immerhin nicht so, als wollte ich meinem Feind nachjagen und ihn exekutieren oder so. Als wäre ich dazu überhaupt in der Lage gewesen. Nein, ich wollte sie nur als Rückversicherung. Etwas, mit dem ich mich im Chaos dieser fremden Welt verteidigen konnte.

Sehnsüchtig sah ich mich nach den anderen Waffen um und wünschte, ich könnte mich bis zu meinen winzigen, menschlichen Zähnen bewaffnen. Aber damit würde ich nie durchkommen. Was ich hatte, musste reichen.

Ich ging zur Zeltklappe und zog sie ein kleines Stück zur Seite, um nach draußen zu spähen.

Das Zelt stand ein Stück von den anderen entfernt. Es wurde immer deutlicher, dass der Feind der Anführer hier war. Alle schienen seinen Befehlen zu gehorchen und sein Zelt war definitiv größer als die übrigen. Außerdem stand hier dieser gigantische Knochenthron, der nur einem König der Aliens gehören konnte.

Ich frage mich, ob er eine Königin hat?

Warum dachte ich überhaupt darüber nach? *Egal. Zurück zum Thema.*

Ich konnte von meinem Standpunkt aus das große Zelt erkennen, in dem ich die anderen Frauen zum letzten Mal gesehen hatte. Es lagen etliche andere Behausungen zwischen dem Lazarett und diesem Zelt und ab und zu sah ich eine Frau mit Kind oder einige Krieger umhergehen. Er hatte mich allein zurückgelassen, aber ich wusste nicht, ob ich hierbleiben sollte oder nicht. Er hatte mich nicht gefesselt und wenn der Feind mir gesagt hatte, dass ich mich nicht rühren sollte, hatte ich ihn natürlich nicht verstanden. Nicht, dass ich gehorcht hätte. So oder so wusste ich nicht, ob man mich aufhalten würde, wenn ich hinausging.

Geh lieber auf Nummer sicher. Und lass dich nicht erwischen.

Mit einem tiefen Atemzug und jagendem Puls schlüpfte ich geräuschlos aus dem Zelt. Gott, die Sonne war mörderisch. Was immer das weiß glühende Zeug gewesen war, das der Feind mir auf die Wangen geschmiert hatte, das Brennen war danach verschwunden. Aber dabei würde es nicht lange bleiben. Nicht bei einer sommersprossigen Rothaarigen, die unter dieser sengend heißen, fremden Sonne umherlief.

Das nächste Zelt war rund viereinhalb Meter entfernt. Also musste ich rennen.

Meine Füße flogen nur so, als ich darauf zusprintete, schlitternd zum Stehen kam und mich in seinen Schatten kauerte. Dann sah ich mich um, um herauszufinden, ob man mich bemerkt hatte. So weit, so gut.

Es gab ein weiteres Zelt, das ich gut als Deckung nutzen konnte. Es lag noch einmal sechs Meter entfernt und dahinter erhob sich bereits das Lazarett. Das war zu schaffen.

Ich atmete zittrig aus und lief weiter. Meine Stiefel trommelten über den verdichteten staubigen Untergrund. Gerade, als ich mich dem Schatten des nächstgelegenen Zelts näherte, hörte ich einen überrascht klingenden Ausruf, höher und dünner als die anderen Stimmen, die ich bisher im Lager gehört hatte.

Verdammt. Man hatte mich gesehen. Ein Alien-Kind stand in der Nähe und sah mich aus großen Augen an. Wieder rief es etwas und eine Frau hastete aus einem nahen Zelt herbei, hielt inne und riss den Mund auf, als sie mich entdeckte.

Bitte lasst mich einfach weiterlaufen. Bitte löst keinen Alarm aus.

Ich blieb nicht bei dem angepeilten Zelt stehen. Schnelligkeit war jetzt wichtiger als Deckung. Meine Brust brannte und mir war schwindelig, als ich direkt auf das Lazarett zulief. Meine Haut mochte geheilt sein, aber ich dehydrierte allmählich und die Hitze war nicht gerade hilfreich. Ich schwitzte nicht mehr, wie ich sollte, und das war kein gutes Zeichen.

Aber ich hatte das Krankenzelt fast erreicht. Mit einem schwachen, aber triumphierenden Aufschrei warf ich die weiche braune Zeltklappe beiseite und warf mich hinein. Abrupt kam ich zum Stehen und stolperte beinahe über Kat, die inzwischen aufrecht saß und wesentlich besser aussah als bei unserer letzten Begegnung. Ich konnte nicht anders als zu lächeln, als ich sie mit ihrer üblichen finsteren Miene unter den fast unsichtbaren platinblonden Augenbrauen vor mir sah.

„Wo zum Teufel kommst du denn her?", fuhr sie mich an, als ich mit den Armen wedelte, um das Gleichgewicht zu halten und nicht auf sie zu fallen.

„Ich habe keine Ahnung", antwortete ich, da ich das Thema nicht vertiefen wollte. Ich hatte wieder festen Stand gefunden und sah mich um. Erleichtert seufzend stellte ich fest, dass alle bei Bewusstsein waren und saßen. *Wir haben es geschafft.*

Die anderen bemerkten mich. Einige sprangen auf, um mich zu begrüßen, andere krabbelten auf mich zu. Ich entdeckte keine der Alien-Heilerinnen. Wir waren allein, zumindest für den Moment.

„Es geht dir gut!", hauchte Theresa, als sie auf Händen und Knien bei mir ankam. „Wir haben uns solche Sorgen gemacht, als der große Kerl dich weggebracht hat."

Die anderen nickten.

„Alles in Ordnung. So weit, so gut. Ich bin froh, dass es euch auch wieder gut geht." Als ich sie der Reihe nach ansah, wurde mir bewusst, dass es mir ernst war. Während der Reise auf dem Raumschiff war ich kühl mit ihnen umgesprungen, manchmal sogar mit Geringschätzung. Ich hatte Befehle befolgt und mir nicht gestattet, sie besser kennenzulernen. Es war für mich die einzige Möglichkeit gewesen, Abstand zu wahren. So konnte ich meinen Schuldgefühlen Herr werden, dass ich an ihrer Entführung beteiligt gewesen war. Auch wenn ich nichts davon geahnt hatte, bis es zu spät gewesen war. Für uns alle.

Aber nun war alles anders. Ich konnte es mir nicht mehr leisten, auf Distanz zu bleiben. Wir würden einander brauchen, wenn wir hier überleben wollten. Jede einzelne dieser Frauen war aufgrund ihrer besonderen Fähigkeiten und Ausbildung für diese Mission ausgesucht worden. Biologie, Chemie, Botanik, Anthropologie. Unsere Linguistin Celia hatten wir an diesen anderen Krieger verloren und das würde sich wahrscheinlich als herber Schlag erweisen. Aber ich hoffte immer noch, dass wir sie irgendwie wiederfinden würden.

Aber wie?

Keinen blassen Schimmer.

Als ich die anderen musterte, fiel mir auf, dass Celia nicht unser einziger Verlust war. Ich verengte die Augen und überlegte angestrengt, wer noch fehlte. Dann fiel es mir siedend heiß ein. Zoey. Die stille Ingenieurin. Ich hatte nicht gesehen, wie einer der Krieger sie gefangen genommen hatte. Das konnte nur bedeuten, dass sie der anderen Gefahr zum Opfer gefallen war.

Mir wurde schlecht. Ich versuchte die Vorstellung, dass sie von einer Alien-Krabbe in Stücke gerissen worden war, aus meinem Kopf zu verbannen. Ich musste mich auf die konzentrieren, die noch übrig waren.

Ich kauerte mich hin, um mit den anderen auf Augenhöhe zu sein.

Melanies dünne, leise Stimme riss mich aus meinen Gedanken. „Der Große, der dich mitgenommen hat. Wir glauben, das ist der Anführer."

Ich nickte. Mein Kopf fühlte sich schwer an und als wäre er voller Watte. „Ich denke, ihr habt recht." Ich ließ die Tatsache aus, dass sie ihn den Anführer nennen mochten, er für mich aber der Feind war. Es hätte keinen Zweck, sie mehr zu verängstigen als nötig.

„Wo sind die Frauen, die euch versorgt haben?", fragte ich. Es überraschte mich, dass niemand uns überwachte. „Ich habe vor dem Zelt auch keine Wachen gesehen."

Kat schnaubte und Melanie musterte mich aus dunklen Augen. „Sie wissen, dass uns klar ist, dass wir hier festsitzen. Sie wissen, dass wir in der Wüste nicht überleben würden. Wir können nirgendwohin."

Sie hatte recht. Stöhnend setzte ich mich auf den Boden. Ich passte meine Haltung an, damit mich die harte Länge des Messers in meiner Hose nicht störte. Ich konnte nicht mehr denken. Nicht jetzt. Mein Kopf schmerzte fürchterlich.

„Haben sie euch Wasser gegeben?", krächzte ich und schluckte. Meine Kehle war wund und geschwollen.

Theresa nickte hastig und griff hinter sich. „Ich hoffe, du hast nichts dagegen, dass ich schon davon getrunken habe. Pass auf die Dornen auf", warnte sie mich, während sie mir einen trockenen, festen Gegensatz reichte. Es handelte sich um eine Pflanze, einen Kaktus, flach und rund und etwa doppelt so groß wie meine Hand. An einer Seite war er eingeschnitten und ich öffnete ihn wie eine Muschel, wobei ich darauf achtete, mir nicht die frisch geheilten Hände an den schwarzen Stacheln aufzureißen. Im Innern befand sich ein durchsichtiges grünliches Gel. Ich starrte es mit gefurchten Brauen an, zu durstig und müde, um mir zu überlegen, was ich damit anfangen sollte.

Kat schnaubte neben mir und stocherte mit dem Finger in dem glänzenden Schleim.

„Man *isst* ihn", sagte sie. „Ist wie Wackelpudding oder so was."

Dann mal Prost.

Ich hob den Kaktus an die Lippen und ließ seinen glibberigen Inhalt in meine Kehle sickern. Er schmeckte nicht unbedingt unangenehm, war aber recht bitter. Der Geschmack erinnerte mich an etwas ...

„Schmeckt wie starker grüner Tee, oder?", fragte Theresa leicht lächelnd und nahm mir die leere Schale ab, sobald ich fertig war.

Ja, genau das war es. Als bei meiner Mom der Krebs diagnostiziert worden war, hatte sie das Zeug literweise getrunken in der Hoffnung, dass die Antioxidanzien ihr helfen würden. Aber es hatte nicht gereicht. Selbst die Chemo hatte nicht gereicht. Wann immer sie grünen Tee gekocht hatte, waren es gleich zwei Tassen gewesen. Seit ihrem Tod hatte ich keinen mehr getrunken.

„Hier. Ich hoffe, du bist keine Veganerin." Melanie reichte mir etwas, das ich für eine Art Trockenfleisch hielt.

Nach dem merkwürdigen Kaktus-Wackelpudding fühlte ich mich etwas besser, aber ich musste unbedingt etwas essen. Mir wurde allmählich übel und wenn ich nicht bald etwas aß, um bei Kräften zu bleiben, würde ich später wahrscheinlich nichts mehr bei mir behalten können. Die Reise ins Lager hatte Stunden gedauert – Stunden, die ich ohne Essen in der Hitze verbracht hatte.

Ich nahm einen Bissen von dem zähen Zeug. Mein Mund füllte sich mit Speichel, als mein Magen den Aufstand probte. Aber es gelang mir, ein paar Bissen zu schlucken. Und nachdem ich mich etwas ausgeruht und noch mehr Wackelpudding Marke grüner Tee geschlürft hatte, fühlte ich mich allmählich etwas gestärkt, obwohl ich dringend ein Nickerchen nötig hatte.

Die anderen Frauen hatten sich wieder ihren Gesprächen gewidmet, nachdem die Aufregung um mein Auftauchen abgeflaut war. Kat spielte mit einer leeren Kaktusschale und hatte den Blick ihrer großen blauen Augen von mir abgewandt.

„Ich habe gehört, du hast die Alien-Ärztin dazu gebracht, mich vor dir zu versorgen", sagte sie leise. „Obwohl der Anführer wollte, dass sie sich zuerst um dich kümmert."

Ich erstarrte und sah Kat von der Seite an, bevor ich langsam nickte. „Nun, ich hatte den Eindruck, dass du in einem ziemlich schlechten Zustand bist", erwiderte ich.

Kat lachte bitter auf und warf die Kaktusschale beiseite. Mit funkelnden Augen wandte sie sich mir zu. „Pass auf, ich brauche keine Hilfe, okay? Ich komme allein klar."

Ich musterte sie schweigend. Sie kaute auf ihrer vollen rosigen Unterlippe herum. Ihr Gesicht war wunderschön. Ihr rasierter Schädel und die vielen Piercings schienen ihre attraktiven Züge nur zu betonen. Seufzend streckte sie die Beine aus und stützte sich auf die Handflächen, während sie zum Lederdach des Zelts aufsah.

„Jetzt, wo das geklärt ist: Danke", fuhr sie schließlich fort. „Dieser Ort mag verdammt schräg sein, aber ich bin trotzdem froh, dass ich noch hier bin. Ich hatte echt nicht vor, im reifen Alter von dreiundzwanzig zu sterben."

Erst dreiundzwanzig. Vier Jahre jünger als ich. Mir brach ein wenig das Herz.

„Was an Bord passiert ist, tut mir leid. Dass ich dich geschlagen habe", platzte es aus mir heraus und sie wandte sich mir überrascht zu. „Weißt du, ich wusste nicht, dass wir auf dieser Mission Zivilisten entführen würden. Ich hätte sonst nie ... Aber als ich begriffen habe, was vor sich geht, gab es keinen Ausweg mehr. Für keinen von uns." Die Eindringlichkeit ihres Blicks war mir unangenehm, aber ich stellte mich ihr und jedes Wort war mir ernst. „Es tut mir leid", wiederholte ich.

Es kümmerte mich nicht wirklich, ob sie mir verzieh. Das war ihre Entscheidung. Aber es musste gesagt werden. Wir mussten uns jetzt wie eine Einheit verhalten. Wir gegen die Aliens. Wir mussten zusammenhalten.

Nach einer Weile grinste sie plötzlich und klopfte mir auf die Schulter. „Weißt du, Chapman, du bist in Ordnung.

Hätte nie gedacht, dass du dich als anständiger Mensch erweisen könntest, wenn wir dich erst von diesem Schiff runterkriegen."

„Ich fühle mich geschmeichelt", murmelte ich sarkastisch, aber ihre Worte erleichterten mich. Je weniger Konflikte es zwischen uns Menschen gab, desto besser. Und auch, wenn ich gedacht hatte, dass mir ihre Vergebung nichts bedeuten würde, musste ich zugeben, dass sie sich verdammt gut anfühlte. Jemand stand auf meiner Seite. Und ich auf ihrer, von allen.

„He, wie heißt du mit Vornamen? Ich habe dich immer nur Chapman genannt", fragte Kat auf einmal.

„Tori", erwiderte ich.

Sie rümpfte die Nase. „Nimm's mir nicht übel, aber das passt nicht zu dir. Du bist und bleibst Chapman."

Ich zuckte mit den Schultern. Es war mir egal.

Eine Weile später kehrten zwei der jüngeren Alien-Frauen zurück. Sie untersuchten uns rasch und da sie mit unserem Gesundheitszustand zufrieden waren, bedeuteten sie uns, dass wir das Zelt verlassen sollten.

„Meinst du, wir sollen mitgehen?", flüsterte Kat mir zu. Die anderen sahen mich ebenfalls an. Sie warteten darauf, dass ich eine Entscheidung für sie traf. Auf einen Schlag wurde mir bewusst, dass sie mich für ihre Anführerin hielten. Auf dem Raumschiff war ich eine Autoritätsperson gewesen und offensichtlich hatte ein Teil dieser Autorität es in unsere neue Umgebung geschafft. Ich wand mich innerlich. Ich wollte diese Rolle nicht. Aber es gab niemand anderen, der sie ausfüllen konnte.

Ich näherte mich den beiden großen Frauen, die erwartungsvoll neben der Zeltklappe standen und uns einmal mehr bedeuteten, ihnen zu folgen. Das Messer in meiner Hose lag heiß an meiner Haut. Ich könnte es einsetzen und versuchen, uns hier rauszubringen.

Aber Melanies Worte gingen mir durch den Kopf: *Wir können nirgendwohin.*

Abgesehen davon hatte ich nicht vor, zwei Alien-Zivilistinnen abzustechen, die sich uns gegenüber nicht feindselig verhalten hatten. Die uns geholfen hatten, genau genommen. Und selbst wenn ich es versucht hätte: Wer sagte, dass die Frauen nicht ebenfalls Kriegerinnen waren? Sie überragten mich beide um rund dreißig Zentimeter und wirkten sehr stark.

„Ich fürchte, wir haben keine Wahl", gestand ich nach einem Moment angespannten Schweigens. Die anderen tauschten besorgte Blicke aus und ich überlegte, wie ich sie trösten sollte, auch wenn mir selbst fast das Herz aus der Brust sprang. „Bisher haben sie uns geholfen. Ihre Vorgehensweise hat uns vielleicht nicht gefallen, aber die Männer haben uns vor den Krabben gerettet. Und diese Frauen haben uns geheilt und mit Essen versorgt. Ich sage, wir gehen mit. Wir können nicht ewig in diesem Zelt bleiben."

Kat war die Erste, die nickte. „Ich sehe das wie Chapman", sagte sie. Danach waren alle bereit, mitzugehen.

Wir folgten den Frauen aus dem Zelt. Sie sahen den Männern sehr ähnlich. Die gleichen känguruartigen Knöchel und Waden sowie lange Füße mit drei Zehen. Die gleichen Klauen und die gleichen großen dunklen Augen mit wirbelnden Flecken statt einer Iris. Das gleiche lange, dunkle Haar. Jede von ihnen trug einen einzigen langen Zopf, der ihnen über den Rücken fiel. Zumindest in diesem Punkt unterschieden sie sich vom Feind. Sein Haar war zu Dutzenden Zöpfen geflochten.

Warum denke ich über ihn nach? Ich schüttelte den Kopf und zwang mich, mich auf meine Umgebung zu konzentrieren. Ich nahm jedes Detail in mich auf. Irgendwann in Zukunft mochten mir diese Beobachtungen nützlich sein. Vielleicht musste ich eines Tages genau wissen, wo wir waren und was uns umgab.

Die Sonne ging allmählich unter und stand tief über dem Horizont. An der anderen Seite des Himmels zeigte sich der Asteroidengürtel des Planeten wie eine lange Reihe missgestalteter Monde. Das schwindende Licht verlieh der Landschaft einen kräftigen, staubigen Kupferton. Die Hügel leuchteten im letzten Sonnenlicht und warfen lange Schatten. Tagsüber war die ganze Umgebung von Gold-, Beige- und Brauntönen dominiert worden. Jetzt zeigte sie sich in tiefem Rot, Mahagoni und Grüngold und bot einen Anblick rauer Schönheit.

Die beiden Alien-Frauen führten uns von den Zelten weg und über einen Hügelkamm zu einem Streifen sandigen Bodens. Jenseits des schmalen Bereichs Flachland erhoben sich weitere Hügel und dahinter lag, wie ich wusste, die offene Wüste.

Jede der Frauen trug ein kleines, geschnitztes Werkzeug bei sich und sie zeigten uns, wie wir ein kleines Loch graben konnten, um uns zu erleichtern. Die kleinen geschnitzten Knochenschaufeln wurden herumgereicht. Wir erledigten schnell unser Geschäft und bemühten uns, die Blicke der

Fremden zu ignorieren. Ich achtete darauf, ihnen nicht den Rücken zuzuwenden, und hielt das Messer des Feinds an meinen Rücken gedrückt, während ich mich hinhockte.

Anschließend schnitten die Aliens mit kleinen Klingen die langen, gewundenen Kakteen am Hang neben uns an und zeigten uns, wie wir uns daran die Hände reinigen konnte. Die Kaktusmilch schäumte fast wie Seife, fühlte sich jedoch weicher an. Ich wischte mir hinterher die Hände an der Uniform ab. Es war merkwürdig, kein Wasser zur Verfügung zu haben. Aber ich musste zugeben, dass meine Hände sauber zu sein schienen, und die Kaktusmilch hatte einen scharfen, aber angenehm kräuterartigen Geruch hinterlassen.

Als alle fertig waren, machten unsere Begleiterinnen Anstalten, uns wieder zu den Zelten zu führen. Gerade, als wir aufbrachen, entdeckte ich in der Nähe die Stelle, an der ich vorhin aus meiner Jacke geschlüpft war. *Treffer*! Ich lief los und holte meine Jacke, bevor ich mich der Gruppe wieder anschloss.

Es wurde jetzt schnell dunkler. Am indigofarbenen Himmel zeigten sich Sterne. Die Sonne war fast ganz untergegangen. Eine kalte Woge der Angst erfasste mich. Durch den Verlust des Lichts fühlte ich mich auf einmal verdammt verwundbar.

Aber dort vor uns, jenseits der Zelte und vor den beeindruckenden Klippen, gab es Licht. Ein Feuer. Als wir uns näherten, erkannte ich, dass viele der Aliens um die Feuerstelle verteilt auf dem Boden saßen. Es mochten um die siebzig sein, aber es war schwer zu erkennen. Der Duft gebratenen Fleischs erfüllte die Luft, begleitet von Geplauder und Gelächter.

Also lachen sie wie wir.

Ich war mir nicht sicher, ob ich mich dadurch besser oder schlechter fühlte.

Unsere Babysitter trieben uns auf das Feuer und auf einen freien Bereich zu. Wir setzten uns dicht nebeneinander. Keiner wollte den Aliens zu nahe kommen. In unserer Nähe saßen in erster Linie Frauen und Kinder. Die meisten Männer befanden sich auf der anderen Seite, aber dennoch. Es war seltsam.

„Oh Mist, da ist er", murmelte Kat, als sie sich neben mir niederließ. Adrenalin toste durch meine Adern und ich ballte unwillkürlich die Fäuste. Ich musste nicht fragen, wen sie meinte. Ich spürte seinen Blick auf mir, bevor ich ihn sah.

Der Feind.

Melanie, die auf meiner anderen Seite saß, beugte sich zu mir. „Er starrt dich an", flüsterte sie.

Ich schluckte mühsam und zwang mich aufzusehen.

Er saß auf der anderen Seite des Feuers, größer als jeder andere. Der Feuerschein tanzte über seinen kräftigen Kiefer, die breiten Schultern und definierten Brustmuskeln. Er hatte sich die vielen Zöpfe mit etwas, das nach einer Ranke aussah, zu einem einzigen Strang zusammengebunden. Und dann waren da seine Augen. Er wandte keine Sekunde den Blick von mir ab.

Weder mein Instinkt noch Melanie hatte gelogen.

Er starrte mich wirklich an. Intensiv.

Er starrte mich an, als gäbe es nichts anderes auf der Welt.

Für einen Moment versank ich in seinem Blick und alles und jeder um uns herum trat in den Hintergrund. Es gab keine anderen Frauen, Aliens oder auch nur das Feuer zwischen uns. Nur ihn und mich. Zwei Feinde, die darauf warteten, dass der andere den ersten Schritt tat.

Ohne zu blinzeln, hielt ich seinem Blick stand.

Wer wird zuerst nachgeben?

KAPITEL SECHS
Fallo

DIE FEUERFRAU SCHLOSS sich uns beim abendlichen Mahl an und brachte auch die anderen Frauen mit. Ich musterte jede kurz, aber keine von ihnen konnte mein Interesse wecken. Für meine Krieger galt jedoch nicht dasselbe. Die ungebundenen unter ihnen betrachteten die neuen Frauen sehnsüchtig.

Doch mein Blick war fest auf die Frau mit dem roten Haar gerichtet. Der glühende Feuerschein ließ ihre Haut weich und rosig wirken. Schatten huschten über ihre schmalen Wangen und den schlanken Hals, als sie Platz nahm. Für einen kurzen Moment war ich verrückterweise eifersüchtig auf das Licht, das über ihre Haut gleiten konnte. Aber dann fand ihr Blick meinen. Ein Blick, der hochmütig und wütend wirkte, und ich empfand nicht länger Eifersucht, sondern Zorn.

„Gahn Fallo?"

„Was?", blaffte ich und zwang mich, den Blick von der anderen Seite des Feuers abzuwenden. Mit knirschenden Zähnen drehte ich den Kopf, um den Mann anzusehen, der mich angesprochen hatte. Vakal, mein engster Berater, stand vor mir, die Schwanzspitze über die Augen erhoben. Hinter ihm wartete Bankor, einer der Jäger, die die neuen Frauen zu uns gebracht hatten.

Vakal ließ den Schwanz hinter sich sinken. „Bankor will dir Bericht erstatten, wie du es angeordnet hast."

Ich seufzte, mein Schwanz zuckte hinter mir. Es gab keinen Grund, wütend zu sein. Vakal hatte recht: Ich hatte Bankor rufen lassen. Sie befolgten nur Befehle. Das war alles die Schuld der Feuerfrau. Irgendwie war sie mir unter die Haut gegangen. Das gefiel mir nicht.

„Setz dich, Bankor." Ich musste mich anstrengen, meiner Stimme nichts anmerken zu lassen.

Vakal nahm auf meiner rechten Seite Platz, dann Bankor auf meiner linken.

„Mächtiger Gahn", begann er, „als die Jäger und ich durch das Sandmeer zogen, um nach *dakrival* Ausschau zu halten, hörten wir ein merkwürdiges, lautes Geräusch. Wir folgten ihm und sahen eine riesige fliegende Kreatur zwischen den Dünen landen. Sie befand sich weit von uns entfernt und innerhalb kürzester Zeit sahen wir, wie die *zeelk* sich erhoben und über sie herfielen."

Ich wandte den Blick von Bankor ab und schaute in die Flammen, während ich mir die Szene vorstellte. Es überraschte mich nicht, dass die *zeelk* angegriffen hatten. Normalerweise hielten sie sich im Sand verborgen, aber laute Geräusche oder Vibrationen schreckten sie auf. Wenn die von Bankor erwähnte Kreatur so gewaltig war, wie er behauptet hatte, hätte sie die *zeelk* auf jeden Fall an die Oberfläche gelockt.

„Wir hätten den Vorfall ignoriert, doch dann sahen wir die neuen Frauen. Sie kamen aus dem Körper des abgestürzten Wesens", fuhr Bankor fort.

Seine Stimme wurde tiefer, dunkel und ehrfürchtig, als er über die neuen Frauen sprach. Sein Blick huschte zu der Frau mit dem Feuerhaar. Es zuckte mir in den Fingern, eine Klinge zu ziehen und ihm die Augen aus dem Kopf zu schneiden.

„Und es waren nicht nur die neuen Frauen dort", fügte er hinzu. „Wir haben Gahn Buroudei gesehen."

„Was?"

Davon hörte ich zum ersten Mal. Von den fünf Clans des Sandmeers lag das Herrschaftsgebiet Gahn Buroudeis dem unseren am nächsten. Seine und meine Männer bekämpften sich häufig. Er war mein ärgster Feind und mir ständig wie ein *axrekal*-Dorn im Auge.

Bankor zuckte mit dem Schwanz, um seine Worte zu untermauern. „Ja, Gahn Fallo. Ich schwöre es. Die anderen haben ihn auch gesehen. Er war sogar noch vor uns vor Ort. Er hat sich sofort in die Schlacht gestürzt, zwei *zeelk* niedergestreckt und eine der neuen Frauen mitgenommen."

Ich zischte lang anhaltend und tief. Der dreckige Buroudei hatte sich eine der neuen Frauen geschnappt. Wusste er nicht, dass ihm diese Fremden nicht zustanden? Das musste richtiggestellt werden, und zwar bald.

„Was ist dann passiert?" Ich kochte innerlich über das Auftauchen des anderen Gahns.

„Wir haben angegriffen. Sobald wir bemerkt haben, dass Gahn Buroudei diese Fremden haben will, konnten wir nicht zulassen, dass er sie sich nimmt. Außerdem wurde uns beim

Näherkommen klar, dass es Frauen sind, und ..." Er hielt verlegen inne, dann fuhr er in einem Anflug von Tapferkeit fort. „Nun, mein mächtiger Gahn weiß selbst, wie wenige Frauen unter uns leben. Wir konnten nicht zulassen, dass die *zeelk* diese Frauen fressen, so fremd sie auch sein mögen. Gahn Buroudei ist geflohen, kaum dass er eine Frau hatte, und wir haben die verbliebenen *zeelk* getötet."

Grollend fragte ich mich, was es mit Gahn Buroudeis Verhalten auf sich hatte. Obwohl ich ihn bis aufs Blut hasste, war er ein stolzer und starker Krieger. Ich bezweifelte, dass er verängstigt geflohen war, wie Bankor vermutete. Außer, wenn er bereits hatte, was er wollte ... Nur eine Frau. Aber warum?

Vielleicht wusste er etwas, das mir unbekannt war.

Die Vorstellung war beunruhigend.

„Sprich weiter", murmelte ich, während mein Blick wieder die Feuerfrau fand. Sie beobachtete mich nicht länger und riss ein Stück verschmortes Fleisch auseinander, das Anata, eine der Heilerinnen, ihr gereicht hatte. Ich konnte nicht aufhören, auf ihren Mund zu starren. Fleischsaft rann ihr übers Kinn und eine einzelne breite, rosige Zunge war zu sehen. Bei diesem Anblick bleckte ich lautlos knurrend die Zähne. Nur eine Zunge.

Erbärmlich.

Warum mein Glied auf jemanden reagierte, der so erbärmlich war, ging über meinen Verstand.

„Es gibt nicht mehr viel zu sagen, Gahn", sagte Bankor, während ich der Frau auf der anderen Seite des Feuers beim Essen zusah. „Nachdem wir die *zeelk* getötet haben, sind wir sofort zurückgekehrt. Wie du gesehen hast, ist den Frauen die Reise nicht gut bekommen. Sie sind klein und so ..." Er zögerte und spannte sich an. „... *weich*."

Ich antwortete nicht. Bokeelie trat vor uns und warf ihrem Gefährten Vakal einen Seitenblick zu, bevor sie respektvoll den Schwanz vor mir erhob. In den Händen trug sie ein geschnitztes Knochentablett mit ausgewählten Fleischstücken. Sie setzte es vor uns ab, bevor sie Anstalten machte zu gehen.

„Warte, Bokeelie." Beim Klang meiner Stimme drehte sie sich um. Die anderen Heilerinnen und sie waren den neuen Frauen bei der Arbeit sehr nahegekommen. Ich wollte wissen, was sie über sie dachte.

„Sag mir, was du über die neuen Frauen herausgefunden hast", befahl ich.

„Natürlich, Gahn." Sie kniete sich vor mich und warf sich den langen, dunklen Zopf über die Schulter. „Sie sind sicherlich anders als wir. Wir können uns nicht durch Sprache mit ihnen verständigen, nur durch Gesten. Aber wir haben herausgefunden, dass die Sonne ihrer Haut zu schaffen macht. Sie verbrennt sie. Außerdem haben wir festgestellt, dass sie unsere *valok*-Pflanzen und unser Fleisch gut vertragen. Das Blut der Lavrika heilt sie ebenso gut wie uns."

Letzteres hatte ich selbst miterlebt, als ich erst die Hände der Feuerfrau und anschließend ihr Gesicht damit eingerieben hatte. Die Erinnerung weckte etwas in mir, erst in meiner Brust, dann in meinem Glied. Mit einem Knurren unterdrückte ich es. Es war sinnlos, eine schwangere Frau mit Gefährten zu begehren. Wenn es überhaupt Begehren war. Es fühlte sich eher nach heißem Zorn an, der sich aus irgendeinem Grund in meinem Unterleib manifestierte.

Bokeelie schwieg und sah zwischen Vakal und mir hin und her, bevor sie schließlich sagte: „Sie haben Brüste, Gahn Fallo. Aber keine von ihnen scheint schwanger zu sein."

Ich erstarrte, mein Herz verkrampfte sich. „Keine?", brachte ich hervor.

Ihr Schwanz trommelte auf den Boden. „Nein, soweit wir es erkennen konnten, trägt keine von ihnen ein Kind. Einige von ihnen haben sogar gerade ihre Fruchtbarkeitsblutung. Anscheinend haben die Frauen dieses Volks dauerhaft Brüste."

Ich dachte über ihre Worte nach. Frauen, die die ganze Zeit über Brüste hatten? Das erschien mir lächerlich. Hatten sie sie sogar schon als Säuglinge? Welchen Zweck hatte das, wenn sie keine Jungen zu versorgen hatten?

Wieder glitt mein Blick über die rothaarige Frau, von ihrem Hals bis hinab zu ihrer Brust. Unter ihrer steifen, unförmigen Bekleidung war ihre Figur unmöglich zu erkennen. Ihr Gewand unterschied sich von dem der anderen Frauen. Keine der anderen trug einen Überwurf, wie sie ihn zuvor getragen hatte, und nun, da ich sie genauer betrachtete, erkannte ich, dass die anderen tatsächlich alle Brüste verschiedenster Größe hatten.

Ich strich mit meinen drei Zungen über meine Fangzähne, während ich mir vorzustellen versuchte, wie die der Rothaarigen aussehen mochten. Sie wären sicher ebenso blass wie der Rest ihres Körpers. Wenn sie weder schwanger war, noch ein Junges aufzog und trotzdem Brüste hatte, gab sie dann auch Milch?

Wie würde sie schmecken?

Ich ergriff eine Handvoll Fleisch von dem Tablett, das Bokeelie mitgebracht hatte, und schob es mir in den Mund, um mich abzulenken. Der Irrsinn schlug seine Klauen viel zu tief in mich hinein. Hitze regte sich in mir. Ich aß und aß, um sie zu verdrängen, und ignorierte Bokeelie, die einmal mehr den Schwanz hob und sich dann mit Vakal entfernte, um am Feuer ihre Mahlzeit zu beenden. Auch Bankor legte erneut den Schwanz über die Augen, bevor er sich erhob und an seinen Platz zurückkehrte. Ich blieb mit meinem Fleisch und meinen Gedanken allein zurück.

Gedanken an langes rotes Haar, das sich über nackte weiße Brüste ergoss.

Wortlos stand ich auf und ohne mich noch einmal nach ihr oder dem Feuer oder sonst jemandem umzusehen, ging ich davon und auf mein Zelt zu. Ich konnte nicht länger sitzen bleiben. Ich war zornig, dass diese Frau mich von meinem Platz am Feuer vertrieben hatte. Stattdessen hätte ich einem Krieger befehlen sollen, sie wegzubringen. Offensichtlich konnte ich gerade nicht richtig denken.

Im Inneren meines Zelts ließ ich mich auf meinen Thron sinken. Ich schob den Schwanz seitlich neben meine Hüfte und umfasste mit den Händen so fest meine Knie, dass unter den Klauen Blut hervorquoll. Mein Glied zuckte. Ich legte den Schwanz darüber, um Druck auszuüben, es zurechtzurücken und darin etwas Frieden zu finden. Aber es gelang mir damit nur, eine heiße Woge der Lust durch meinen Schritt zu jagen. Zischend drückte ich fester zu und strich mit dem Schwanz durch den Stoff des Lendenschurzes. Es brachte Pech, seinen Samen außerhalb der Scham einer Frau zu vergießen. Ich hatte mein Glied seit vielen Jahren nicht zur Hand genommen. Auch wenn ich es genau genommen auch jetzt nicht in Händen hielt.

Mein Schwanz glitt in meinem Schritt auf und ab, auf und ab, und mein Atem wurde schwerer. Mein Blick fiel auf den Topf mit Blut der Lavrika, der vergessen auf dem Boden stand, und ich erinnerte mich, wie es sich angefühlt hatte, es auf der Haut der Frau zu verteilen. Mein Schaft pulsierte und ich biss die Zähne aufeinander.

Ich fuhr zusammen, als jemand außerhalb des Zelts meinen Namen rief. Ich ließ den Schwanz wieder neben mein Bein sinken und als sie erneut nach mir rief, erkannte ich Volas leise Stimme.

„Komm herein", sagte ich kurzatmig und sie gehorchte.

Vola war eine von den nur zwei Frauen des Clans, die nicht gebunden waren. Sie war liebreizend mit ihren starken Beinen und ihrem leichtherzigen Lächeln und wärmte mir nachts oft das Bett. *Vielleicht ist es genau das, was ich brauche. Bei einer Frau meines Volks liegen und diesen Wahnsinn bezwingen.*

„Ich habe mich gefragt, ob mein Gahn heute Nacht Gesellschaft wünscht."

Es klang wie eine Frage und sie rückte näher. Es wäre leicht gewesen, Ja zu sagen, und möglicherweise hätte ich etwas Erleichterung gefunden. Aber sie hatte keinen kleinen, rosigen Mund, kein feuerrotes Haar und auch keine Augen, die mich betrachteten, als wollte sie mich umbringen. *Sie ist es nicht, die du willst.*

Die Erkenntnis traf mich, als hätte sich ein Felsen in meinem Kopf gelöst. Oder wäre mir auf den Kopf gefallen.

Ein Felsen, der groß genug war, um mir den Schädel zu zertrümmern und mich zu töten.

„Nicht heute, Vola", murmelte ich und setzte mich auf dem Thron zurecht. Ihre Sichtsterne weiteten sich und zogen sich dann ruckartig zusammen, während sie meine Worte verarbeitete. Ich hatte sie noch nie abgewiesen. Sie schielte verwirrt zu meinem Glied, das sich sichtbar unter meinem Lendenschurz erhob.

„Wie du wünschst, mein Gahn", sagte sie langsam, als wäre sie sich nicht sicher.

Ich zuckte bestätigend mit dem Schwanz.

Sie hob die Schwanzspitze vor die Augen und verließ mein Zelt.

Ich hingegen sprang mit einem wilden Aufschrei auf die Beine und stürzte mich auf mein Lager aus *dakrival*-Häuten, entschlossen, die Frau mit den wütenden Augen aus meinen Gedanken zu vertreiben. Aber die Nacht wurde mir nur zur Qual und ich fand keinen Schlaf.

Noch vor Sonnenaufgang stand ich auf. Ich war erschöpft, aber das Feuer meines Irrsinns trieb mich an, sodass ich zu Vakals Zelt ging, um ihn zu wecken. Bokeelie und ihr kleiner Sohn schliefen friedlich, als er zu mir unter den noch dunklen Himmel trat, der nur von einigen Sternen und der langen Reihe aus Monden erhellt wurde.

„Stell eine kleine Truppe zusammen und bereite die *irk-du* vor", knurrte ich. „Ich will sehen, wo die neuen Frauen hergekommen sind. Wir reiten ins Sandmeer."

Bestätigend hob er den Schwanz vor die Augen, dann fragte er: „Wann, Gahn?"

„Heute", antwortete ich düster und starrte hinaus in die Hügel. „Bei Sonnenaufgang brechen wir auf."

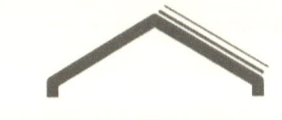

KAPITEL SIEBEN

Chapman

ALS ICH AUFWACHTE, stellte ich fest, dass Kat in der Nacht einen Arm und ein Bein über meinen Körper geworfen hatte und mir laut ins Ohr schnarchte. Sacht löste ich mich von ihr, setzte mich auf und strich mir mein verschwitztes Haar vom Hals. Es war so zerzaust, dass ich beinahe in Erwägung zog, das Messer aus der Hose zu nehmen und ein ganzes Stück davon abzuschneiden. Dadurch bekäme ich eine willkommene Erholung vom Gefühl der harten Klinge an meiner Haut. Es hatte mich die halbe Nacht lang wachgehalten, verdammt noch mal.

Ungeachtet des miesen Schlafs fühlte ich mich insgesamt nicht allzu schlecht. Das Essen und das gelartige Kaktus-Zeug hatten sowohl mich als auch die anderen erfrischt, während das glühende, milchige Zeug unsere Wunden geheilt hatte. Alles in allem könnte es schlechter um uns stehen.

Zwischen den Planen fiel Licht ins Zelt. Die anderen Menschenfrauen und ich waren nach dem Essen am Feuer zum Schlafen wieder in das große Lazarettzelt geführt worden. (Unsere Mahlzeit hatte ausschließlich aus Fleisch bestanden und irgendetwas sagte mir, dass ich für sehr lange Zeit keinen Salat zu Gesicht bekommen würde.) Auch, wenn es etwas eng gewesen war, war ich erleichtert gewesen, dass man uns gemeinsam untergebracht hatte. Wenn die Männer uns getrennt und einzelne Frauen zu ihren Zelten geschleppt hätten, hätten wir nichts dagegen unternehmen können.

Hoffen wir, dass es nicht dazu kommt.

Auch einige der anderen regten sich. Schon bald waren alle wach und streckten und reckten sich ächzend, hier und da mit knackenden Gelenken.

„Also, was jetzt?", fragte eine Frau namens Serena in der Nähe.

Ich stand auf und machte mich lang. Meine Blase drückte unangenehm. „Jetzt gehen wir nach draußen, schätze ich. Muss sonst noch jemand zur Toilette?" Überall wurde genickt. „Dann organisieren wir uns mal. Legt all eure Vorräte in die Mitte, damit wir uns einen Überblick verschaffen können."

Einigen der Frauen war es gelungen, auf der Flucht vor den Krabben ihr Gepäck bei sich zu behalten. Zehn Rucksäcke landeten in der Mitte des Zelts. Das war nicht viel, aber besser als nichts.

„Okay. Wir haben also nur begrenzt Sonnenschutz und auch nur zehn Sonnenbrillen. Verteilt die Sonnenmilch so dünn wie irgendwie möglich und in erster Linie auf den ungeschützten Stellen im Gesicht. Achtet darauf, dass ihr eure Kapuzen aufsetzt."

Vielstimmiges Stöhnen ertönte.

Ich schüttelte den Kopf. „Ich weiß, dass es heiß ist. Aber wir brauchen sie. Wirklich."

„Können wir uns nicht einfach mehr von dem großartigen Milchzeug geben lassen, wenn wir uns einen Sonnenbrand einhandeln?", fragte Kat gähnend und strich sich über den stacheligen Kopf.

„Ich will nicht mehr auf die Aliens zurückgreifen als zwingend nötig", antwortete ich stirnrunzelnd. „Wir wissen nicht, wie viel von diesem Heilzeug sie haben, und auch nicht, ob sie sich irgendwann dagegen entscheiden, uns weiterhin zu helfen. Wir sollten versuchen, so unabhängig wie möglich zu bleiben."

Kat wirkte genervt, nickte jedoch.

Melanie meldete sich zu Wort. „Ich glaube nicht, dass sie uns ihre Hilfe verwehren werden. Ist euch auch aufgefallen, wie wenige Frauen es im Gegensatz zu den Männern gibt?"

Angespanntes Schweigen breitete sich im Zelt aus. Es war mir nicht entgangen. Ich hatte nur zwölf erwachsene Frauen gezählt. Dagegen gab es mehr als fünfzig Männer. Außerdem war mir aufgefallen, wie uns die Männer am Feuer angesehen hatten. Als wären wir die Antwort auf ein unausgesprochenes Gebet. Aber darum konnten wir uns jetzt keine Gedanken machen.

„Immer schön der Reihe nach." Ich bemühte mich, ermutigend und selbstsicher zu klingen, auch wenn ich es nicht war. „Bisher haben sie immer nur versucht, auf ihre Weise zu helfen. Keiner der Männer ist jemandem zu nahe getreten, oder?" Alle schüttelten den Kopf. Ich erinnerte mich, wie der Feind meine Handgelenke festgehalten hatte, daran, wie hart sein Glied gewesen war, während er überraschend sanft die Fingerspitzen an mein Gesicht gelegt hatte, und mir wurde heiß. Ich räusperte mich.

„Gut", fuhr ich fort. „Dann also einen Schritt nach dem anderen. Schritt eins: Jacken anziehen, Sonnenbrillen aufsetzen, Sonnenschutz auftragen. Schritt zwei: ab zum Pinkeln."

Rasch machten sich alle fertig und schon bald versammelten sie sich hinter mir wie eine Reihe Küken hinter der Mutterente. Ich war nicht sonderlich scharf auf diese Rolle, aber es machte zunehmend den Eindruck, als erwarteten sie von mir, dass ich sie führte. Es meldete sich nicht gerade jemand freiwillig für den Job.

Seufzend hob ich die Zeltklappe und schaute nach draußen.

Niemand zu sehen. Erneut hatten sie sich nicht die Mühe gemacht, Wachen für uns abzustellen. Melanie hatte recht: Ihnen war vollkommen klar, dass wir nirgendwohin konnten. Mit den Klippen auf der einen und der Wüste auf der anderen Seite waren wir gefangen.

Egal. Über mögliche Fluchtwege kannst du später nachdenken.

Wir verließen das Zelt und gingen zu demselben Gebiet wie am Vortag. Ab und zu sahen wir ein Kind, eine Frau oder einen älteren Mann, aber anscheinend waren viele der jungen Krieger nicht da. Ich behielt die Umgebung genau im Auge. Ich befürchtete, dass der Feind jeden Moment hinter einem Zelt auftauchen und mich überraschen könnte. Tat er nicht, was allerdings keine so große Erleichterung war, wie es sein sollte.

Auch wenn er fremdartig, unausstehlich und mein Feind war, war er zugleich der einzige Alien, mit dem ich engeren

Kontakt gehabt hatte. Der einzige, mit dem ich quasi kommuniziert hatte, auch wenn unser *Gespräch* auf Knurren, Schreien und darauf, dass ich ihm ins Gesicht gespuckt hatte, beschränkt gewesen war. Ihn nicht im Lager zu sehen, gab mir das Gefühl, noch fremder zu sein.

Wir eilten über den Hügel, um unser Geschäft zu erledigen. Auf dem Rückweg fing uns eine Gruppe Frauen mit Kindern ab – die vier Heilerinnen waren unter ihnen – und sie bedeuteten uns, dass wir ihnen folgen sollten. Ein merkwürdig würziger Duft lag in der Luft und sie zeigten auf ein Zelt in der Nähe.

„Glaubst du, sie wollen uns darin über dem Feuer braten?", fragte Kat lachend, aber ihre Miene verriet mir, dass sie nur bis zu einem gewissen Punkt scherzte.

Die Alien-Frauen sahen uns erwartungsvoll an und die älteste von ihnen – eine derjenigen, die uns gestern versorgt hatten – rieb sich die Arme, dann die Beine. Mir dämmerte, was sie mit ihrer Pantomime ausdrücken wollte.

„Ich glaube, sie wollen uns zeigen, wo wir baden können oder so", sagte ich.

„Im Ernst?" Kat grinste. Ihre Augen waren hinter den dunklen Gläsern ihrer Sonnenbrille nicht zu erkennen. „Dann wollen wir mal."

Die Frauen schienen nett zu sein und uns willkommen zu heißen. Sie waren sehr sanft mit uns umgegangen und hatten umsichtig unsere Wunden versorgt.

Ich nickte. „Sehe ich auch so. Ich finde, wir sollten mitgehen. Wird uns helfen, die Lage zu peilen."

Wir folgten der Gruppe zum Zelt. Der rauchige Kräuterduft wurde stärker.

„Sieht aus wie eine Sauna oder so etwas", bemerkte Serena hinter mir. Ich empfand leise Enttäuschung, als ich bemerkte, dass sie recht hatte. Ich hatte gehofft, dass es hier irgendwo ein geheimes Wasserbecken gab. Bei dieser Hitze war ein Saunagang so ziemlich das Letzte, was ich mir wünschte. Aber ich wollte sauber sein und die Heilerin hatte angedeutet, dass wir uns dort waschen könnten. Und das hätte definitiv etwas für sich.

Das Zelt war nicht groß. Definitiv nicht groß genug, als dass wir uns alle hineindrängen könnten.

Einige der Alien-Frauen gingen hinein und zogen ihre Kinder mit sich. Die Älteste und eine der anderen, die ich von gestern wiedererkannt hatte, warteten draußen bei uns Menschen.

„Sieht so aus, als würden wir da nicht alle reinpassen. Lasst uns in Gruppen zu fünft oder so reingehen. Das sollte funktionieren", meinte ich. Alle nickten.

Ein paar Minuten später kamen die Aliens wieder heraus. Sie rochen frisch und nach Kräutern, ihre Haut und Haare glänzten. Neben ihnen fühlte ich mich schmutzig, staubig und klein.

Eine der Alien-Frauen, die das Zelt bisher nicht betreten hatten, begleitete die erste Gruppe hinein. Ich hatte entschieden, bis zum Schluss zu warten, sodass ich die Frauen draußen im Auge behalten und aufpassen konnte. Während Gruppe um Gruppe der anderen das Zelt betrat und wieder verließ, hatte ich den Eindruck, dass irgendetwas nicht stimmte. Aber ich konnte nicht genau sagen, was.

Schon bald wurde ich ebenfalls ins Zelt geführt, gemeinsam mit Kat, Melanie und Serena. Im Innern schlugen mir

Rauch und Hitze gleichermaßen entgegen. Wir begannen zu husten. Die alte Alien-Dame folgte uns und zog sich rasch Gürtel und Tunika aus. Sie trug keinerlei Unterwäsche und setzte sich vollkommen nackt auf den Boden. Wir starrten sie mit offenem Mund an und sie musterte uns befremdet, als wollte sie sagen: *Worauf wartet ihr?*

Mein Herz raste. Irgendwie hatte ich mir nicht klargemacht, dass ich mich vor einer von ihnen ausziehen musste. Es steckte immer noch ein gigantisches Messer in meiner Hose, verdammt noch mal. Das würde nicht leicht werden.

„Hey, Kat, frag doch mal unsere neue Freundin, was wir als Seife benutzen sollen", murmelte ich, während ich mich in eine Ecke zurückzog.

Kat riss sich die Kleidung herunter und kauerte sich in den Rauch.

„Äh. Okay?" Sie rutschte zu der fremden Frau, die daraufhin einen der langen Kakteen aufschlitzte und Kat zeigte, wie man die zähe Flüssigkeit in ihrem Innern als Seife benutzen konnte; genau wie bei unserem ersten Ausflug zum Hügel. Während sie abgelenkt war, schälte ich mich aus meiner Uniform. Ungeschickt schob ich das Messer in mein Hosenbein und rollte es zusammen mit meiner übrigen Kleidung zu einem dicken, unförmigen Bündel zusammen. Ich verstaute es in einer Ecke des Zelts, dann setzte ich mich schnell zu den anderen. Mir lief der Schweiß.

Wir benutzten das Gel aus den dürren Kakteen wie Seife und wuschen uns mit viereckigen Tüchern aus gewobenen Pflanzenfasern Schmutz, Schweiß und getrocknetes Blut ab. Das Gel gab sogar eine brauchbare Mischung aus Shampoo und Spülung ab und ließ sich problemlos in die Haare massieren, sodass wir mit den Fingern die Strähnen entwirren konnten, bevor es sich in dem Rauch auflöste.

Kat mit ihren kurzen Stoppeln grinste wie eine Irre, als sie das nach Kräutern duftende Zeug auf der Kopfhaut verteilte. „Es ist tierisch heiß hier drin, aber es fühlt sich verdammt noch mal großartig an", sagte sie lächelnd.

Die Alien-Frau betrachtete uns zufrieden. Als ich in ihre Richtung schielte, fiel mir unweigerlich auf, dass sie keine Brüste oder Körperbehaarung hatte. *Ich frage mich, ob die Männer behaart sind ...*

Ich versteifte mich. Das war kaum etwas, worüber ich im Augenblick nachdenken sollte.

Schon bald lag unser rauchiger Saunagang hinter uns und wir zogen uns wieder an. Ich band mir das Haar wie üblich am Hinterkopf zu einem festen Knoten. Ein zweites Mal war es ein ziemliches Theater, mein Messer versteckt zu halten, aber zum Glück schien unserer Begleiterin nichts aufzufallen. Schwitzend zog ich mir wieder die Jacke an und setzte die Kapuze auf, bevor ich ins Sonnenlicht hinaustrat.

Alle hatten sich draußen versammelt und warteten darauf, dass wir fertig wurden. Als ich den Blick über die Frauen schweifen ließ, verstärkte sich mein ungutes Gefühl. Mir sackte der Magen in die Kniekehlen, als ich begriff, was es war.

„Wo ist Theresa?"

Die anderen machten erschrockene Gesichter, als sie sich umsahen. Theresa war nicht da. *Scheiße. Gottverdammte Drecksscheiße.*

„Verflucht, kann sich irgendjemand erinnern, sie heute gesehen zu haben?", fauchte ich.

Wie hatte uns entgehen können, dass sie nicht mehr bei uns war? Ich zerbrach mir den Kopf, während ich überlegte, ob ich sie heute Morgen schon zu Gesicht bekommen hatte. Sie war definitiv gestern mit uns am Feuer gewesen. War sie mit uns ins Zelt zurückgekehrt? Ich konnte mich nicht erinnern, verdammt.

„Jetzt, wo ich darüber nachdenke ... Wir haben nebeneinander geschlafen. Ich dachte, ich hätte sie irgendwann in der Nacht aufstehen hören. Vielleicht musste sie mal, aber ich habe noch halb geschlafen." Serena sah aus, als wäre ihr vor Schuldgefühlen ganz übel.

Ich kniff fest die Augen zusammen und drückte mit den Handballen dagegen. Dann atmete ich tief durch und öffnete sie wieder. „Okay, neue Regeln. Niemand geht irgendwo allein hin."

Die anderen wirkten zu verängstigt, um meiner Ankündigung etwas entgegenzusetzen. Die Alien-Frauen an unserer Seite wirkten verwirrt. Sie zogen einigen von uns an den Armen und vollführten eine Geste, die Essen andeutete. Aber mein Magen hatte sich vor Sorge um Theresa verkrampft. Undenkbar, dass ich jetzt ein Alien-Frühstück runterbekommen würde.

„Hier ist der Plan." Ich sprach schnell und dachte noch schneller. „Ihr geht mit unseren Gastgeberinnen und frühstückt, während ich nach Theresa suche." Ich hasste die Vorstellung, dass sie sich selbst überlassen sein würden, aber in der Gruppe waren sie zumindest ein bisschen sicherer.

Theresa dagegen war irgendwo ganz allein und das hatte oberste Priorität.

„Verstößt das nicht gegen die Regel?", fragte jemand im hinteren Teil der Gruppe. „Du hast gesagt, dass keiner irgendwo allein hingeht."

„In Ordnung, Ausnahme zur Regel", grollte ich. Jede Sekunde, die ich verschwendete, brachte Theresa eventuell in größere Gefahr. „Niemand geht irgendwo allein hin." Ich holte tief Luft und sah ihnen der Reihe nach in die Augen. „Außer mir."

KAPITEL ACHT
Fallo

ENDLOS ERSTRECKTE SICH das Sandmeer vor uns. Den einzigen Blickfang bildeten die Klippen von Uruzai in der Ferne und, ein wenig näher, eine massige Silhouette.

„Das ist das Wesen, das vom Himmel gefallen ist. Die Frauen waren in seinem Innern", sagte Bankor auf seinem *irkdu*. Er, Ankrolok und einige der anderen Jäger, die die Frauen entdeckt hatten, hatten Vakal und mich begleitet, um den Ankunftsort der Frauen in Augenschein zu nehmen.

Ich lehnte mich auf meinem *irkdu* nach vorn und schärfte meinen Blick, als wir uns näherten. Bankor hatte behauptet, die Kreatur wäre geflogen, aber sie besaß keine Flügel. Es handelte sich um eine gewaltige, runde, glänzende Hülle, die an manchen Stellen von den *zeelk* aufgebrochen worden war. Deren Körper lagen überall im Sand, aufgespießt von den Klingen und Speeren meiner Männer. Als wir näher kamen, roch ich das Blut der Frauen, aber es war alt und bereits getrocknet.

Als wir uns dicht genug an die fremdartige Hülle herangetastet hatten, um einen Blick hineinzuwerfen, entdeckte ich die Überreste eines Blutbads. Knochen, klein wie die der Frauen, lagen im Sand und im Innern der glänzenden Struktur verteilt, die *zeelk* hatten das Fleisch heruntergerissen. Die Vorstellung, dass die rothaarige Frau ein solches Schicksal erleiden könnte, war furchtbar. Ich mochte nicht darüber nachdenken.

„Hier entlang, mein Gahn." Vakal rief von der anderen Seite des riesigen runden Dings nach mir.

Ich folgte seiner Stimme und traf am anderen Ende auf ihn. Im Innern befand sich ein großer Raum mit eigentümlichen viereckigen Felsen und seltsam geformten Töpfen auf sehr geraden Regalen. Handelte es sich hierbei tatsächlich um eine Kreatur, um ein lebendes Wesen? Oder um etwas anderes?

Es schien nicht am Leben zu sein, geschweige denn, dass es je lebendig gewesen wäre. Keine Haut, kein Blut, sein Inneres erinnerte eher an eine Höhle als ein Lebewesen. Das ergab keinen Sinn und meine Verwirrung stieß mir sauer auf.

„Was sagst du zu alledem, Gahn?", fragte Vakal leise. Seine Sichtsterne wirbelten, während er sich umsah.

„Ich weiß es nicht", erwiderte ich aufrichtig. Nicht Bescheid zu wissen, machte mich wütend. Sogar noch mehr als die Tatsache, dass Gahn Buroudei vor mir hier gewesen war. Sein Herrschaftsgebiet lag weiter draußen, jenseits der Klippen von Uruzai. Was hatte er hier draußen zu suchen gehabt, ganz allein in den Dünen? Was wusste er über diese Angelegenheit?

Ein Teil von mir wollte sich mit einem Aufschrei auf mein *irkdu* schwingen und so schnell wie möglich in sein Territorium reiten, ihm seine neue Frau nehmen und ihm den Kopf von den Schultern reißen. Aber meine Männer sahen mich an, als erwarteten sie eine Erklärung von mir. *Narren.*

Knurrend wandte ich mich wieder dem befremdlichen Raum zu und stieg vom Rücken meines *irkdu*, um mich genauer umzusehen. Auf einer Seite entdeckte ich Stoff, der aus einem sehr harten Korb mit scharfen Ecken quoll. Als ich nähertrat, erkannte ich, dass es Kleider von der Machart der Frauen waren. Es sollte kein Problem sein, sie in die Gewänder unseres Volks zu hüllen, aber Bokeelie hatte berichtet, die Sonne würde ihrer Haut schaden. *Diese schwachen Kreaturen brauchen vielleicht besondere Gewänder, um sich zu bedecken.*

„Nehmt das mit", sagte ich und deutete auf den Stapel.

Ankrolok stieg ab. Hastig befolgte er meinen Befehl und sammelte alles ein. In seinen Armen sah der Haufen winzig aus. Wie konnte es angehen, dass diese Frauen so klein, weich und schwach waren? Wo waren sie hergekommen und warum waren sie hier?

Vielleicht war jede Frage nach dem Warum sinnlos. Vielleicht sollte ich einzig darüber nachdenken, was getan werden musste.

Und fürs Erste war es am wichtigsten, die Kleidung und alles andere, das ich für nötig hielt, zu den neuen Frauen zu bringen. Ich versuchte, mir die Miene der Rothaarigen vorzustellen, wenn ich ihr unsere Mitbringsel präsentierte. Würde sie sie als Geschenk ansehen? Würde sie lächeln, sodass der Ärger aus ihren Augen wich? Etwas in mir bezweifelte das. Stattdessen würde sie sicherlich fauchen und spucken.

Abgesehen davon, was hoffte ich in ihren fremdartigen Augen zu finden, wenn nicht ihren Zorn?

Nichtsdestotrotz nahm ich für sie eines der Gewänder von Ankroloks Stapel an mich. Ich hatte noch nicht entschieden, ob ich es ihr wirklich geben wollte. Ich würde auf dem Rückweg darüber nachdenken. Und prüfen, ob sie irgendetwas getan hatte, um meine Großzügigkeit zu verdienen. Ich stellte mir vor, ihr das Kleidungsstück um die schmalen Schultern zu legen, und drückte den Stoff in meiner Hand so fest zusammen, dass er gebrochen wäre, wenn er aus Stein bestanden hätte.

Wir untersuchten das übrige Innenleben des namenlosen Dings, fanden jedoch nicht viel, das einer von uns zuordnen konnte. Wir entdeckten einen weiteren schweren, quadratischen Korb mit den harten Fußhüllen, die die Frauen trugen, und ich befahl Bankor, ihn an seinem Reittier zu befestigen, aber das war auch schon alles, was sich mitnehmen ließ.

Für einen kurzen Moment fragte ich mich, ob es einen Sinn hätte, die Feuerfrau herzubringen, sodass sie selbst aussuchen konnte, was sie brauchte. Aber der Gedanke ließ mich innerlich kochen. Ich wollte sie nicht an die Zeit erinnern, bevor wir sie gefunden hatten. An eine Zeit, in der sie mich noch nicht gekannt hatte. Sie gehörte nun zu unserem Clan. Und dort würde sie bleiben.

Wir legten eine kurze Pause ein, um aus den mitgebrachten *valok*-Pflanzen zu trinken und etwas Trockenfleisch zu essen. Während ich kaute, spitzte ich die Ohren. Ich glaubte, etwas gehört zu haben, ein leises Geräusch tief im Innern des abgestürzten Dings.

Bevor ich mich ihm zuwenden konnte, rief Vakal: „Ein Krieger!"

Fauchend sprang ich auf mein Reittier. Meine Männer taten es mir gleich und zogen Klingen und Speere. Ich griff nach meinem längsten Messer und hielt es fest in einer Hand, in der anderen meinen Speer.

„Angriff!", rief ich meinen Männern zu. Dann flogen wir über den Sand. Unsere mächtigen *irkdu* stürmten wild voran. Mein Blut erhitzte sich, jagte pochend durch meine Gliedmaßen. Ich war bereit für den Kampf.

„Es ist Dalk!", schrie Vakal plötzlich neben mir.

Ich erkannte, dass er recht hatte. Es handelte sich um einen unserer Männer. Aber mir gefiel es nicht, wie er durch die Dünen auf uns zugerast kam. Als würde irgendetwas nicht stimmen.

Wir ritten weiterhin auf ihn zu, schneller und schneller, bis wir uns schließlich auf offenem Gelände trafen. Mit einem Schnalzen seiner Zungen befahl Dalk seinem *irkdu,* stehen zu bleiben. Hastig hob er den Schwanz vor die Augen, bevor er mich ansah.

„Gahn Fallo, ich habe Neuigkeiten." Er hielt kurz inne, um zu Atem zu kommen, dann straffte er die Schultern. „Zwei der neuen Frauen sind verschwunden."

Ein gequälter Schrei entfuhr meiner Kehle, wütend ließ ich die Schwanzspitze gegen mein Reittier schnippen. Ich musste ihn nicht fragen, wer zu den Vermissten gehörte. Ich wusste es bereits. Diese Augen waren viel zu hasserfüllt, viel zu wütend gewesen, als dass ich sie hätte fesseln können.

Ich fragte dennoch. „Wer fehlt? Was ist passiert?"

Dalk antwortete hektisch. „Anata meinte, sie hat gese-hen, wie sich die Frau mit dem Feuerhaar von den anderen entfernt hat. Als sie stehen geblieben ist, um die Frauen zu zählen, ist ihr aufgefallen, dass zwei verschwunden sind, nicht nur eine. Sie glaubt, dass die Feuerfrau ihre Begleiterin suchen gegangen ist."

Seine Ausführungen überraschten mich nicht, aber sie machten mich wütend. Wohin konnten die beiden ver-schwunden sein? Wo sollte die Kameradin der Feuerfrau hingegangen sein, dass sie ihr gefolgt war? Sicher nirgend-wohin, wo es gefährlich war.

Andererseits war für die neuen Frauen jeder Ort gefährlich.

Aber es war nicht länger wichtig, was warum geschehen war. Die einzige Frage lautete, wie schnell ich heimkehren und sie finden konnte.

Ich wendete mein Reittier und rief meinen Männern ihre Befehle zu. „Einer von euch bleibt hier und bewacht diesen Ort. Wir schicken dir morgen bei Sonnenaufgang eine Ablösung. Der Rest von uns reitet sofort zurück."

Ein Jäger, der am Rand der Gruppe gestanden hatte, hob gehorsam den Schwanz und stieg ab, um zu der fremdar-tigen Struktur zurückzukehren, die wir gerade erst zu Fuß erkundet hatten. Es gab hier kein *peet*-Gras, das sein *irkdu* über Nacht hätte fressen können. Daher würde es mit uns in die Ebene zurückkehren müssen. Die Tiere waren gut ausge-bildet. Es würde uns auch ohne seinen Reiter folgen.

Genau genommen handelte es sich bei dem Gebiet, in dem der Gigant gelandet war, bis hin zu den Klippen von Uruzai um neutrales Territorium, das von keinem Gahn beansprucht wurde. Aber aus irgendeinem Grund fühlte sich dieses abgestürzte Ding an, als gehörte es *mir*. Und es gefiel mir nicht, dass Gahn Buroudei wusste, wo es sich befand. Entsprechend wichtig war es, eine Wache hier zu postieren.

Wenn ich nur auch eine Wache bei der Feuerfrau gelassen hätte. Sie wäre nicht begeistert gewesen. Doch wenn ich dadurch eine Situation wie diese verhindert hätte, wäre es das wert gewesen.

Ich hatte nichts bei mir, um das Gewand für sie unterzubringen. Mit knirschenden Zähnen fluchte ich und rollte es zusammen, bevor ich es unter meinen Lendenschurz stopfte und mein *irkdu* antrieb, die Füße in schneller Folge in Bewegung zu setzen. Meine Männer folgten mir hastig. Dalk setzte sich an meine Seite, während wir über den Sand stürmten.

„Die meisten Männer sind auf Jagd oder Patrouille", erklärte er. „Ich war mit zwei weiteren Kriegern allein im Lager, als Anata uns aufgesucht und erzählt hat, was passiert ist. Die anderen beiden suchen bereits nach den Vermissten und ich bin euch so schnell wie möglich nachgeritten."

Ich reagierte nicht, sondern klickte tief in der Kehle, um mein *irkdu* anzutreiben. Es war von unseren Zelten aus fast ein halber Tagesritt bis zu der Stelle gewesen, an der die Frauen aufgetaucht waren. Entsprechend wurden die beiden schon die ganze Zeit über vermisst. Bis wir wieder im Lager waren, würde es dunkel sein. *Das reicht nicht.*

Dalk, den meine finstere Miene zweifelsohne nervös machte, versuchte, mich zu beruhigen. „Ich bin schon eine ganze Weile unterwegs. Vielleicht haben sie sie längst gefunden."

Seine Worte konnten kaum etwas gegen die Finsternis ausrichten, die sich in meiner Brust ausbreitete. Ich würde nicht ruhen, bevor ich die Feuerfrau wiederhatte. Bis ich sie wieder mit eigenen Sichtsternen sehen konnte. Erst dann, erst, wenn ich wusste, dass sie in Sicherheit war, gegessen hatte und falls nötig geheilt worden war, würde ich ihr das gefundene Gewand umlegen. Und sobald das erledigt war, würde ich mir überlegen, wie ich sie bestrafen würde.

Wollte ich sie überhaupt bestrafen, weil sie verschwunden war? Oder weil ich mich wegen ihr so fühlte, wie ich es tat?

Ich wusste es nicht. Vielleicht beides.

Ich mochte als Irrer Gahn bekannt sein, aber bevor ich sie zu Gesicht bekommen hatte, hatte ich mich nie wirklich verrückt gefühlt. Und dieser Irrsinn griff immer weiter um sich. Denn alles, was ich wollte, war, dieses kleine, fremdartige, wütende Gesicht wiederzusehen. Ich würde mich vom Wahnsinn verschlingen lassen, wenn ich sie im Gegenzug nur finden würde.

Wenn ich sie retten könnte.

Und wenn sich herausstellte, dass sie gar nicht gerettet werden wollte? Wenn sie geflohen war?

Dann würden wir herausfinden, wie verrückt ich inzwischen wirklich war.

KAPITEL NEUN

Chapman

AUCH WENN ICH KEINE Uhr hatte, war ich mir recht sicher, dass ich inzwischen seit Stunden nach Theresa suchte. Ich konnte nicht genau sagen, wie lange der Sonnenaufgang her gewesen war, als wir aufgewacht waren und das Zelt verlassen hatten. Aber inzwischen stand die Sonne hoch am Himmel, vermutlich war der halbe Tag vorüber.

Ich musste sie finden, und zwar bald. Ich hatte keine Ahnung, was ihr in der Dunkelheit zustoßen mochte, aber ich war mir verflixt sicher, dass es nichts Gutes sein konnte.

Als ich mich verstohlen von der Gruppe entfernt hatte, war ich zwischen den Zelten hindurchgelaufen und hatte bei jedem das Ohr an die Plane gedrückt. Aber ich hatte kaum etwas gehört. Zu diesem Zeitpunkt hatten sich alle im Lager um die große Feuerstelle versammelt und Fleisch fürs Frühstück über einigen niedrigen Flammen geröstet, wesentlich kleiner als das Feuer am Vorabend, das viel mehr Leute hatte versorgen müssen. Zu diesem Zeitpunkt waren rund zwanzig erwachsene Aliens vor Ort gewesen. Nur drei von ihnen Krieger, der Rest Frauen und Alte, dazu einige Kinder. Die meisten Männer, die wir am Abend zuvor gesehen hatten, waren jagen gegangen oder was auch immer diese Aliens sonst den ganzen Tag über anstellten.

Aber ich hatte dennoch jedes einzelne Zelt überprüft und mich methodisch vorgearbeitet, jedoch nichts gefunden. Dann war ich zum Lazarettzelt gelaufen, um ein wenig von dem Kaktuszeug zu schlürfen und etwas Trockenfleisch zu verschlingen. Falls ich den ganzen Tag unterwegs sein sollte, würde ich meine Kraft brauchen.

Während ich im Lazarettzelt war, hörte ich, dass es draußen unruhig wurde.

Ich spähte ins Freie und sah die drei Männer, die gerade noch friedlich beim Essen gesessen hatten, aufspringen und ausschwärmen, während die weiblichen Aliens die Menschen zusammentrieben. Ihnen war aufgefallen, dass Theresa und ich fort waren. Ich hatte nicht viel Vorsprung. Ich musste Theresa finden, bevor einer dieser riesigen Krieger es tat.

Sicher, der Feind hatte mir nichts *allzu* Schreckliches angetan, während wir allein gewesen waren, aber ich konnte nicht für die anderen Männer sprechen. Ich kannte sie nicht. Und ich wollte nicht, dass einer von ihnen über eine desorientierte, vielleicht sogar verletzte Theresa stolperte.

Rasch holte ich eine Wasserflasche aus einem unserer Rucksäcke und schob sie in eine der Taschen meiner Uniform. Dann rückte ich das große Messer in meiner Hose zurecht und stahl mich aus dem Zelt. Sobald ich es verlassen hatte, kauerte ich mich in seinen Schatten, zog die Kapuze fest zusammen und sah mich um. Ich war dankbar, dass Kat mir ihre Sonnenbrille in die Hände gedrückt hatte, bevor ich mich von den anderen getrennt hatte.

Einer der Krieger war sofort auf einen der Krokodil-Tausendfüßer gestiegen und über die Hügel davongeritten. Die anderen beiden hatten sich aufgeteilt und durchkämmten die Umgebung zu Fuß.

Zuerst durchsuchten sie die Zelte und ich huschte vom einen zum nächsten, um ihnen auszuweichen. Ich kam mir vor wie auf Manöver. Nur dass das hier verdammt noch mal das wahre Leben war.

Irgendwann begriffen die Aliens, was ich bereits herausgefunden hatte: dass Theresa nicht mehr da war. Sie hielt sich in keinem der Zelte auf. Die Krieger zogen in die Hügel, um nach ihr zu suchen – und vermutlich auch nach mir.

Ich hatte die Gelegenheit genutzt, um in die andere Richtung zu laufen, über die weite, zerklüftete Ebene, fort von den Zelten und in die Schatten der Klippen.

Und dort war ich jetzt. Mit ins Gesicht gezogener Kapuze ging ich geduckt voran, um außer Sicht zu bleiben. Ich konnte die Zelte kaum noch erkennen und wusste nicht, wie nahe mir die Aliens auf ihrer Suche gekommen sein mochten. Ich sah jedoch keinen von ihnen. Das wäre eine gute Neuigkeit gewesen, nur dass ich auch Theresa nirgendwo entdecken konnte.

Der hohe Sonnenstand zog nach sich, dass die Klippen kaum noch Schatten warfen. Spätestens, wenn die Sonne auf ihrer Bahn weiterwanderte, würde er ganz verschwinden. Hektisch kaute ich auf der Innenseite meiner Wange herum, während ich mich tief geduckt und rasch vorwärtsbewegte. *Nirgendwo eine Spur von ihr.*

Ich kauerte mich tiefer und blieb stehen. Zeit, meinen Plan zu überdenken. Ich hatte gehofft, sie schnell zu finden und zur Gruppe zurückzubringen, bevor einer der Aliens auch nur bemerkte, dass wir fort waren. Aber dieser Plan war eindeutig in die Hose gegangen. Und die Uhr tickte. Ich lieferte mir nicht nur ein Rennen mit den Aliens, wer sie zuerst finden würde, sondern auch mit der verflucht brutal-en Sonne. Schließlich wusste ich nicht, ob Theresa Wasser oder andere Vorräte bei sich hatte.

Scheiße. Beim Gedanken, dass sie sich ohne Wasser oder Schutz verlaufen haben könnte, hätte ich mich am liebsten übergeben. Noch schlimmere Gedanken nisteten sich in meinem Kopf ein. Gedanken an Raubtiere wie die Krabben aus der Wüste zum Beispiel. Ich knirschte mit den Zähnen, holte tief Luft und zwang mich, mich zu konzentrieren. Mir Schreckensszenarien auszumalen, würde zu nichts führen. Mir blieb nichts anderes übrig als weiterzugehen, bis ich sie gefunden hatte oder bis jemand anderes mich fand.

Oder, na ja, bis wir beide tot waren, verdammt noch mal. Immerhin befanden wir uns auf einem lebensfeindlichen Alien-Planeten und so.

Ich legte eine Hand auf den harten, heißen Fels neben mir. Eine massive, zerklüftete Wand ragte neben mir in den Himmel auf. Ich sah hinauf und dachte nach. Seit Stunden lief ich an dieser Klippe entlang, aber es erschien mir zunehmend unwahrscheinlich, dass Theresa so weit gelaufen war.

Was hätte sie herlocken sollen? Mir wollte nichts einfall-en.

Ich ließ den Blick am Verlauf der Klippe ent-langschweifen. Jenseits der Ebene und der Zelte schien sich das Land endlos auszudehnen. Ich könnte weiterlaufen, bis ich vor Erschöpfung zusammenbrach, vermutlich, ohne sie jemals zu finden.

Nein, ich musste umkehren. Meine Schritte zurückverfolgen und mich dieses Mal gründlicher umsehen.

Ich setzte mich nach wie vor geduckt in Bewegung und lief an den Klippen entlang auf die Zelte zu. Auf halbem Weg zwischen meinem derzeitigen Standpunkt und dem Lager hatte ich eine Öffnung im Felsen bemerkt. Beim ersten Mal war ich daran vorbeigegangen, um so viel Boden wie möglich gutzumachen. Aber nun kam mir der nagende Gedanken, dass ich besser nachgesehen hätte, wohin die Öffnung führte.

Einige Zeit später – die Zelten waren in der Ferne bereits zu erkennen – erreichte ich die Felsspalte. Sie war recht eng und die Aliens hätten Schwierigkeiten gehabt, sich hindurchzuzwängen, aber mir würde es nicht weiter schwerfallen. Und Theresa war kleiner als ich.

Vielleicht ist sie vor Angst davongelaufen und hat sich nach einem Versteck umgesehen?

Das passte nicht zu der Theresa, die ich kannte. Sie war beim Angriff der Krabbenwesen ziemlich in Panik geraten, aber darüber hinaus hatte sie sich als relativ robust erwiesen, sogar als optimistisch. Ich konnte mir nicht vorstellen, dass sie dermaßen die Nerven verlor. Aber was wusste ich letztendlich über diese Frauen? Ich kannte ihre Namen, wusste, welche Ausbildung sie genossen hatten und wo sie geboren worden waren. Mehr nicht.

Ich hätte sie auf dem Schiff besser kennenlernen können. Ich hätte netter zu ihnen sein können.

Dafür war es jetzt zu spät.

Ich sah mich ein letztes Mal nach den Zelten um. Die Krieger waren bisher nicht in diese Richtung gekommen, sondern suchten die Hügellandschaft und die Wüste dahinter ab. Mit schneller, aber zittriger Bewegung zog ich das Messer des Feinds aus der Hose. Ich hoffte, dass ich es nicht brauchen würde. Aber da ich vorhatte, allein in mir unbekanntes Terrain vorzudringen, ohne zu wissen, was mir bevorstand, war dies ein guter Zeitpunkt, mich zu bewaffnen.

Schnell wickelte ich die Klinge aus und ließ den Lendenschurz des Feinds in den Sand fallen. Ich entschied jedoch, die Verbände mitzunehmen. Wer konnte schon sagen, in welchem Zustand Theresa war, falls ich sie fand.

Ich betrat die Klippen.

Eine Zeit lang ging ich fast stetig geradeaus. Die rostfarbenen Steine zwangen mir ihre Richtung auf. Es wurde allerdings nie dunkel, da der Pfad von der Sonne über mir ausgeleuchtet wurde. Ich war ziemlich dankbar, dass ich nicht in ein tiefes, unterirdisches Höhlensystem vorstoßen musste. Dadurch hatte ich das Gefühl, nach wie vor frei atmen zu können.

Zu meinen Füßen wuchsen in langen Halmen zähes, fahles Gras und die Kakteenart, von der wir getrunken hatten. Ich merkte mir die Stelle. Falls ich Flüssigkeit brauchen sollte, waren die Kakteen ganz in der Nähe. Meine Wasserflasche war derzeit noch halb gefüllt. Ich hatte sie für Theresa aufgespart, wenn ich sie fand. *Falls* ich sie fand.

Irgendwann öffnete sich der aus den rauen Wänden der Klippen gebildete Pfad zu einem riesigen, talartigen Rund.

Der Boden war genauso hart und trocken wie bei den Zelten. Kein loser Sand.

Die Felswände waren an mehreren Stellen zerklüftet und rissig und sahen aus wie eine abstrakte Skulptur. Das Licht war dank des umgebenden Steins rot-golden verfärbt und wenn ich nicht mit jedem Augenblick nervöser geworden wäre, hätte ich den Anblick als wunderschön bezeichnet.

Aber mir war heiß, ich hatte Hunger und meine Füße brachten mich um. Eine der Frauen der Gruppe, *meiner* Gruppe, mochte hier draußen tot liegen. Daher konnte ich mich nun wirklich nicht darauf konzentrieren, wie malerisch der Ort war, auch wenn er es problemlos auf das Cover der *National Geographic* geschafft hätte. Im Augenblick war er in erster Linie etwas, das ich fürchten musste.

Vor mir verzweigten sich die Klippen zu einem Labyrinth aus Steinwällen. Mein Weg spaltete sich zu dreien auf und plötzlich erfasste mich das furchtbare Gefühl, dass ich mich hoffnungslos verirren würde, wenn ich weiterging.

Ich hätte umkehren können. Vielleicht hätte ich das auch tun sollen.

Stattdessen rief ich erst leise, dann lauter Theresas Namen.

Und, Wunder über verfluchtes Wunder, irgendwo aus den Tiefen des Steins antwortete mir eine weibliche Stimme.

Das kam von links, glaube ich. Schnell sah ich mich um und suchte nach brauchbaren Orientierungspunkten, dann rannte ich los.

Immer wieder rief ich Theresas Namen und sie antwortete mit wortlosen, verängstigten Rufen, als spielten wir eine Variante von *Marco Polo*, bei der es um Leben und

Tod ging. Meine Lunge brannte, mit jedem Schritt wurde ihre Stimme lauter.

Irgendwann begann der Untergrund anzusteigen und ich lief bergauf. Der Boden wurde zunehmend felsiger und heimtückischer. Ich rutschte aus. Mein Stiefel fand keinen Halt auf den kleinen kupferfarbenen Kieseln und ich fiel auf ein Knie. Nur knapp gelang es mir, meine Finger von der gigantischen schwarzen Klinge fernzuhalten. *Ich frage mich, woraus sie besteht ...* Das schwarz glänzende Material war mit nichts zu vergleichen, was ich bisher auf diesem Planeten gesehen hatte. Und auch ohne es zu testen, wusste ich, dass es höllisch scharf war.

Ich richtete mich auf. Als der Aufstieg zunehmend steiler wurde, kam ich nur weiter, indem ich halb ging, halb kroch und an staubigen Felsen Halt suchte, bis meine Handflächen vollkommen zerkratzt waren. Aber das war nicht wichtig, denn Theresas Stimme wurde immer lauter.

Irgendwann löste sich der Pfad rechtsseitig von der Wand der Klippe, sodass eine steile Klamm entstand. *Besser nicht zu nahe an die Kante kommen.*

Theresas Stimme klang jetzt näher. Mir lief Schweiß über die Stirn und zwang mich, mir erst oberhalb, dann unterhalb der schweren, dunklen Sonnenbrille das Gesicht abzuwischen. Theresas Schluchzen hallte in der Nähe wider. Ganz nah.

Aber ich konnte sie nicht entdecken.

Ich erstarrte. Das Herz sackte mir bis zu den Sohlen meiner staubigen Stiefel hinunter, als mir aufging, wo sie stecken musste. Auf Händen und Knien kroch ich langsam auf die Kante der Schlucht zu.

Nur, dass es sich hier weniger um eine Klamm mit sanft abfallenden Wänden handelte, sondern eher um eine Abbruchkante im rechten Winkel. Und dort unten, zusammengekauert auf einem sehr schmalen Felssockel, die Hände vor sich an die Wand und den Rücken an die gegenüberliegende Seite gedrückt, stand Theresa. Ihr schulterlanges blondes Haar war vom kupferfarbenen Staub und Sand orange verfärbt.

Scheiße.

Ich meine, immerhin war sie nicht tot. Aber sie war gute viereinhalb Meter von meinem Standort entfernt. Und dieser Sims, auf den sie sich drängte? Unterhalb davon ging es noch einmal rund neun Meter in die Tiefe. Und er war so schmal, dass ihre Stiefelspitzen über den Rand ragten.

Ich legte mich auf den Bauch und kroch im Militärstil zur Kante, um nach ihr zu rufen. „Theresa!"

Sie sah zu mir auf, als wäre ich ein verfluchter Engel, der gerade vom Himmel herabgestiegen war.

„Chapman!" Ihre Stimme klang trocken und brüchig. Sie trug ihre Solarschutzjacke nicht. Das machte mir Sorgen. Sie stand an einem recht schattigen Platz, aber ich konnte dennoch erkennen, wie schmerzhaft rot ihre nackten Arme, ihr Gesicht und ihr Hals waren. Sie hatte keinen Rucksack bei sich. Kein Wasser, keine Vorräte.

„Wie zum Teufel bist du da runtergekommen?", rief ich. Warum war sie überhaupt hier? Ich schüttelte den Kopf. Meine Bewegung ließ einen Schauer winziger Kiesel auf Theresa niedergehen und von den Wänden abprallen. „Egal, das ist gerade nicht wichtig."

Ich presste die Lippen zusammen und dachte angestrengt nach, die Hand fest um den Griff der Waffe des Feinds gelegt. Nicht, dass sie mir viel nutzen würde. Selbst wenn sie lang genug wäre, dass Theresa nach ihr greifen konnte, war sie viel zu scharf. Mit meiner freien Hand riss ich die Verbände aus der Tasche, um sie aufzurollen und nachzusehen, wie viele Schritte sie maßen. *Mist.* Nicht lang genug, als dass sie sie erreicht hätte, und der Stoff wirkte eh nicht strapazierfähig genug, um ihrem Gewicht standzuhalten. Und ehrlich gesagt konnte ich sie auch gar nicht allein hochziehen.

Ich fragte mich nur selten, was mein Dad in meiner Lage tun würde. Denn was er getan hatte, war, sich für seine Kameraden zu opfern und sich dabei in die Luft sprengen zu lassen. Aber in einem Augenblick wie diesem konnte ich nicht anders. Er war ein Held gewesen. Und Theresa sah aus, als könnte sie dringend einen Helden gebrauchen.

Sie sah immer noch zu mir auf, das sonnenverbrannte Gesicht flehend und voller Tränen.

Was würde Dad tun? Was zum Geier würde er unternehmen?

Er würde das Problem lösen und seine Freundin retten, egal, zu welchem Preis. Ganz einfach.

Und im Augenblick schien die sinnvollste Lösung zu sein, zurückzugehen und Hilfe zu holen.

Ich wollte nicht. Ich sah diese Aliens immer noch als Feinde an. Im Grunde genommen hatten sie uns gekidnappt und ihr Anführer schien zu glauben, dass er tun konnte, was immer er wollte. Aber tatsächlich waren sie die Einzigen, die das Gelände kannten. Sie waren größer und stärker als wir und wussten vielleicht, was zu tun war. Sosehr es mich schmerzte, ich musste umkehren. So würde wenigstens keiner der Alien-Männer allein auf sie stoßen. Ich würde diejenige sein, die sie zu Theresa führte.

„Theresa", sagte ich und achtete darauf, ruhig und besonnen zu sprechen. Sie wimmerte. „Ich bekomme dich hier allein nicht raus. Ich muss Hilfe holen. Aber fürs Erste werde ich versuchen, eine Wasserflasche zu dir runterzulassen."

Ich wandte den Blick von ihrer verzweifelten Miene ab und wickelte einen der Verbände um meine halb leere Wasserflasche. Im Nachhinein wünschte ich, ich hätte nichts davon getrunken, auch wenn meine Kehle ausgedörrt war. Ich band die Stoffstreifen an den Enden zusammen. Sie waren nicht lang genug, um bis zu Theresa zu reichen. Aber vielleicht bekam ich dank ihnen genug Kontrolle über die Flasche, um sie weit genug zu Theresa hinabzulassen, dass ich sie gezielt fallen lassen konnte. Die Frage war, würde sie in der Lage sein, die Hände von der gegenüberliegenden Wand zu nehmen, um sie zu fangen?

Ich schätze, wir werden es herausfinden.

Schnell fügte ich alles zusammen und bald war meine Wasserflaschen-Seil-Vorrichtung fertig. Wieder legte ich mich auf den Bauch und das Messer an meine Seite, um mit beiden Händen die Flasche nach unten zu lassen. Sie schwang unruhig hin und her und prallte gegen die Felswände.

Fluchend grub ich die Stahlkappen meiner Stiefel in den rauen Boden. Ich war schweißgebadet und meine Muskeln zitterten, während ich versuchte, das Abseilen der Wasserflasche zu kontrollieren. Auf halbem Weg, vielleicht zwei Meter über Theresas Kopf, ging mir das Seil aus.

„Okay, Theresa, ich lasse jetzt los. Versuch, sie aufzufangen, aber nur, wenn es sicher ist."

Ich hatte seit Jahren nicht gebetet. Seit dem Tod meiner Mom nicht mehr. Und wenn Gott existierte, konnte er mich hier draußen überhaupt hören?

Wie dem auch sei, ich brauchte jede Hilfe, die ich bekommen konnte. *Gott, Satan, Cthulhu, wer auch immer gerade zuhört. Bitte, ich verspreche dir ... einfach alles, aber bitte hilf uns.*

Ich hing über Kopf und da mein Gesicht schweißnass war, spürte ich, wie mir die Sonnenbrille von der Nase rutschte. Sie fiel an Theresa vorbei und schlug unten auf den Felsen auf. In der Hoffnung, dass der Wasserflasche nicht dasselbe Schicksal blühte, hielt ich die Luft an und ließ los.

Es war knapp. Es war so verdammt knapp.

Theresa schrie auf und reckte wild fuchtelnd einen Arm nach oben, um sie zu fangen. Doch sie stieß sie mit den Fingerspitzen beiseite und die Flasche fiel und fiel und fiel, bevor sie gänzlich aus meinem Blickfeld verschwand.

Ich grub die Fingernägel in die Erde und presste die Stirn auf den Boden. Eine lange Sekunde später hob ich den Kopf und rief nach ihr.

„Es tut mir leid, Theresa. Ich weiß, du bist erschöpft und dehydriert, aber du musst noch ein bisschen durchhalten, während ich Hilfe hole."

Sie hatte inzwischen wieder beide Hände vor sich an den Stein gelegt, aber ihre Schultern zitterten vor Anstrengung, sich dort zu halten.

„Bitte, bitte, geh nicht weg", sagte sie und sah auf. In diesem Augenblick hasste ich meine Regierung, das Militär und unseren ganzen Planeten so sehr. Dafür, dass sie ihr das angetan hatten, uns allen.

Aber hier waren wir nun. Wir mussten das Beste daraus machen. Wir mussten überleben.

„Theresa, du schaffst das. Aber ich muss umkehren und Hilfe holen. Du musst durchhalten."

„Bitte, lass mich nicht allein." Dieses Mal schrie sie. „Hier ist ein Monster."

Mit gerunzelter Stirn schaute ich zu ihr hinab. „Was?"

Bevor sie antworten konnte, hörte ich es. Ein schreckliches Kreischen, das mir fast den Schädel zerspringen ließen.

Ich schob mich hoch und nach hinten, warf mich herum.

Ich griff nach dem Messer.

Eine halbe Sekunde zu spät.

KAPITEL ZEHN
Fallo

WIR KEHRTEN INS LAGER zurück, als die Sonne unterging und die Monde emporstiegen. Die große Unruhe verriet mir sofort, dass die beiden Frauen noch nicht gefunden worden waren. Die Krieger, die von der Patrouille zurückgekehrt waren, hatten sich verteilt, um nach ihnen zu suchen, und die Frauen des Sandmeers bauten das abendliche Feuer ohne die Hilfe der Männer auf. Die neuen Frauen drängten sich zusammen und wirkten verstört. Ich wusste, dass die Feuerfrau nicht unter ihnen sein würde, doch ich suchte dennoch in der Gruppe nach ihr. Sie war nicht da.

Mit einem wütenden Aufschrei ließ ich den Schwanz durch die Luft peitschen und sprang von meinem Reittier, kaum dass die Hügel hinter uns lagen, um über die Ebene zu rennen. Die Krieger, die mich begleitet hatten, folgten meinem Beispiel.

Einer meiner anderen Männer kam uns entgegen und salutierte respektvoll mit dem Schwanz, bevor er hastig zu sprechen begann. „Wir haben sie nicht gefunden. Wir durchsuchen die Hügel und einige von uns sind mit ihren

Reittieren noch einmal in die Wüste hinaus, um sich dort umzusehen."

Ich verbiss mir ein Knurren. „Was ist mit den Klippen?"

„Zwei Krieger sind dorthin aufgebrochen, sind aber noch nicht zurückgekehrt."

Natürlich nicht. Die Klippen von Zandazar waren ein einziges Durcheinander aus Tunneln, Tälern und gewundenen Felspfaden. Es gab viele Zugänge und Verstecke. Und auch viele Orte, an denen man in die Falle geraten konnte.

Wenn ich auf der Flucht und auf der Suche nach einem Versteck wäre, würde ich dorthin gehen. Wenn ich nicht wüsste, dass die *krixel* dort nisteten.

Ich ergriff meinen Speer und zog eine Klinge von meinem Rücken, als ich loslief, an den Zelten vorbei. „Durchsucht weiter die Wüste und die Hügel. Wenn die anderen Jäger und Patrouillen zurückkehren, sagt ihnen, dass sie mir in die Klippen folgen sollen", rief ich meinen Männern über die Schulter zu.

Sie rannten los, um meinen Befehlen nachzukommen, und ich beschleunigte meine Schritte, immer auf die Klippen zu.

Schwer atmend und mit gezogenen Waffen erreichte ich den beeindruckenden Steinwall. Aber wo sollte ich anfangen? Auf den ersten Blick erschien der Stein schroff, aber solide, doch sobald man daran entlangging, zeigten sich zahlreiche Risse und Spalten, die ins Innere des Felsens führten. Unzählige Eingänge. Unzählige Möglichkeiten, jemanden zu verlieren.

Aufgebracht schlug ich den Speer gegen die Klippe und bleckte die Zähne. Wir hatten bereits zu viel Zeit verloren.

Die neuen Frauen konnten hier draußen nicht lange überleben. Besonders, wenn sie sich in den Klippen versteckt
hielten, wie ich vermutete. Sie hatten keinerlei Möglichkeit,
sich gegen die *krixel* zu verteidigen. Die Rothaarige mochte
ein Temperament haben, das dem Feuer ihres Haars
entsprach, aber ihre Haut war dennoch weich, ihr Körper
klein und ohne Krallen.

Ich lief weiter, die Klippen entlang und fort von den
Zelten und meinem Volk. Ich untersuchte Stein und Boden
nach Hinweisen. Dank meiner langen Beine kam ich rasch
voran, aber ich spürte, wie mir die Zeit durch die Finger
rann. Der Himmel wurde mit jedem Augenblick dunkler
und die Monde sahen wie leere, unförmige Gesichter auf
mich herab.

Ich rannte weit, sehr weit, ohne einen Hinweis oder eine
Spur zu entdecken. Bilder der Rothaarigen tauchten vor
meinem inneren Auge auf: gefangen, abgestürzt, in Fetzen
gerissen von den Zähnen einer *krixel*.

Zuvor hatte ich nur geglaubt, verrückt zu werden. Nun
hatte ich das Gefühl, endgültig den Verstand verloren zu
haben. Die Vorstellung, dass die Feuerfrau irgendwo tot
liegen könnte, war zu viel. Ich war bereit, die Klippen nur
mit Klingen und Klauen auseinanderzubrechen, um sie zu
finden. Ich war bereit, die ganze Welt in Stücke zu reißen
und jedes Wesen zu töten, das ihr Schaden zufügen könnte.
Jeden einzelnen Stein zu Staub zu zermahlen.

Aber dort!

Dort auf dem Boden lag etwas.

Ich stürmte darauf zu, bremste ab und bückte mich. Es
handelte sich um Leder, eine *dakrival*-Haut. Als ich sie

aufhob, stellte ich fest, dass es sich um einen Lendenschurz handelte. Enttäuschung regte sich in mir. Er mochte einem der Krieger gehören, der auf seiner Suche hier entlanggekommen war. Doch bei näherer Betrachtung bemerkte ich, dass er mir gehörte. Ein unverwechselbarer verblasster Fleck – ein Blutmal – aus einer vergangenen Schlacht war darauf zu erkennen. Die einzige Person, die in letzter Zeit mein Zelt betreten und ungestörten Zugang zu ihm gehabt haben könnte, war ... die Frau mit den Feuerhaaren.

Ich umklammerte den Stoff, drückte ihn gegen mein Gesicht und atmete tief ein. Ja, das war ihr Duft. Und er war stark. Stärker, als wenn sie ihn einfach in den Händen gehalten hätte. Wo an ihrem Körper hatte sie ihn versteckt und warum? Selbst in meiner Unruhe konnte ich nicht anders als mir vorzustellen, dass sich dieses Stück Leder – Leder, das sich um mein Glied gelegt hatte – irgendwo unter ihrer Kleidung versteckt an ihre Haut geschmiegt hatte.

Ich muss sie finden.

Dies musste eine Art Nachricht sein, ein Hinweis. Meine Krieger waren eindeutig nicht so weit gekommen, sondern waren früher abgebogen, um die vorherigen Zugänge zu den Klippen zu durchsuchen. Ich wickelte mir das Leder um die Hand. Ich hätte es genauso gut zurücklassen können, doch ich war nicht bereit, diesen Duft hinter mir zu lassen, und abgesehen davon mochte er mir nützlich sein, um sie aufzuspüren. Ich ignorierte die Tatsache, dass ich mir bereits jede Nuance ihres Dufts eingeprägt hatte, ihrer Haut, ihres Schweißes, ihres Bluts. Ihr Haar roch nicht im Geringsten nach Feuer.

Ich hob den Arm ans Gesicht und atmete erneut tief ein. Dann drang ich in die Klippen vor.

Es war eng, sehr eng. Ich war gezwungen, mich seitwärts zu bewegen. Meine Schultern waren zu breit für den langen Steintunnel. Doch irgendwann erreichte ich offeneres Gelände und konnte mich aufrichten, strecken und den Kopf frei bewegen.

Keine Spur von der Feuerfrau. Keine weiteren Nachrichten, keine weiteren hinterlassenen Hinweise. Vor mir lagen drei ansteigende Pfade durch die Felsen. Und ich hatte keine Ahnung, welchen ich nehmen sollte.

„Sag mir, wo du bist, Frau!", schrie ich. Meine Stimme traf donnernd auf den Stein und hallte an ihm wider. Ich wusste, dass sie mich nicht verstehen konnte. Aber vielleicht konnte sie mich hören und würde meine Stimme erkennen. Vielleicht würden sie und ihr tückisches Wesen mir ausnahmsweise mal nicht im Weg stehen.

Und falls sie meine Stimme jetzt noch nicht erkannte, dann später. Sobald ich sie gefunden hatte, würde ich dafür sorgen, dass sie das Einzige war, was sie hörte. Ihr ganzes Dasein würde davon ausgefüllt sein.

Wenn sie mich gehört hatte, antwortete sie nicht. Aber eine *krixel* tat es und kreischte zornig. Ich spannte mich an und hob Speer und Messer, während ich den Himmel und den Stein über mir absuchte. Aber ich sah keine der schrecklichen geflügelten *krixel* auf mich zukommen. Sie schrie, als wäre sie bereits auf Beute gestoßen, aber offensichtlich handelte es sich bei dieser Beute nicht um mich.

Mein Kopf wurde leer und es blieb nichts zurück als Zorn. Zielstrebig und einzig auf meine Geschwindigkeit und meine Kraft konzentriert stürmte ich los. Auf die Laute der *krixel* zu. *Der Weg zur Linken.* Ich rannte und rannte. Der Untergrund stieg an und brach an einer Seite der Felswand scharf ab. Staub, Schmutz und kleine Steine, die ich in Bewegung gebracht hatte, polterten hinter mir den Hang hinab. Die Dunkelheit warf befremdliche Schatten und ich hörte erneut den Schrei der *krixel*, dieses Mal direkt vor mir.

Ich biss die Zähne zusammen, wurde schneller und gab alles, was ich hatte, bis ich sie endlich sah.

Da war die *krixel*. Sie bemühte sich verzweifelt, an etwas zu gelangen, das sich in einer Spalte der Felswand verborgen hielt. Und in ihren tödlichen Klauen? Die Fetzen eines der Gewänder der neuen Frauen.

Für einen Moment konnte ich den Blick nicht von dem Gewand abwenden. Sein Anblick machte mich wütend wie nie zuvor. Alles um mich herum verschwand. Ich wusste, wenn die *krixel* der Feuerfrau Schaden zugefügt hatte, würde ich sie und jede der ihren töten, bis keine Einzige mehr übrig war.

Dann kam ich wieder zu mir. Mir kochte das Blut in den Adern, mein Herz raste und ich öffnete den Mund zu einem Kampfschrei, der wie der Donner eines Wüstensturms von den Wänden widerhallte. Ich schleuderte meinen Speer auf die *krixel* und zog augenblicklich ein weiteres Messer vom Rücken. Ein Speer würde kaum ausreichen, um sie auszuschalten.

Sie fuhr zusammen und kreischte, als mein Speer ihren Flügel durchschlug und in ihr kräftiges Bein eindrang. Ich lachte wie ein Irrer und ließ die Klingen durch die Luft

schnellen. Es war zu lange her, dass ich eine Schlacht geschlagen hatte. Die Blutlust sang in mir ihr dunkles Lied.

Die *krixel* richtete den Blick auf mich. Aber ich war
bereit.

Komm nur.

KAPITEL ELF
Chapman

ES SCHIEN WIRKLICH so, als würde dieser Planet die Tiere der Erde nehmen, sie mit Dinosauriern kreuzen und sie zu Riesen anwachsen lassen. Es gab nicht nur gewaltige, prähistorisch wirkende Krokodil-Tausendfüßer, sondern jetzt hatten wir es auch noch mit riesigen, mannsgroßen Fledermäusen zu tun, die mit ... Pterodaktylen verwandt waren?

Ich fragte mich, ob eine der Frauen, die wir hergebracht hatten, zufällig Expertin für Dinosaurier war. Theresa käme dem vermutlich am nächsten. Sie war Tierarzthelferin, hatte aber auch einen Abschluss in Zoologie. Doch im Augenblick saß sie dort unten auf dem winzigen Sims fest. Gegen jede Wahrscheinlichkeit hoffte ich, dass es ihr gut ging, aber im Augenblick hatte ich eigene Probleme. Mit anderen Worten: das gigantische, grotesk wirkende Ungeheuer, das versuchte, mich in die Klauen zu bekommen.

Ich hatte mich in eine enge, flache Spalte der Steinwand gedrückt. Als ich während des Gesprächs mit Theresa das fledermausartige Monster kreischen gehört hatte, hatte ich mich auf den Hintern fallen lassen und war rückwärts davongekrochen. Allerdings nicht schnell genug.

Die Kreatur hatte die massiven Krallen in meine Jacke geschlagen und sie mir vom Körper gerissen, als bestünde sie aus nassem Klopapier statt aus haltbarem, steifem Material.

Ich war mit dem Rücken gegen den Felsen geknallt und hatte es gerade rechtzeitig in den winzigen Spalt geschafft, in dem ich jetzt zusammengequetscht kauerte und darauf wartete, dass mich das Mistvieh in Frieden ließ. Aber das würde es nicht. Und ich hatte vor Schreck vor der Felsspalte mein Messer fallen lassen.

Jedes Mal, wenn ich glaubte, dass das fremdartige Monster aufgegeben hatte, spähte ich vorsichtig nach draußen. Doch dann wirbelte es stets zu mir herum und zwang mich, mich in mein Versteck zurückzuziehen. Wie sich herausstellte, bedeutete Aufgeben in diesem Fall sowieso nur, dass die Kreatur versuchte, sich Theresa zu krallen. Glücklicherweise schien sie zu tief unten zu sein und die Klamm war zu eng, als dass sie erreichbar gewesen wäre.

Irgendwann wurde es dunkel und mir dämmerte, dass wir wirklich in der Scheiße saßen. Entweder blieben wir, wo wir waren, und hofften, dass das Ding aufgab, wobei wir früher oder später vermutlich verdursten würden, oder wir stellten uns zum Kampf und wurden in Fetzen gerissen.

Im Ernst, das Ding war riesig, größer als ich und mit mächtigen Muskeln unter der grauen Haut. Wieder und wieder schob es seine fledermausartige Schnauze in die Spalte. Es schnappte um sich und versuchte, mich mit den Zähnen zu erwischen. Wenn ich nur das verfluchte Messer hätte …

Zuvor hatte ich befürchtet, dass die fremden Krieger Theresa oder mich finden könnten. Nun hoffte ich darauf.

Sie waren zumindest ansatzweise in der Lage, wie humanoide Wesen zu kommunizieren, und verfügten über nahezu menschliche Werte. Sie hatten uns geholfen, uns geheilt und lebten in einer Gemeinschaft. Ich würde jeden Einzelnen von ihnen diesem Vieh vorziehen. Selbst der Feind mit seinem Jähzorn und der dauerhaften Erektion – zumindest in meiner Nähe – wäre ein willkommener Anblick.

Ich schwöre bei Gott, wenn er jetzt auftaucht, würde ich ihn wahrscheinlich küssen.

Aber niemand kam. Und nachdem es endgültig Nacht geworden war, wusste ich, dass ich etwas unternehmen musste. Ich konnte nicht ewig hier warten. Ich musste etwas tun, mich angriffslustig zeigen. Vielleicht zog sich das Ding dann zurück. Viele Raubtiere der Erde konnte man abwehren, indem man vorgab, größer und stärker zu sein, als man es war. Vielleicht funktionierte das auch hier.

Das Problem war nur, dass ich hier ziemlich zusammengequetscht saß. Aufzustehen war schlicht unmöglich. *Was sonst?* Ich sah mich um und suchte nach etwas, das ich nutzen konnte. Mein Blick fiel auf einen baseballgroßen Stein zu meinen Füßen. Ich nahm ihn zur Hand und als das knurrende Gesicht des Tiers wieder auftauchte, holte ich so weit aus, wie es mir in der Enge möglich war, und warf. Der Stein traf das Vieh mitten auf der nach oben gerichteten Nase und ich stieß ein geflüstertes *Ja!* aus, als es zurückwich. Aber mein Triumph war von kurzer Dauer. Denn die Kreatur tauchte sofort wieder vor mir auf und drückte ihr Gesicht an den Spalt. Und nun war sie nicht nur hungrig, sondern auch wütend.

War's das? Sollte ich so sterben? Verhungert in einem winzigen Felsspalt oder von etwas aufgefressen, das viel größer und stärker war als ich? Am meisten bedauerte ich, dass mein Tod bedeuten würde, dass die anderen Frauen noch wehrloser zurückbleiben würden als ohnehin schon. Doch wie viel Schutz hatte ich ihnen schon bieten können? Bisher hatte ich sie vor keiner der Gefahren beschützt, denen wir begegnet waren.

Die Pterodaktylus-Fledermaus quietschte, warf den Kopf nach hinten und fuhr mit einer klauenbesetzten Spitze ihres Flügels in mein Versteck. Beinahe erreichte sie mich. Die tödliche Klaue war nur Zentimeter von meinen weichen, feuchten menschlichen Augen entfernt. Ich drückte mich noch fester gegen die Wand. Wut und Angst stiegen in mir auf. Ich hasste, was hier geschah, und dass ich machtlos war, etwas dagegen zu unternehmen.

Aber dann hallte ein fremdes Geräusch durch die Nacht. Der Ruf eines der Alien-Männer, und er schien in der Nähe zu sein.

Oh, Gott sei Dank, verdammte Scheiße.

Ich schrie, um seine Aufmerksamkeit zu erregen. Mir war klar, dass die Klippen ein Labyrinth waren. Aber mein Ruf wurde vom Kreischen der wütenden Alien-Bestie übertönt, die nach wie vor versuchte, an mich heranzukommen.

„Dein Vogelgehirn ist wohl zu klein, um zu begreifen, dass du gleich Schaschlik bist, was, Kumpel?", zischte ich. Hoffentlich lag ich richtig. Hoffentlich waren eine Million Alien-Krieger mit gezogenen Klingen auf dem Weg zu mir. *Hätte nicht gedacht, dass ich das mal sage.*

Ein paar Minuten schien sich nichts zu tun. Die Zeit verging nur langsam, langsamer als ich für möglich gehalten hätte. Und noch immer kämpfte die Kreatur mit Zähnen und Klauen darum, mich zu erreichen. Zum ersten Mal, seitdem wir hier gelandet waren, spürte ich Tränen über meine Wangen rinnen. Den Schrei des Aliens zu hören, zu denken, dass Hilfe auf dem Weg war, war zu schön gewesen. Und nun zu glauben, dass meine Hoffnungen vergebens gewesen waren? Es brach mir das Herz.

Aber vielleicht hatten wir doch noch eine Chance, denn plötzlich war so nah, dass ich ihn praktisch schmecken konnte, ein brachialer, herrlicher Schlachtruf zu hören.

Die Kreatur zuckte zusammen und schien zu wanken und fast zu stürzen, dann ließ sie von mir ab und wandte den gewaltigen Kopf in die Richtung desjenigen, der sich uns näherte. In der Dunkelheit konnte ich gerade noch erkennen, dass ein Speer in einem seiner Beine steckte.

Jemand war hier. Am Ende war doch noch jemand gekommen.

Wenn ich nicht solche Angst davor gehabt hätte, dass ich die Aufmerksamkeit der Kreatur wieder auf mich ziehen könnte, hätte ich vor Freude gejubelt.

Ich rückte näher an die Öffnung und spähte vorsichtig nach draußen, um herauszufinden, was vor sich ging. Das Fledermauswesen hatte sich ein Stück entfernt, das Gefälle hinunter. Nun streckte es die Flügel aus und kreischte. Es in seiner vollen Größe zu sehen – die Flügelspannweite übertraf sicher drei Meter –, war beängstigend, selbst wenn einer der Flügel verletzt zu sein schien. Doch noch beängstigender war der Anblick des Alien-Kriegers, der mit gezogenen Klingen und wild grinsend zum Angriff überging. *Der Feind.*

In diesem Moment musste ich zugeben, dass er mir vielleicht nicht ganz so *feindlich* gesonnen war. Zumindest stand er fürs Erste auf meiner Seite. So unmöglich er sich bisher auch aufgeführt hatte, war ich jetzt verdammt froh, ihn zu sehen.

Die Fledermaus sprang auf ihren kräftigen Beinen vor, aber der Feind war bereit. Er drang mit den Klingen auf sie ein und blockierte gleichzeitig jeden Vorstoß der Klauen und Zähne. Ich sah mit offenem Mund zu, erstaunt von seiner Kraft und seinem Kampfgeschick, bevor ich mich schüttelte und wieder auf den Boden der Tatsachen zurückbrachte. Ich war nicht irgendeine dumme Gans, die nur herumsaß, während sie auf Rettung wartete. Ich musste mich klug verhalten und wenn möglich in den Kampf eingreifen.

Ich kroch aus der Spalte und schnappte mir das fallen gelassene Messer, dann hastete ich rückwärts zurück in mein Versteck.

Mich wieder zu verbergen, gehörte auch dazu, mich nicht wie eine dumme Gans aufzuführen. Ich hatte keine Ahnung, mit was zum Teufel ich es zu tun hatte, und wenn ich mich jetzt ins Getümmel stürzte, könnte ich den Feind ablenken und alles verderben. Daher rührte ich mich nicht vom Fleck. Allerdings fühlte ich mich mit einer eigenen Waffe deutlich wohler, während ich das Geschehen beobachtete und auf eine Chance zum Eingreifen wartete.

Aber der Feind brauchte keine Hilfe. Ganz und gar nicht. Er wirbelte herum und schlug um sich, lachte und hackte auf den Gegner ein. Irgendwann war das Fledermauswesen es leid, mit einem Schnitt nach dem anderen auf Armeslänge gehalten zu werden. Es ignorierte die Klingen, sprang vor und warf den Feind in einem einzigen Gewirr aus Flügeln, Schwänzen und Klauen zu Boden.

Oh Scheiße. Vielleicht würde ich doch eingreifen müssen. Ich schloss die verschwitzte Hand um das Messer, lehnte mich aus dem Versteck und bereitete mich vor, nach draußen zu laufen. Doch gerade, als ich den ersten Schritt wagen wollte, erschlaffte das Fledermauswesen auf dem Feind auf einen Schlag. Gleich darauf wurde es grob zur Seite geworfen. Der Feind erhob sich und ich schnappte nach Luft. Gleichzeitig bekam ich überall Gänsehaut.

Er richtete sich zu voller Größe auf und überragte mich wie ein Alien-Gott. Er hielt seine Klingen an den Seiten, die gewaltige Brust hob sich unter tiefen Atemzügen, jeder Muskel wölbte sich unter seiner festen Haut. Haut, die vom Blut der getöteten Kreatur glänzte und sich im Licht der Sterne und Asteroiden in Silber zu verwandeln schien. Im Halbdunkel wirkte sein Gesicht auf düstere Weise fast attraktiv, wenn auch ein bisschen verrückt. Sein kräftiger Kiefer schien wie gemeißelt. Er zeigte in einem triumphierenden Lächeln die Reißzähne. Die hellen Bereiche seiner Augen stoben nach außen und zogen sich dann eng zusammen, als sich sein Blick auf mich richtete.

Ich schluckte. Mein Puls raste, während wir uns ansahen. Er streckte die Messer zur Seite und gab ein grelles Jaulen von sich, als wollte er sagen: *Sieh, was ich getan habe. Sieh, was ich für* dich *getan habe.*

Dann entdeckte er das Messer.

Sein Messer.

Das ich gestohlen hatte.
Ups.

KAPITEL ZWÖLF
Fallo

SIE LEBT.

Die Erkenntnis war überwältigend. Ich ließ zu, dass sie mich in allen Facetten ausfüllte, Erleichterung, Ärger und, was mich am meisten verwirrte, Verlangen. Ihr Haar hatte sich aus dem Knoten an ihrem Hinterkopf gelöst und fiel ihr in glänzenden Strähnen um die Schultern, dunkler in der Nacht.

Sie trug ihr Gewand nicht mehr. Offensichtlich war es von den Klauen der widerlichen *krixel* zerrissen worden. Aber nun war sie tot und konnte keinen Schaden mehr anrichten.

Grinsend genoss ich meinen Sieg, hob die Waffen, um ihr meine Macht zu zeigen. Um ihr zu zeigen, dass ich hier der Herr war und sie mir nie entkommen konnte.

Sie könnte durch jedes Areal der Klippen laufen und ich würde sie doch aufspüren. Ihre Witterung war in mein Blut übergegangen. Und ich würde jedes Wesen töten, das sie bedrohte.

Jedes außer mir.

Ich witterte, konnte jedoch glücklicherweise nicht den Geruch ihres Bluts wahrnehmen. Aber dennoch, vielleicht war sie verletzt. Ich musste sie zu den Heilerinnen bringen und untersuchen lassen. Ich musterte sie aus der Ferne und Zorn flammte in mir auf, als ich entdeckte, was sie in der Hand hielt.

Ein Messer.

Mein Messer.

Also war sie fest entschlossen, mein Feind zu sein. Sie hatte mich bestohlen und hatte vielleicht sogar vor, mich mit meiner eigenen Klinge zu töten. Der Gedanke peitschte mich auf und erfüllte mich mit dunklem Zorn.

Ich ging auf sie zu, mein Schwanz schlug umher und meine Brust hob und senkte sich schwer. Sie riss die Augen auf, als sie mich kommen sah, und trat einen Schritt zurück, bevor sie gegen die Felswand stieß. Sie hätte fliehen können. Sie hätte den Hang hocheilen und versuchen können, mir zu entkommen. Aber stattdessen nahm sie Kampfhaltung ein und hob mit zwei Händen meine Klinge. Sie verengte die Augen und sagte etwas zu mir. Es klang gefährlich und finster und ich verfluchte den Umstand, dass wir nicht dieselbe Sprache sprachen.

Sie ging leicht in die Knie, sodass sie sich besser verteidigen konnte. Sie war wirklich bereit, eine Waffe gegen mich einzusetzen. Der Irrsinn regte sich in mir und ein bitteres Auflachen löste sich aus meiner Brust. Sollte sie es doch versuchen. *Hat sie nicht gesehen, was ich einem Feind antun kann?* Sie hatte noch nicht verstanden, welche Konsequenzen es nach sich zog, einem Gahn zu trotzen.

Eine Weile sahen wir uns an. Jeder wartete darauf, dass der andere sich regte. Ich wollte wissen, ob sie es wagen würde, zuerst zuzuschlagen. Aber ihre Entschlossenheit schien nachzulassen und ihr Blick huschte immer wieder zu der tiefen Schlucht neben uns.

Was hatte sie vor? Wollte sie doch noch fliehen? Sie würde doch bestimmt nicht versuchen, in die Schlucht zu klettern. Sie brach beinahe waagerecht nach unten ab. Und so weit würde ich sie nie kommen lassen.

Wieder sagte sie etwas und ich bildete mir ein, etwas wie schmerzliche Verzweiflung in ihrer Stimme zu erkennen.

Ich grinste. Möglicherweise empfand sie doch allmählich die innige Liebe und Treue, die sie einem Gahn schuldig war. Vielleicht bedankte sie sich für ihre Rettung und erflehte meine Vergebung für ihren Ungehorsam.

Rasch trat ich auf sie zu und überbrückte den Abstand zwischen uns. Sie holte tief Luft und hob die Waffe. Ich lachte über ihren Versuch, mich zu bremsen. Bevor sie die Klinge gegen meine Haut drücken konnte, steckte ich eine meiner eigenen Waffen weg und fing ihre Handgelenke mit einer Hand ein, während ich mit der anderen weiterhin die Klinge hielt. Ich würde ihr nicht ernsthaft wehtun. Aber ich musste ihr die Macht zeigen, vielleicht sogar aufzwingen, die ich innehatte. Sie *würde* sich fügen.

Sie sprach schnell und, wie üblich, wütend. Mein eigener Zorn warf sich ihrem entgegen.

„Du solltest dich dankbarer zeigen, Frau", knurrte ich. „Mein Volk hat dich nicht nur einmal, sondern gleich zweimal gerettet. Zuerst haben meine Männer dich vor den *zeelk* gerettet und der mächtigste Gahn im Sandmeer hat dich vor dem sicheren Tod in den Klippen bewahrt. Und trotzdem widersetzt du dich mir?"

Ihr Blick fiel auf meinen Mund, meine Zungen, während ich sprach, als könnte sie mich dadurch besser verstehen. Als sie wieder das Wort ergriff, konnte ich nicht anders, als dasselbe zu tun und zu beobachten, wie sich ihre weichen Lippen über den flachen Zähnen bewegten.

Ich stöhnte vor Frustration, weil ich sie nicht verstand, und schloss die Hand fester um ihre Unterarme. Ich zog sie nach vorn, sodass sich die Klinge in ihrer Hand gegen meine Brust drückte, und sah fasziniert zu, wie ihre runden Augen sich weiteten. Sie wehrte sich, versuchte, von mir loszukommen und das Messer zurückzuziehen, aber ich hielt sie fest. Die Schneide glitt über meine Haut, bis sich ein schwarzer Streifen Blut abzeichnete.

„Ist es das, was du mit meinem Messer tun wolltest, kleine Frau?"

Sie rief mir etwas entgegen, den Blick auf die Klinge an meiner Brust gerichtet. Ein heftiges Schaudern erfasste mich angesichts ihrer Reaktion. Ihres Schocks. Ihrer Panik.

Vielleicht hatte sie doch nicht vorgehabt, es gegen mich einzusetzen.

„Nur weiter", sagte ich berauscht von meinem Sieg. Ich drängte mich fester an sie und das Messer. Die Klinge brannte heiß an meiner Haut und schnitt tiefer. Ich spürte es kaum. Ich konnte mir nicht erklären, was ich tat. Das war verrückt. Aber ich würde mich aufschlitzen lassen, wenn ich dadurch weiterhin ihren kleinen Körper gegen den Fels drücken konnte.

Die Frau schrie auf und löste mit großer Geste die Finger vom Griff. Da ich nur ihre Handgelenke, nicht aber die Waffe festhielt, rutschte sie ab. Ich ließ die Handgelenke der Feuerfrau los und erlaubte, dass sie sie zurückriss. Dann fing ich die Klinge auf, bevor sie auf dem Boden landete, und brachte sie außer Reichweite meiner Brust, um sie vor das Gesicht der Fremden zu halten. Sie sog scharf Luft ein, zuckte jedoch nicht mit der Wimper. *Kleine Feuerfrau. Winzig, tapfer, verwirrend und merkwürdig.*

Ich hielt die Klinge ins Mondlicht und sah mein Blut auf der schwarzen Schneide glitzern.

Die Frau bewegte in einer fremdartigen Geste, die ich nicht kannte, den Kopf hin und her, dann legte sie mir zu meiner größten Überraschung plötzlich die Hand auf die Wunde.

Ich zischte und neigte mich ihr entgegen. Von ihrer Handfläche auf dem brennenden Schnitt ging Hitze aus. Sie dehnte sich aus und versetzte mich in Aufruhr, schoss mir in die Gliedmaßen und pulsierte in meinem Schritt.

Die Feuerfrau starrte auf ihre Hand auf meiner Brust und runzelte die Stirn. Dann sah sie fragend und suchend zu mir auf. Ich wusste nicht, wie ihre Fragen lauteten. Und wenn doch, hätte ich Antworten für sie gehabt?

Meine Lippen hoben sich von meinen Reißzähnen und ich merkte, dass ich mich unwillkürlich weiter nach unten beugte, bis ich mit der Nase über ihren Hals und ihr Haar strich und so tief einatmete, als ginge mir die Luft aus. Ich drückte rechts und links ihres Körpers die Knöchel gegen die Felsen, die Klingen zum Himmel gerichtet, und hielt sie gefangen.

„Was hast du mit mir gemacht, Feuerfrau?", fragte ich leise und erkannte kaum meine eigene Stimme wieder. Ich erkannte mich allgemein nicht wieder. Nie hatte eine Frau oder überhaupt ein Wesen solche Gefühle in mir geweckt. Mir so die Kontrolle genommen.

Doch ihre Hand, die zuvor sanft und flach auf meiner Wunde gelegen hatte, bewegte sich nun und trommelte gegen meine Brust. Knurrend trat ich zurück und sah zu, wie sie ihre blutbedeckte Faust zurückzog. Dann deutete sie eindringlich auf die Klamm neben uns und ihre weiche, feuchte Zunge bewegte sich hektisch.

Erst da fiel mir die andere vermisste Frau ein. Ich lehnte mich zurück, ließ aber meine Hände, wo sie waren, und neigte den Kopf Richtung Schlucht, um tief einzuatmen.

Der verflixte Duft der Feuerfrau überwältigte mich beinahe, aber ich zwang mich, mich zu konzentrieren und seine Nuancen zu umgehen, bis ich sie schließlich zwischen all dem Staub und Stein witterte. Eine weitere Frau.

Ihr Geruch zeigte keine Wirkung auf mich. Er ließ meine Adern nicht in Flammen aufgehen, brannte nicht in meiner Lunge und füllte mein Glied auch nicht mit Blut. Aber nun verstand ich, warum die Feuerfrau so aufgebracht war. Warum sie überhaupt hergekommen war. Um eine der ihren zu retten.

Also wollte sie gar nicht fliehen.

Für den Bruchteil einer Sekunde wollte ich die andere Frau bestrafen. Jene, die in der Schlucht festsaß. Ich wollte sie bestrafen, weil sie die Feuerfrau in Gefahr gebracht hatte und dafür, dass sie mir nun ihre Aufmerksamkeit entzog. Aber ich konnte sie nicht hierlassen. Eines Tages mochte sie die Gefährtin einer meiner Männer werden. Wir würden jede Einzelne von ihnen brauchen, um unseren Clan am Leben zu halten und zu wahrer Größe anwachsen zu lassen.

Mit einem Grollen – ich spürte den Blick der Feuerfrau auf mir lasten, er schien mich zu verbrennen – riss ich mich von ihr los, steckte die Waffen weg und ging zum Abhang.

Zu ihrem Glück hatte die Frau in der Klamm helles Haar, das wie ein Sonnenstrahl auf heißem Stein leuchtete. Dadurch fiel es mir in der Dunkelheit leichter, sie zu erkennen. Sie stand aufrecht in der engen Kluft, Kopf und Schultern gesenkt, während sie versuchte, sich mit ausgestreckten Händen an der gegenüberliegenden Wand abzustützen.

In der Finsternis war kaum auszumachen, wie breit der Sims war, auf dem sie stand. Die Tatsache, dass sie sich an der gegenüberliegenden Wand festhielt, bedeutete wahrscheinlich, nicht allzu breit. Und unter ihr ging es weit nach unten.

Ich biss die Zähne zusammen, wandte mich zur Feuerfrau um und deutete mit einer Kralle auf die Frau unter uns. „Euer Volk ist unbeschreiblich dumm. Nun sieh dir an, was passiert, wenn ihr versucht zu fliehen. Sag mir, woher dein Clan stammt, sodass ich euren Gahn dafür töten kann, dass er euch keinen Gehorsam gelehrt hat.“

Obwohl sie meine Worte nicht verstand, reagierte sie zornig. Sie kam auf mich zu und deutete streng in die Tiefe. Immer wieder ließ sie den Finger nach unten schnellen. Die Entschiedenheit ihrer Bewegung war merkwürdig ... sinnlich. Knurrend wandte ich den Blick ab, um nachzudenken.

Es würde nicht leicht werden, die andere Frau zu erreichen. Wir könnten zu den Zelten zurückkehren, Seile oder

Riemen holen und zu ihr hinablassen. Aber sie kam mir zu schwach vor. Sogar noch schwächer, als die ihren normalerweise waren. Sie war zu lange hier gewesen und ich vertraute nicht darauf, dass sie ein Seil mit genügend Kraft würde packen können. Außerdem wusste ich nicht, wie lange sie dort unten noch durchhalten konnte. Der Weg zum Lager und wieder zurück mochte zu lange dauern. Wir mussten uns jetzt ihrer annehmen.

Ich straffte die Schultern und warf der Feuerfrau einen grimmigen Blick zu, die ihn mit entschlossener Miene erwiderte. Ich hatte bereits eine *krixel* getötet und jetzt würde ich ihr erneut meine Macht demonstrieren. Die Macht eines Gahns.

Ich ging in die Knie und peitschte kraftvoll mit dem Schwanz.

Dann sprang ich.

KAPITEL DREIZEHN
Chapman

DIESER VERRÜCKTE BASTARD war doch tatsächlich in die verfluchte Klamm gesprungen. Kaum zwei Sekunden hatte er sich umgeschaut, dann hatte er sich einfach in die Tiefe gestürzt. Ich stieß einen erstickten Schrei aus, zum Teil wegen seiner plötzlichen Bewegung und zum Teil aus Bewunderung seiner fast irrsinnigen Tapferkeit. Widerwillige Bewunderung, aber dennoch.

Ich hörte das Scharren von Steinen und Klauen unter mir und hastete zur Kante. Dort ließ ich mich auf Hände und Knie fallen, damit ich besser in die Dunkelheit spähen konnte.

„Du gehst besser vorsichtig mit ihr um!", rief ich ihm nach. An diesem Punkt glaubte ich nicht länger, dass er Theresa vorsätzlich schaden würde, aber er war so unglaublich stark. Er könnte sie glatt aus Versehen zerquetschen.

Scharfe, geknurrte Alien-Worte antworteten mir hallend aus der Schlucht, vermutlich bedeuteten sie so etwas wie *Halt die Klappe und lass mich meine Arbeit erledigen, du nerviges Menschlein*. Ich knirschte mit den Zähnen. Ich hasste es, mich dermaßen machtlos zu fühlen, und erst recht, dass ich auf ihn angewiesen war. *Ich hätte mir selbst etwas einfallen lassen sollen, wie ich sie wieder hochbekomme. Ich hätte ... ich hätte ...*

Sicher, wenn ich genug Zeit gehabt hätte, vielleicht. Aber dann war die Monsterfledermaus aufgetaucht, die mich zum Frühstück verspeisen wollte, und hatte mir jede Chance vermasselt. So ungern ich es auch zugab, ich brauchte den Feind gerade. Innerlich brodelnd und zugleich nervös sah ich auf seinen Kopf hinab, auf seine großen, spitzen Ohren, die dunklen Zöpfe. Theresa war schon viel zu lange da unten.

Der Feind hatte sich mit seinen kräftigen Füßen und Händen abgefangen. Sein rechter Fuß und die entsprechende Hand kratzten an der mir zugewandten Wand entlang, die linken Gliedmaßen hatte er fest gegen die andere Seite gestemmt. Mit einem Fluch wurde mir bewusst, dass er nicht tiefer hinabsteigen konnte. Der Bereich unter ihm, wo Theresa stand, war zu eng für ihn. Vielleicht sogar zu eng für jeden der Aliens, auch wenn er bisher mit Abstand der größte Krieger war, den ich zu Gesicht bekommen hatte.

Er neigte den Kopf, um zu Theresa zu schielen, die sich quälend dicht unter seinen Füßen befand. Dann sah er an den Wänden entlang hinauf zum Himmel. Und schließlich richtete er den Blick auf mich.

Der Ausdruck seiner Augen gefiel mir *überhaupt* nicht. Er war dunkel, kalkulierend und ließ mich entblößt zurück. Mein Atem flog und ich schluckte, um mich auf die vor uns liegende Aufgabe zu konzentrieren. Offensichtlich musterte er mich, um über den nächsten Schritt nachzudenken. Und kurz darauf machte es den Anschein, als hätte er entschieden, was zu tun war.

Er spannte sich an und begann zu klettern, zurück zur Abbruchkante, dann streckte er mir eine gewaltige, klauenbewehrte Hand entgegen.

Mir blieb keine Zeit, Fragen zu stellen. Ich war dabei, was immer er auch von mir wollte. Theresa hatte seit Ewigkeiten keinen Laut mehr von sich gegeben und ich konnte nicht noch mehr Zeit verschwenden. Ich musste es einfach wagen, ihm vertrauen. Jeder meiner Instinkte wehrte sich gegen diese Idee, aber mir blieb keine andere Wahl.

„Theresa, falls du mich hören kannst, ich komme dich jetzt holen. Wir gehen nicht, bevor du in Sicherheit bist", rief ich. Anfangs zitterte meine Stimme, doch mit jedem Wort wurde sie kräftiger. So wenig ich ihn verstand, so sehr er mich nervte, war ich froh, dass ich nicht allein war. Gemeinsam würden wir es schaffen.

Ich ergriff die Hand des Feinds.

Sofort schloss er die Finger um meine und ein heißes Schaudern kroch mir unter die Haut, das mir durch Arm und Rückgrat jagte. Ich ignorierte es, positionierte mich neu, sodass ich auf dem Po saß, und rutschte auf die Kante zu.

Der Feind hatte immer noch je einen Fuß gegen die Seitenwände der Klamm gestemmt. *Zum Glück ist er so verdammt groß. Und stark.* Der obere Teil der Schlucht war breiter und forderte seinen Beinen und Kräften wahrscheinlich alles ab. Mit der freien Hand klammerte er sich an einem Spalt in der gegenüberliegenden Wand fest, daher musste er sich strecken, um nach mir zu greifen. Ich wusste, dass seine

Haltung alles andere als angenehm war, daher beeilte ich mich, nach vorn und tiefer zu kriechen.

Nur konnte ich nirgendwohin. Es gab keinen Sims, auf den ich springen konnte, und keine Möglichkeit, an der Wand hinabzuklettern. Der Feind beobachtete mich, während ich die Klamm absuchte. Sein Griff um meine Hand wurde mit jeder Sekunde stärker, bevor er schließlich grollte und *zog*.

Ich schrie auf, als ich fiel, reine Panik ergriff von mir Besitz. Ich würde an Theresa vorbeistürzen. Ich würde für immer dort unten festsitzen, bis ein anderes Monster erschien, um mich zu fressen, und niemand würde auch nur meine Knochen finden ...

Mein Sturz endete abrupt.

Ich war in Sicherheit.

Nun, nicht ganz. Die Gefahr, in den sicheren Tod zu fallen, war gebannt. Doch nun befand ich mich in einer gefährlichen Situation ganz anderer Art.

Nachdem er an meinem Arm gezerrt hatte, hatte der Feind meine Hand losgelassen und stattdessen hastig nach meinem Rücken gegriffen, Oberarm und Armbeuge unter meinen Hintern geschoben, um mich aufzufangen und an sich zu ziehen. Das war alles schön und gut, nur dass ich jetzt praktisch auf seinen breiten Schultern saß, die Beine über seinem Rücken, den Schritt an sein Gesicht gedrückt. In meiner Hektik hatte ich nach allem gegriffen, was ich bekommen konnte, und als ich mich nach vorn beugte, wurde mir klar, dass es sein Hinterkopf war. *Ich bin diejenige, die sein Gesicht an mich drückt.*

Ein fernes Stöhnen erklang irgendwo zwischen meinen Beinen und wilde Hitze explodierte in mir.

Egal. Mein Abstieg war nicht sehr elegant ausgefallen, aber ich war unten und am Leben, oder nicht? Ich musste einfach ignorieren, dass der Griff des Feinds in meinem Rücken fester wurde oder dass er hörbar einatmete.

Oh Gott. Ich hatte mich in dieser Quasi-Sauna gereinigt, aber meine Uniform stank inzwischen vermutlich gewaltig. Er hätte alles tun sollen, um seinen Kopf da unten wegzubekommen; nicht näher rücken und ein zweites Mal einatmen, dieses Mal sogar noch tiefer.

Mit brennenden Wangen schob ich seinen Kopf so kraftvoll zurück, wie ich konnte. Ich richtete praktisch nichts aus – sein Hals allein war stärker als ich –, aber es gelang mir schließlich, die Hüften von seinem Gesicht zu lösen. Das einzige Problem war, dass dadurch mein Po seine Brust hinabglitt und ich spürte, dass ich nach hinten kippte.

„Scheiße!" Ich warf mich nach vorn, um mein Gleichgewicht wiederzufinden, und bekam eine Handvoll Zöpfe des Feinds zu fassen.

Zischend packte er mich hinten am Oberteil und zog mich ein Stück von sich weg, bis ich die Beine von seinen Schultern ziehen konnte. Die Bewegung war schwierig. Er hatte nur eine Hand frei, um mein ganzes Körpergewicht von sich wegzuschwingen, während ich die Beine umsortierte. Seine Reißzähne glänzten im matten Licht, seine Muskeln verkrampften sich, während er darum kämpfte, seine Position zu halten und mich zugleich hinten an der Uniform zu sichern. Das Herz klopfte mir bis zum Hals, als er ein Stück nach unten rutschte und Kiesel und Staub in die Tiefe regneten. Knurrend spannte er die Beine, bevor er mich einmal mehr fest an sich zog.

Ich klammerte mich an ihn, als wäre er das Rettungsboot im Sturm meines Lebens. Mehr konnte ich nicht tun. Ich legte die Beine um seinen breiten, muskulösen Oberkörper und presste sie zusammen, die Arme hatte ich um seinen Hals geschlungen. Inzwischen hatte er wieder den Arm um meinen Rücken gelegt und wir warteten eine atemlose Sekunde, bis wir wieder im Gleichgewicht waren. Wir rangen im gleichen Takt nach Luft.

Irgendwann, als mein Puls sich ein wenig beruhigt hatte, lockerte ich meinen Griff und setzte mich auf. Aus dunklen Augen sah er mich an. Die roten Funken in ihrem Innern stoben auseinander, als unsere Blicke sich fanden. Es ging eine merkwürdige, schwindelerregende Anziehungskraft von diesen Augen aus. Ich hatte das Gefühl, in sie hineinzustürzen ...

Mein Oberteil war nass. Verwirrt sah ich nach unten und keuchte auf, als ich bemerkte, wie sehr der Feind blutete. Nicht nur aus der Wunde, die er sich selbst mit dem gestohlenen Messer zugefügt hatte, sondern auch aus einigen tiefen Verletzungen an seiner linken Schulter und dem Brustmuskel, die von Klauen oder Zähnen zu stammen schienen.

Wie hatte ich das bisher übersehen können? *Na ja, es ist dunkel und die Wunden waren unter dem Blut der Monster-fledermaus verborgen.*

Mit meiner Uniform hatte ich einen Großteil des getrockneten Bluts der toten Kreatur abgewischt, aber nun erkannte ich deutlich, dass frisches schwarzes Blut aus den

Wunden sickerte und über seine Haut rann. Mein Mund wurde trocken. Er war ernstlich verletzt. Und ich machte mir Sorgen. Ich versuchte mir einzureden, dass es mir darum ging, dass sein Griff jeden Moment nachlassen könnte, sodass wir beide in der Tinte saßen. Aber tief in meinem Innern war ich mir nicht so sicher, ob das wirklich der Grund dafür war.

Aber ich hatte keine Zeit, meine Gefühle zu hinterfragen. Ich suchte wieder seinen Blick und nickte. „Legen wir los."

Ungeachtet der Sprachbarriere verstand er. Er drückte mich noch fester an sich. Sein Arm in meinem Rücken fühlte sich wie ein Stahlträger an und mit langsamen, aber starken und gleichmäßigen Bewegungen kletterte er nach unten. Ich hielt mich verzweifelt an ihm fest und reckte vorsichtig den Hals, um nach Theresa Ausschau zu halten.

Es dauerte nicht lange, bis wir die Stelle erreichten, an der er seine Rettungsmission zuvor abgebrochen hatte, weil es zu eng für ihn wurde. Er konnte nicht tiefer klettern, aber er konnte mich nach unten lassen.

Wir brauchten nicht dieselbe Sprache, um unsere Vorgehensweise abzusprechen. Ich wusste, was zu tun war, kaum dass wir unten angekommen waren. Ich entspannte die Oberschenkel und glitt an seinem Körper hinab. Während ich auf dem Weg nach unten erst mit dem Bauch, dann mit der Brust über seinen Lendenschurz rutschte, stellte ich erleichtert fest, dass er ausnahmsweise keine Erektion hatte, auch wenn der Stoff aus irgendeinem Grund ziemlich auftrug. Aber vielleicht war das ein schlechtes Zeichen. Ein Hinweis, dass er zu viel Blut verlor und erschöpft war.

So oder so, ich musste mich beeilen. Ich kletterte tiefer, bis meine Beine frei nach unten baumelten. Ich hatte die Arme über den Kopf gestreckt und hielt mich mit beiden Händen an einem der steinharten Oberschenkel des Feinds fest.

Nun konnte ich Theresa sehen. Sie stand noch, hatte den Kopf gesenkt, die Schultern nach vorn gebeugt, Hände und Rücken nach wie vor an die Wände gedrückt. Ich konnte sie atmen hören und, so leise und undeutlich, dass es kaum wahrzunehmen war, zählen.

Jepp, sie zählte eindeutig. Von eins bis zehn, immer wieder.

Ich umfasste den Oberschenkel des Feinds fester, meine Arme brannten. Normalerweise hätte mir eine solche Übung keine Probleme bereitet. Ich hatte mich an Bord an meinen Trainingsplan inklusive Klimmzügen, Liegestützen und Hanteltraining gehalten. Aber ich hatte seit Stunden nichts gegessen und war eindeutig dehydriert. Wieder einmal.

Ich war Theresa so nah, dass ich die Hand ausstrecken und ihr das schulterlange Haar hätte zerzausen können, wenn ich gewollt hätte. Aber das war genauso unmöglich wie alles andere. Ich konnte das Bein des Feinds nicht loslassen, um nach ihr zu greifen.

Verdammt!, schrie ich innerlich. Am liebsten hätte ich laut gebrüllt, aber ich wollte Theresa nicht erschrecken. Wir waren so verdammt nahe dran. Vielleicht konnte ich sie dazu bringen, nach meinem Fuß zu greifen, sodass der Feind uns beide hochziehen konnte.

Die Idee gefiel mir nicht, aber vielleicht war es die einzig umsetzbare.

„Theresa! Ich bin's, Chapman. Ich bin hier. Kannst du mich ansehen?"

Das Zählen brach ab. Nach einer langen Pause sah Theresa zu mir auf. Ihre Augen wirkten stumpf und glasig, die trockenen Lippen waren leicht geöffnet. Meine Brust verkrampfte sich bei ihrem Anblick. Sie hatte keinesfalls genug Kraft, um sich an mir festzuhalten.

Verzweifelt ruckte ich mit dem Kinn und sah nach oben. Vorbei an den muskulösen Beinen des Feinds und in sein mir zugewandtes Gesicht.

„So komme ich nicht an sie dran!", rief ich. Ich hoffte, dass der Feind die Angst in meiner Stimme hören und zuordnen konnte. Hoffte, dass er eine bessere Idee hatte. Denn mir fiel auf Teufel komm raus nichts mehr ein. Meine Kehle verengte sich schmerzhaft und meine Augen brannten. Noch ein paar Sekunden und ich würde heulen wie ein Baby.

Aber der Feind ließ mir keine Zeit. Mit einem tiefen Ächzen spannte er seine Muskeln weiter an und drückte die Beine gegen die Steinwände, während er sich nach vorn beugte. Mühsam packte er in der Enge die Rückseite meiner Uniform, eine Hand nach wie vor am Fels. Unsere Blicke trafen sich kurz, als wir zu einem stillschweigenden Einverständnis kamen. Zu einem Waffenstillstand.

Dann atmete ich tief durch.

Und ließ los.

Ich fiel nur ein kleines Stück, bis sich der Stoff meiner Uniform spannte. Ich schwang leicht in seinem Griff und betete, dass ich nicht gegen Theresa prallen und sie von ihrem schmalen Sims stoßen würde. Letztendlich traf ich sie wirklich, aber als ihre Knie nachgaben und ihr Hände abrutschten, war ich da, um sie aufzufangen. Ich schob die Hände unter ihre Arme und schloss sie in ihrem Rücken. Ich schwitzte in Strömen und in meinem Kopf drehte sich alles, aber nichts und niemand hätte sie in diesem Augenblick aus meinen Armen reißen können.

Sie wimmerte in meinem Griff, bekam jedoch kaum noch mit, was geschah. Sie würde wie tot an mir hängen, während wir nach oben stiegen. Das tat sie jetzt schon, selbst wenn ihre Füße noch schlaff auf dem Sims standen.

„Ich habe sie!", schrie ich nach oben.

Der Feind stöhnte. Knurrend und mit brechender Stimme sagte er etwas, während er uns nur mit einer Hand nach oben zog.

Ich meine, mir war klar gewesen, dass dieses Volk stark war. Im Sinne von übermenschlich stark. Aber die Tatsache, dass er zwei erwachsene Frau mit einer Hand nach oben zog, obwohl er ernsthaft verletzt war, war mehr als beeindruckend. Zumindest hier und jetzt konnten wir von Glück sagen, dass er auf unserer Seite stand.

Der Feind richtete sich allmählich auf. Schon bald würde ich in der Lage sein, Theresa zwischen uns zu drücken und sie mit Armen und Beinen an seinem Körper zu sichern, sodass er weiter nach oben klettern konnte. Mir zitterten die Arme, aber ich hielt sie fest, das rechte Knie zwischen ihre Beine und unter ihren Po geschoben, um sie zusätzlich zu stützen. Wir würden hier rauskommen. Wir würden es schaffen.

Zumindest glaubte ich das, bis ich ein Geräusch hörte.
Das Geräusch meiner reißenden Uniform.

KAPITEL VIERZEHN
Fallo

ICH HÄTTE NIE GEDACHT, dass ich mal die Schärfe meiner Krallen verfluchen würde. Meinen tödlichen Griff. Aber nun, da sie den Stoff zerrissen, in den sich die Rothaarige kleidete, tat ich es.

Narr! Warum verfluchst du nicht lieber den Stoff?

Was hatte diese Frau mit mir gemacht?

Ächzend zog ich schneller, während das Material immer weiter einriss. Obwohl ich mich weiter aufrichtete, bewegten sich die Frauen nach unten.

Die Feuerfrau schrie etwas. Sie wagte nicht, den Kopf zu heben, um mich anzusehen. Aber ich konnte mir ihren Gesichtsausdruck genau vorstellen. Wie sie die schmalen Brauen verärgert zusammenzog und der weiche Mund einen harten Zug bekam.

„Dein Kreischen hilft nicht, Frau", zischte ich. Jeder meiner Muskeln zitterte. Ich konnte nicht schneller ziehen aus Sorge, dass der wenige Stoff, der sie noch hielt, riss. Und ich konnte auch nicht die andere Hand von der Wand nehmen, weil ich dann das Gleichgewicht verlieren würde.

Wieder rief sie mir etwas zu. Zu meinem Ärger klang sie verängstigt.

„Wie kannst du es wagen, zu glauben, dass ich dich fallen lasse!", schimpfte ich. „Stell niemals die Kraft eines Gahns infrage."

Als die Frauen auf Höhe meiner Hüften angelangt waren, gab der Stoff endgültig nach. Die Feuerfrau schrie, als ihre Freundin und sie in die Tiefe stürzten.

Bis ich den Schwanz zwischen den Beinen vorschnellen ließ und sie für den Bruchteil einer Sekunde abfing, den es brauchte, um mich zu bücken und den freien Arm um beide zu schlingen. Ich riss sie kraftvoll nach oben und hinten, bis die müdere der beiden an meinen Oberkörper gedrückt lag und die Feuerfrau sie mit den Beinen umschloss. Sie schob die Arme unter die Achselhöhlen der anderen, mit dem Bauch an deren Rücken, dann umfasste sie auch meine und umklammerte meine Schultern. Als ich überzeugt war, dass sie sicheren Halt gefunden hatte, löste ich den Arm und begann nach oben zu klettern.

Was war das für ein Gefühl? Dieser süße Rausch, diese Erleichterung? Auch wenn ich gewusst hatte, dass ich nicht versagen würde, da ich mächtig und der Gahn war, hatte ich etwas gespürt, als der Stoff gerissen war. Als ich kurz davor gewesen war, sie zu verlieren.

Angst.

Ihr Geschmack auf meiner Zunge gefiel mir nicht. Er war mir unvertraut und bitter. Ich fürchtete nichts, nicht einmal die Vorstellung, dass sich einer meiner Männer gegen mich auflehnen könnte wie ich gegen meinen Vater. Ich wusste, dass ich im Kampf selbst den stärksten Krieger besiegen konnte, und selbst wenn nicht, fürchtete ich den Tod nicht. Aber dies? Den Verlust der Feuerfrau? Der fremdartigen, blassen Kreatur, die mich bei jedem Schritt herausforderte? Dieser Gedanke war von so düsterem Schrecken, dass mein Herz schneller schlug.

Mir gefiel nicht, was diese Angst mit meinem Kopf anstellte, daher beschäftigte ich mich nicht länger mit ihr. Ich hatte sie gerettet. Sie beide.

Schon bald erreichten wir die Abbruchkante. Sehr vorsichtig, sodass ich nicht das Gleichgewicht verlor, griff ich in den intakten Teil der Kleidung der Rothaarigen um ihre Hüften und zog sie und ihre Freundin vorsichtig von meinem Körper weg. Mit einem Grollen stemmte ich sie nach oben und warf sie schließlich ungelenk hoch und zur Seite. Ich hörte die Rothaarige ein leises *Uffz* ausstoßen, als sie hart aufprallte. Aber sie erholte sich schnell und zog ihre reglose Freundin von der Kante fort, während ich aus der Schlucht kletterte.

Als ich neben ihnen ankam, hatte sich die Feuerfrau ihre bewusstlose Freundin bereits auf den Rücken geladen. Schweigend sah ich zu, wie sie den steilen Pfad hinunterging, in die Richtung, aus der wir gekommen waren, und vorbei an der toten *krixel*.

Aber nur wenige Schritte nach dem Kadaver geriet sie ins Stolpern und wankte gefährlich. Sie befand sich nicht in der Nähe der Kante und ich hätte sie stürzen lassen können. Vielleicht sollte ich das sogar. Sie war zu stolz. Es täte ihr gut, auf dem Hintern zu landen.

Aber meine Füße bewegten sich wie von selbst. Ich schoss vor und ließ den Abstand zwischen uns in kürzester

Zeit zusammenschrumpfen. Sodann riss ich ihr die Ohnmächtige vom Rücken, warf sie mir locker über die Schulter und legte der Feuerfrau den Arm um die Taille, um sie zu stützen.

Sie schüttelte den Kopf und drückte mich weg, während sie etwas sagte, das ich zu meinem Ärger nicht verstehen konnte. Aber ich konnte mir vorstellen, was sie meinte. Sie wollte, dass ich sie losließ. Sie wollte allein gehen.

Bitterkeit erfüllte mich. Ich hatte ihre Freundin und sie gerettet und sie konnte es nicht erwarten, von mir wegzukommen? Na schön. *Dann lass sie allein gehen. Und beim nächsten Mal hinfallen.*

Ich wollte sie gerade loslassen, als mir auf einen Schlag auffiel, dass ihre Bewegungen dafür gesorgt hatten, dass ihr am Rücken zerrissenes Oberteil ihre Arme und den Körper hinuntergerutscht war. Es hing nur vor ihr, gehalten einzig dank der Ärmel an ihren Handgelenken. Mein Arm um ihre Taille wurde zu *ablik*, dem schweren Stein, aus dem wir unsere Waffen herstellten.

Ein merkwürdiges Kribbeln erfasste mich, ausgehend von den Stellen, an denen ich ihre nackte Haut berührte. Weiche Haut, die im Mondlicht weiß wirkte, flach über dem Bauch und darüber die Erhebungen ihrer ...

Brüste.

Ihre kleinen, runden Brüste waren von weichen Stoffschalen bedeckt. Ich spürte, wie sich meine Sichtsterne ausdehnten und pulsierten. Meine Nasenflügel bebten, während ich auf ihren entblößten Körper hinabsah. Ungeachtet meiner Wunden und allem, was ich in dieser Nacht erlebt hatte, regte sich mein Glied. Warum waren diese albernen Schalen über ihren Brüsten nicht auch gerissen und abgefallen? Nun ja, ich hatte immer noch meine Krallen. Ich könnte dafür sorgen ...

Sie kämpfte nicht länger gegen meinen Griff an und konzentrierte sich lieber darauf, ihr zerstörtes Gewand über die Hände zu schieben. Unter einem nicht enden wollenden Wortschwall band sie sich den zerrissenen Stoff rasch um die Taille, während ich sie noch im Arm hielt. Vielleicht würde es ihr gar nicht auffallen, wenn ich schnell war. Ich könnte einfach die Klaue zwischen die Riemen des winzigen Kleidungsstücks schieben und sie durchtrennen ...

Gerade, als ich verstohlen den Arm von ihrer schmalen Taille nahm, sah sie auf. Bevor sie zurücktreten konnte, hob ich eine einzelne Klaue ...

... und krümmte sie wieder in der Hand. Statt ihr die verbleibende Kleidung wegzureißen, senkte ich einen Fingerknöchel, um über ihr Schlüsselbein zu streichen und von dort tiefer, immer tiefer, bis ich zwischen ihren Brüsten angekommen war. Ich spürte ihren Herzschlag unter meinem Finger dröhnen und sah fasziniert zu, wie sich das, was ich für ihre Brustwarzen hielt, unter dem dünnen Stoff zusammenzog und versteifte.

Ich unterdrückte ein Knurren tief in der Kehle. „Ich werde dieses winzige Stück Stoff nicht mit den Klauen zerfetzen, Feuerfrau", sagte ich. „Aber schon bald werde ich es mit den Zähnen tun."

Die Feuerfrau öffnete den kleinen Mund zu einem stummen Kreis und ihre Augen wurden groß, als ich mit dem Knöchel auf und ab strich. Hitze ergriff von meinem Körper

Besitz und erfüllte mich mit einem so bizarren Verlangen, dass ich nicht richtig denken konnte.

Aber dann löste sie sich von mir und schüttelte hastig den Kopf. Ihr Blick war auf meine Schulter gerichtet.

Auf meine Schulter? Warum?

Oh.

Ich hatte schon wieder die andere Frau vergessen. Mit einer verärgerten Bewegung meines Schwanzes folgte ich der Feuerfrau, die vor mir herging, um diesen Ort zu verlassen.

Wir brauchten nicht lange, um die Klippen hinter uns zu lassen und die Ebene zu erreichen. Kaum dass wir es geschafft hatten, trabte die Feuerfrau los und ich folgte ihr. Es fiel mir nicht schwer, mit ihren kurzen Beinen Schritt zu halten. Die Jäger entdeckten uns aus der Ferne und rannten auf uns zu. *Gut. Sie können mir die Frau mit dem blassen Haar abnehmen.*

Ihr dürftiges Gewicht war keine Belastung, aber nun, da der Rausch des Kampfs mit der *krixel* nicht länger in meinen Adern brannte, spürte ich ihre Kleidung über meine Wunden reiben. Das Gefühl zerrte an meinen Nerven. Auch wenn es nicht ansatzweise mit dem wild aufflammenden Feuer zu vergleichen war, das ich gestern beim Tragen der Rothaarigen empfunden hatte.

Sie lief schneller, hob die Arme über den Kopf und gab mit den Händen hektisch eine Art Signal, das ich nicht zuordnen konnte. Hinter meinen Jägern sah ich das Abendfeuer lodern. Dort hielten sich wahrscheinlich die Frauen und Kinder auf, während meine Jäger und Wachen nach den Vermissten das Land durchstreiften.

Aber sie waren keine Gahns. Natürlich hatten sie keinen Erfolg gehabt. Ich hingegen schon.

Stolz hob ich die Mundwinkel.

Bis ich das Lächeln der Rothaarigen bemerkte. Ein Lächeln, das mir verriet, dass sie erleichtert, nein, *froh* war, nicht länger mit mir allein zu sein. Ich kochte, lief schneller und hielt die andere Frau fester, um sie nicht zu sehr durchzuschütteln. *Wir werden ja noch sehen.*

Vakal und Bankor kamen zuerst bei uns an. Als sie stehen blieben, hoben sie rasch die Schwänze.

Ich zog die Frau – sie atmete noch – von meiner Schulter und reichte sie an Bankor weiter. „Bring sie ins Zelt der Heilerinnen."

Bankor nickte und setzte sich so schnell, wie es ihm möglich war, in Bewegung. Seine langen Beine trugen ihn wie im Flug über die Ebene.

Vakal musterte meine Brust. „Mein Gahn, du bist verwundet. Soll ich die andere Frau für dich zurückbegleiten?"

„Nein!", antwortete ich so feindselig, dass Vakal zurückschreckte. Ich trat zwischen die Frau und ihn und schlug warnend mit dem Schwanz. Vakal war mit Bokeelie verbunden. Sobald ein heiliges Gefährtenband zum Leben erwacht war, war es so gut wie unmöglich, eine tiefere Verbindung zu jemandem des anderen Geschlechts aufzunehmen. Es gab keinen Grund, die Vorstellung zu verabscheuen, dass er die Feuerfrau berührte.

Und doch tat ich es.

„Nein", wiederholte ich und zwang mich, ruhiger zu sprechen. Die Rothaarige musterte mich misstrauisch und zog sich langsam zurück. Bevor sie außer Reichweite war, ließ ich den Arm vorschnellen und schloss die Hand um ihren Ellbogen. „Nein, sie kommt mit mir. Schick zwei der Heilerinnen zu meinem Zelt. Wir treffen uns dort mit ihnen."

Vakal zögerte nur einen Moment. Weniger als einen Moment. Gerade lange genug, dass seine Sichtsterne sich zusammenziehen und von mir zur Feuerfrau huschen konnten. Dann verschwand er, um sich seiner Aufgabe zu widmen.

Sobald er fort war, kehrten auch die anderen Jäger um, um zu den Zelten zurückzukehren. Die Suche war beendet. Die Feuerfrau wirkte nicht glücklich darüber und versuchte, sich aus meinem Griff zu befreien.

„Zerr nicht so an mir, Frau. Du wirst dir nur den Arm auskugeln."

Aber sie zog weiter wie ein wildes Tier an mir und krümmte sich in dem Versuch, von mir wegzukommen.

Das reicht jetzt.

Ich legte ihr die andere Hand an die Taille und warf sie mir über die Schulter wie ihre Begleiterin zuvor. Aber dieses Mal fühlte es sich anders an. Heiß und pulsierend. Als würde es in mir kochen.

Sie trat um sich und kämpfte gegen mich an, sodass meine Wunden wieder aufrissen und weiteres Blut hervorquoll. Ich holte tief Luft und lächelte breit angesichts dieses Gefühls.

Dieser Schmerz war gut.

Sogar sehr, sehr gut.

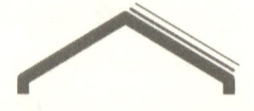

KAPITEL FÜNFZEHN

Chapman

ICH SCHÄTZE, DER WAFFENSTILLSTAND ist beendet.

Der Feind, der mir nun wirklich wieder feindlich gesonnen schien, hatte mich über die Schulter geworfen wie ein Wikinger, der ein Dorf plünderte, und zu seinem Zelt getragen. Dort ließ er mich kurzerhand auf sein Bett aus Tierhäuten fallen. Sofort zog ich die Beine an und kroch von ihm weg.

Was sollte das werden? Er hatte mir geholfen und jetzt dachte er, ich würde ihn in seinem Bett entschädigen? Glaubte er wirklich, er käme jetzt zum Zug? Tja, dann stand ihm eine unangenehme Überraschung bevor.

Ich hatte das Messer nicht mehr bei mir, das ich bei meinem ersten Besuch in seinem Zelt gestohlen hatte, aber es waren genug andere Waffen in der Nähe. Ich beäugte sie und versuchte, den Abstand zwischen ihnen und mir und dem Feind und mir abzuschätzen. Dieses Mal würde ich eine von ihnen benutzen, wenn ich musste. Ich errötete, als mir einfiel, wie erschrocken ich mich zurückgezogen hatte, als er das Messer in meiner Hand an seine Haut gedrückt hatte.

Nachdem er eine Kerze entzündet hatte und das Zelt von ihrem flackernden Licht erfüllt wurde, sah ich, wie lang und tief der Schnitt auf seiner Brust war. Könnte ich ihm eine zweite Verletzung zufügen, vielleicht sogar eine tödliche?

Falls er versuchte, sich mir aufzuzwingen, würde mir nichts anderes übrig bleiben. Beim letzten Mal war ich auf seine Hilfe angewiesen gewesen und sein verblüffendes Verhalten hatte mich dazu gebracht, die Waffe fallen zu lassen. Dieses Mal würde es anders sein.

Aber bevor er mich zu einem solchen Schritt zwingen konnte, erklang vor dem Zelt eine Stimme, die ich wiedererkannte. Der Feind antwortete grollend und zwei Alien-Frauen, die alte Heilerin und eine der jüngeren, schoben sich eilig durch die Zeltklappe. Sie hoben die Schwanzspitzen vor die Augen, wie ich es schon so oft beobachtet hatte. Allerdings niemals bei meinem Feind.

Vielleicht ist die Geste mit der Verbeugung vor einem König vergleichbar. Oder als würde man vor einem Vorgesetzten salutieren.

Ja, der Kerl war hier eindeutig der Anführer. Es wäre gesünder für mich, ihn nicht mehr zu reizen als nötig. *Wenn er sich benimmt, ist das kein Problem. Das entscheidende Wörtchen lautet* Wenn.

Rasch gingen die beiden zum Feind, die Hände voller Töpfchen und Verbänden. Mit einem Schnalzen des Schwanzes winkte er ab und redete auf sie ein. Dann drehten sie sich um und kamen stattdessen zu mir.

„Moment mal, was?", sagte ich, als die Frauen begannen, an mir herumzustupsen und mich zu untersuchen. Ich brauchte etwas zu essen, Wasser oder etwas von dem Kaktus-Zeug und Ruhe, aber ich hatte keine schlimmeren Verletzungen als ein paar Beulen, blaue Flecke und Kratzer davongetragen. Trotzdem versorgten die Heilerinnen jede noch so kleine Wunde mit beinahe beängstigendem Geschick und verteilten überall auf meiner Haut die milchige Salbe.

Die Ältere sagte etwas und deutete auf meine Hose. Widerstand regte sich in mir. Ich war so müde, hungrig und verzweifelt gewesen, Theresa zurückzubringen, dass mir vollkommen egal gewesen war, ob ich auf dem Rückweg nur einen BH getragen hatte. Selbst als der Feind mit seinem warmen, gewaltigen Knöchel über meine Brust gestrichen hatte und ich überall eine Gänsehaut bekommen hatte. Ich hatte das schnell genug beendet, oder? Es hatte mir nicht gefallen, was er getan hatte, richtig? Leiser Zweifel nagte an mir.

Wie dem auch sei, ich würde hier und jetzt nicht meine Hose ausziehen. Der Feind saß auf seinem Knochenthron. Blut rann aus seinen Wunden und tropfte auf die Lehnen unter seinen Händen. Sein dunkler Blick ließ nie von mir ab.

„Meinen Beinen geht es gut, versprochen. Warum geht ihr zwei nicht zu eurem verrückten Patienten da drüben, der wirklich Hilfe braucht?"

Ich deutete vielsagend auf ihn. Die ältere Heilerin sagte etwas zu ihm und er zuckte mit dem Schwanz, der neben seiner Hüfte auf dem Stuhl lag. Sie eilte zu ihm und begann ihn zu untersuchen. Ich verkrampfte mich kurz und fragte mich, ob ihr auffallen würde, dass eine der Wunden eindeutig von Menschenhand stammte.

Menschenhand.

Frauenhand.

Egal, es gab Wichtigeres, worum ich mir Sorgen machen musste. „Wo ist Theresa? Wie geht es ihr?"

Die jüngere Frau, die gerade einen schmalen Verband um meine Fingerknöchel legte, neigte den Kopf. Die schimmernden Bereiche ihrer großen Augen verengten sich, während sie zu mir aufsah. Die Frauen waren auf ihre ganz eigene, fremde Art wirklich schön. Für den Bruchteil einer Sekunde war ich froh, dass es nicht die junge, hübsche Heilerin war, die sich um den Feind kümmerte, sondern dass die Alte bei ihm war. Ich runzelte die Stirn angesichts dieses absolut verrückten Anflugs von ... Eifersucht?

Ich muss meinen geschätzten Verstand verlieren.

„Theresa", wiederholte ich eindringlicher als zuvor. Ich vertrieb jeden dummen Gedanken an den Feind und eventuelle Eifersucht aus meinem Kopf. Ich musste mich auf meine Leute konzentrieren, mich vergewissern, dass es Theresa gut ging. Ich deutete auf mich, dann in die Richtung, in der hoffentlich das Zelt der Heilerinnen lag. Ein schwacher Versuch auszudrücken, dass es mir um eine andere Frau wie mich ging.

Aber diese Aliens waren eindeutig intelligent. Verstehen zeigte sich auf ihren Zügen. Sie neigte lächelnd den Kopf und ihr Schwanz glitt über den Boden, während sie in raschen Worten antwortete. Ich hatte keine Ahnung, was sie mir sagen wollte, aber ihr entspanntes Lächeln und ihre geschmeidigen Gesten ließen mich glauben, dass sie etwas wie *Sie wird wieder gesund werden* sagte.

Das musste für den Augenblick reichen. Ich erlaubte mir, eine Spur Erleichterung zu empfinden, der ein Tsunami der Erschöpfung folgte. Ich war mir recht sicher, dass ich sie richtig verstanden hatte und es Theresa gut ging. Es ging uns beiden gut.

Das Adrenalin, das seit Stunden durch meine Adern geströmt war, verließ endgültig mein System und ließ mich vollkommen erledigt zurück. Die Heilerin schien es mir anzusehen, denn sie half mir sofort, mich auf die Tierhäute zu legen. Ich war nicht unbedingt scharf darauf, im Bett des Feinds zu liegen, aber ich konnte nicht leugnen, dass sich das weiche Leder gut an meinem schweren Körper anfühlte. Die Heilerin rückte es zurecht und schob es zusammen, sodass mein Kopf und meine Brust leicht erhöht lagen. Dann zauberte sie einen der trinkbaren Kakteen hervor.

Mein Magen protestierte bei dem Anblick. Ich wollte einfach nur einen Schluck verdammtes Wasser, ein paar Pillen gegen Übelkeit und Schlaf. Aber das war anscheinend alles, was sie hatten. Wenn ich wieder zu Kräften kommen wollte, um für die Sicherheit der anderen Frauen sowie meine eigene zu sorgen, musste ich essen und trinken. Ich nahm ihr den Kaktus mit einem matten Nicken ab und schlürfte ein paar Schlucke. Der bittere Geschmack machte mir mehr zu schaffen als sonst. In meinem Kopf pochte es.

Das angespannte Knurren des Feinds erregte meine Aufmerksamkeit. Ich reckte den Kopf hoch. Er hatte sich halb vom Thron erhoben und starrte mich an, während die ältere Heilerin versuchte, ihn zum Hinsetzen zu bewegen.

„Oh mein Gott, setz dich einfach hin und halt die Klappe, in Ordnung?", rief ich ihm zu, aber meine dünne Stimme wurde der Gereiztheit meiner Bemerkung nicht gerecht. Ich war einfach zu verflucht müde. Ich wandte den

Kopf wieder der Heilerin an meiner Seite zu und ignorierte ihn.

„He, wie heißt du?", fragte ich sie. Sie strich mit starken Fingern an meinen Hosenbeinen entlang und suchte nach Verletzungen, ohne mich auszuziehen. *Schön. Wenigstens eine hier respektiert Grenzen.*

Natürlich verstand sie meine Frage nicht. Ich deutete auf mich. „Tori Chapman. CHAP-man", erklärte ich mehrfach, bevor ich schließlich mit hoffentlich fragender Miene auf sie zeigte.

Sie musterte mich, als würde sie angestrengt nachdenken. Die Alte sagte etwas zu ihr. Da lächelte sie breit, legte die Hand auf ihre Brust und sagte: „Bokeelie."

„Bokeelie", wiederholte ich, kämpfte jedoch etwas mit den gutturalen Konsonanten. Doch Bokeelie wusste meine Bemühungen offenbar zu schätzen, denn ihr Lächeln wurde noch breiter.

Sie zeigte auf die alte Heilerin, der es gelungen war, den Feind wieder auf seinen Platz zu schicken. „Kalla." Dann, leiser und mit bescheidener Geste, deutete sie mit dem Schwanz auf meinen massigen, blutenden, finster dreinblickenden Feind. „Gahn Fallo."

„Nach *seinem* Namen hatte ich eigentlich gar nicht gefragt", murmelte ich. Irgendwie fühlte es sich gefährlich an, seinen Namen zu kennen. Er wurde dadurch zu real, zu sehr zu einer Person, statt einfach mein Feind zu bleiben. *Moment mal, Person? Er ist ein Alien! Ein potenziell ausgesprochen feindlicher Alien!*

Doch meine Gedanken fühlten sich hohl an. Diese Aliens mochten anders sein als wir, aber sie waren eindeutig intelligent und lebten ebenso wie Menschen in einer Gemeinschaft. Sie hatten uns geholfen, uns Essen gegeben und der Feind, Gahn Fallo, hatte sein Leben riskiert, um Theresa und mich zu retten. Dennoch war ich nicht sicher, ob ich bereit war, etwas anderes als den Feind in ihm zu sehen. Ich wollte in seiner Nähe nicht unachtsam werden, nicht einmal unterbewusst.

Bokeelie war bald mit mir fertig und reichte mir etwas Trockenfleisch. Ich kaute gedankenverloren darauf herum, während sie sich eilig Kalla anschloss. Die Alte stand gebückt über der Brust des Feinds und nähte die Messerwunde. Heiße Schuldgefühle flackerten in mir auf, aber ich schüttelte sie ab. Er hatte sich das mit seiner masochistischen Herausforderung selbst angetan. Ich sollte mich deshalb nun wirklich nicht mies fühlen.

Also warum tat ich es?

Während Kalla die Brust des Feinds nähte, widmete Bokeelie sich seiner Schulter. Ich stellte fasziniert fest, wie geschickt die beiden trotz ihrer Krallen waren. Schneller als ich für möglich gehalten hätte, waren die Wunden des Feinds sauber vernäht und das Blut, sowohl seines als auch das der Monsterfledermaus, weggewischt. Plötzlich wurde mir bewusst, dass ich überall von seinem Blut bedeckt war. Seine tintige Schwärze bildete einen scharfen Kontrast zu meiner Haut. Den größten Teil hatte meine Hose abbekommen, die vorn ganz schwarz war.

Verdammt. Ich hatte keine Wechselkleidung da. Es war unwahrscheinlich, dass wir in nächster Zeit zum Schiff zurückkehren würden. Wenn überhaupt jemals.

Nach dem Kaktusgel und ein paar Bissen Essen fühlte ich mich gut genug, um mich aufzusetzen und die Ellbogen auf die Knie zu stützen. Vielleicht könnte ich mich jetzt wegschleichen ...

Gerade, als mir die Idee kam, bellte der Feind den Heilerinnen etwas zu. Sie hoben die Schwänze und verschwanden schnell. Damit waren wir zwei allein.

Schon wieder.

Plötzlich fühlte sich das große Zelt unerträglich klein an. Die gewaltige, muskulöse Gestalt des Feinds schien jeglichen Raum einzunehmen und den ganzen Sauerstoff zu verdrängen. Ich machte Anstalten aufzustehen. „Tja, danke für die Hilfe bei alledem. Aber ich gehe jetzt wirklich besser ..."

Bevor ich mich ganz aufgerichtet und den Satz zu Ende gebracht hatte, schoss er auf mich zu, so schnell, dass ich ihm kaum mit dem Blick folgen konnte. Eine schwere, klauenbesetzte Hand legte sich auf meine Schulter und drückte mich wieder auf das Lager hinunter. Ich setzte mich unbeholfen, erlaubte ihm aber nicht, mich auf den Rücken zu schieben. Mir gefiel nicht, wonach das aussah.

Es gefiel mir noch viel weniger, als er sich vor mich kauerte und nach seinem Lendenschurz griff.

„Hör zu, wenn du jetzt glaubst, dass du nach alledem mit mir ins Bett gehen kannst, vergiss es", fauchte ich und bereitete mich darauf vor, aufzuspringen und wegzulaufen. Aber als er die Hand zurückzog und eine zerknitterte Rolle Stoff zum Vorschein kam – Stoff, den ich erkannte –, zögerte ich. Ich verengte die Augen, als ich zu begreifen versuchte, was ich sah. Er hielt eine unserer Solarschutzjacken in den Händen und so, wie sie aussah, war sie brandneu. Die Erkenntnis traf mich wie ein Fausthieb.

„Du bist zum Schiff zurückgekehrt! Warum hast du mich nicht mitgenommen?" Ich hätte die Vorräte prüfen und entscheiden können, was wir brauchten.

Aber andererseits hätte ich dann die anderen Frauen allein zurücklassen müssen. Und so gefährlich, wie die Wüste war, hätte das vielleicht auch bedeutet, dass ich nie zurückgekehrt wäre.

Der Feind ignorierte mich, entrollte die Jacke und musterte sie bewundernd.

„Du hast mich nicht mitgenommen, um mich zu beschützen? Oder war das nur wieder ein verrückter Beweis deiner Macht? Mir nichts zu sagen, mich nicht mitkommen zu lassen, damit ich Sachen für meine Leute holen kann?", fragte ich.

Allmählich wurde ich sauer. Jedes Mal, wenn der Feind uns half, machte er im nächsten Moment eine Kehrtwendung und verhielt sich grob, herzlos oder schlicht so, dass ich wütend auf ihn wurde.

Und was mich wirklich ärgerte, war, dass er mich nach wie vor ignorierte, am Reißverschluss der Jacke zog und überrascht dreinsah, als er sie öffnete.

„Die wird dir nicht passen", sagte ich und verschränkte die Arme. Wir mochten in ihr Territorium eingedrungen sein, aber es war immer noch unser Schiff. Unsere Sachen. Sachen, die wir brauchten. Was wollte er mit einer winzigen, für Menschen gedachten Jacke anfangen? So wie ich ihn kannte, würde er sie vermutlich als Toilettenpapier benutzen oder etwas ähnlich Erniedrigendes. Oder er würde einfach damit vor meiner Nase herumwedeln, eine Alien-Version von *Nänä-nänä-näänä*, um mich daran zu erinnern, wer hier die Hosen anhatte.

Einen Scheiß wird er.

Ich sammelte mich, um ihm die Meinung zu geigen, und meine Brust hob sich bereits unter dem Ansturm unausgesprochener Worte, als das Rascheln von Stoff an meine Ohren drang, und plötzlich wurde es dunkel. Ich zuckte zusammen und drehte ruckartig den Kopf. Panik setzte ein. Etwas bedeckte meine Augen. Eine Augenbinde! Aber Moment mal ... Auf meinen Schultern lag ebenfalls Stoff. Um meinen Oberkörper auch.

Er hatte mir die Jacke übergezogen.

Nun ... Das kommt unerwartet.

Ich spürte ihn mit den Pranken den Stoff um meine Schultern glatt streichen. Die Ärmel fielen lose und leer über meine Arme. Instinktiv wollte ich nach der Kapuze greifen, die meine Augen bedeckte, aber bevor ich dazu kam, hielt er mit eisernem Griff meine Handgelenke fest. Die Dunkelheit, seine Hände, sein raues Einatmen hielten mich gefangen. Er strahlte in unsichtbaren Wogen Hitze und Macht aus, die über mir zusammenbrachen. Mich vereinnahmten.

Ich hätte in diesem Augenblick tausend Dinge sagen, ihm tausend Fragen stellen können.

Aber was aus mir herausplatzte, war: „Warum hast du mich dazu gebracht, dich zu schneiden?"

Ich wusste noch, wie die unglaublich scharfe Klinge mit Leichtigkeit seine Haut aufgeschlitzt hatte. Und wie dieser Anblick mich mit Angst und Panik erfüllt hatte statt mit

Erleichterung. Letztendlich wollte ich nicht, dass er verletzt wurde. Der Teufel wusste, warum nicht, aber so war es eben.

Blind versuchte ich, ihm eine meiner Hände zu entwinden. Er verspannte sich kurz, dann ließ er los, während er mein linkes Handgelenk weiterhin festhielt. In den Klippen hatte ich für einen Moment die Hand auf seine Wunde gelegt und versucht zu begreifen, was in seinem Alien-Gehirn vor sich ging. Nun wiederholte ich die Geste und strich mit den Fingerspitzen über seine Brust, bis ich die Stiche spürte. Ich legte die Handfläche darauf. Sanft.

Er wurde unter meiner Berührung hart wie Stein. Jeder Muskel unter seiner heißen, glatten Haut spannte sich. Es war, als würde ich eine warme Statue berühren. Ich konnte seinen fliegenden Atem nicht länger hören. Anscheinend hatte er das Atmen ganz eingestellt. Seine Brust regte sich nicht.

„Tut es weh?", flüsterte ich. Warum fragte ich das? Warum war mir das wichtig? Warum entzog ich mich nicht seinem Griff, riss die Kapuze herunter und rannte davon, so schnell mich meine Beine trugen?

Mit dem Daumen strich ich über eine besonders hässliche Stelle der Naht und der Feind zischte leise. Ich schauderte, obwohl Hitze in meinen Adern brannte. An meinem Hals hinauf, mein Rückgrat hinab und bis tief hinunter in mein Becken. Er war so egoistisch, nervig und stark. Dass ich ihn mit einer einzigen Bewegung zum Erstarren gebracht hatte, war merkwürdig berauschend. Ich wusste, ich hätte aufhören sollen. Ich wusste, dass ich diesen Unfug sofort beenden musste.

Aber stattdessen wollte ich einfach nur sein Gesicht sehen. Herausfinden, was seine Miene verriet.

Ich ging nicht davon aus, dass er mir erlauben würde, die Kapuze zurückzuziehen. Daher legte ich den Kopf nach hinten, bis ich durch die Öffnung etwas erkennen konnte.

Heilige Scheiße.

Er war mir viel näher, als mir bewusst gewesen war. Ich konnte sein Gesicht nur kurz erkennen, aber was ich sah, ließ mich scharf die Luft einziehen.

Die roten, leuchtenden Bereiche seiner Augen waren vollständig geweitet. Seine Nasenflügel bebten, seine Lippen hatten sich von den langen, glänzenden Reißzähnen zurückgezogen. Beim Anblick dieser Fänge wurde mir plötzlich bewusst, wie weit ich den Kopf in den Nacken gelegt hatte. Wie sehr ich meine Kehle entblößt hatte. Eine der verletzlichsten Stellen meines Körpers, die pulsierte und gänzlich frei lag. Ich schluckte und durch mein winziges Sichtfenster bemerkte ich, dass der Blick des Feinds zu meiner Kehle glitt.

Wir erstarrten beide. Die Anspannung vibrierte zwischen uns in der Luft. Mein Herzschlag donnerte in meinen Ohren und mir stockte der Atem.

Wo war die Chapman, die diesen Kerl bis aufs Blut hasste? Die Chapman, die ihm ins Gesicht gespuckt hatte? Wohin zum Teufel war sie verschwunden? Irgendwo in den verdammten Klippen musste sie mir abhandengekommen sein.

Denn diese Chapman, die plötzlich ein krankes, aber unmissverständliches Verlangen nach ihrem Alien-Feind empfand, kannte ich nicht. Kein bisschen.

KAPITEL SECHZEHN
Fallo

ALSO DESHALB HATTEN die Heilerinnen mich ermahnt. Ich musste eine Menge Blut verloren haben, denn in meinem Kopf drehte sich alles auf höchst eigentümliche Weise. Die einzige Möglichkeit, mich zu erden, schien darin zu bestehen, nach der rothaarigen Frau zu greifen. Ich würde mich erden, indem ich den Mund an ihre Kehle legte.

An *Chapmans* Kehle.

Ich hatte mitbekommen, wie sie Bokeelie ihren Namen genannt hatte.

Sie hatte auch noch etwas anderes gesagt. So etwas wie Toh-rie. Vielleicht handelte es sich um einen Titel ihres Volks. Ihre Version einer Gahnala.

Eine Gahnala ohne einen Gahn.

Jetzt nicht mehr.

Ich ignorierte das heiße Pulsieren, das mich bei diesem Gedanken überkam, und konzentrierte mich auf das, was ich vor mir sah.

Ich hatte noch nie ein Wesen mit einem so dünnen Hals gesehen. Diese Frauen waren zu schwach. Wie hatten sie dort draußen nur überlebt?

Aber dann musste ich an diesen Abend denken, daran, wie eisern Chapman gekämpft hatte, um ihre Kameradin zu retten, wie sie sie nur mit der Kraft ihrer Arme festgehalten hatte, während ich die beiden nach oben gezogen hatte. Ich musste zugeben, dass sie nicht ganz so schwach waren, wie ich gedacht hatte. Zumindest diese eine nicht.

Möglicherweise war es Teil einer besonderen Macht, trotz eines so kleinen Körpers so stark zu sein.

Auf Chapmans Hals verfing sich das Kerzenlicht. Er wirkte so weich, dass mein Glied schmerzte. Ich konnte erkennen, wie rasch ihr Puls unter der Haut schlug, und wusste, dass ich wirklich verrückt werden würde, wenn ich sie nicht dort berührte. Ich musste mich mit diesem Rhythmus vertraut machen, jeden Schlag kennenlernen. Ich wollte diesen Puls an meiner Härte spüren, während ich in ihr war.

Sie beobachtete mich aus der Kapuze ihres Gewands heraus. Aber nicht wie ein Raubtier, das seine Beute beobachtete. Es lag Furcht in ihrem Blick, aber auch wie üblich Trotz. Stolz. Es machte mich wütend. Wenn sie einen Schwanz gehabt hätte, hätte sie ihn sich über die Augen halten sollen, um sich demütig zu unterwerfen. Stattdessen ließ sie mich nicht aus den Augen.

Verärgert und mit lodernden Adern richtete ich den Blick wieder auf ihre Kehle. Ich hob einen Finger und strich an der pochenden Schlagader entlang.

Die Berührung erfüllte mich mit reißendem Verlangen. Ich fragte mich nicht länger, wie es um meinen Verstand bestellt war. Alles, was zählte, war diese tiefgreifende Begierde. Ich brauchte mehr von dieser Haut, diesem Puls. Mehr von ihr.

Ich ging in die Knie und ersetzte die Fingerspitze mit meinem Mund.

Chapman gab einen erstickten Laut von sich, als meine drei Zungen auf ihre Haut trafen.

Ein fürchterlicher Hunger wütete in mir und ich stöhnte, verstärkte meinen Griff um ihr Handgelenk und legte die andere Hand um ihre Taille. Meine Finger waren wie *ablik* auf ihrer nachgiebigen Haut. Ich musste vorsichtig sein. Ich könnte sie verletzen. Ich könnte sie zerquetschen. Ein Teil von mir wollte es beinahe. Ich wollte mit der ganzen Kraft meines Körpers über sie herfallen.

„Was hast du mit mir gemacht?", fragte ich krächzend an ihrem Hals. „Du hast mich in eine der wilden Bestien der Hügel verwandelt. Ich fühle mich nicht mehr wie ein mächtiger Krieger. Oder wie ein Gahn."

So etwas würde ich normalerweise nie laut sagen. Ich würde nie Schwäche zeigen und niemals jemandem Grund geben, an mir zu zweifeln. Einen Grund, mich zu stürzen.

Aber Chapman konnte mich nicht verstehen. Und ich konnte nicht verhindern, dass mir diese Worte in meinem Wahn aus dem Mund purzelten.

Ich rang hastig nach Atem, während ich mit den Zungen ihren Hals erkundete, an ihr leckte und saugte. Hinab zu dem schmalen Knochengrat über ihrer Brust und dann wieder hinauf, bis zu ihrem schön geschwungenen Kiefer. Als mein Blick auf die weiche Rundung ihres Ohrs fiel, jenes Ohrs, das mich schon bei unserer ersten Begegnung fasziniert hatte, fuhr mir heiße Lust in den Schritt.

Ich nahm es in den Mund.

Wieder stieß Chapman einen Laut aus, irgendetwas zwischen einem Stöhnen und einem Seufzen. Nun waren da keine trotzigen, unsinnigen Worte mehr. Berauschender Stolz erfüllte mich. Endlich hatte ich sie unterworfen. Wer hätte geahnt, dass es dazu nur meine Zungen auf ihrer Haut brauchte statt Klauen oder Waffen?

Das Stückchen Haut am unteren Ende ihres Ohrs war so unglaublich weich. Ich leckte darüber und hinter ihrem Ohr entlang, dann testete ich mit einem meiner Fangzähne, wie empfindlich sie war. Es kam mir vor, als hielte ich mich an den Fingerspitzen über einem Abhang fest. Es kostete mich all meine Selbstbeherrschung, nicht so fest zuzubeißen, wie ich konnte. Meine Zähne waren zu scharf. Ich musste behutsam vorgehen.

Aber ein behutsames Vorgehen war noch nie eine meiner Stärken gewesen.

Ich zuckte zusammen, als ich ein kleines Stück Narbengewebe entdeckte. Eine winzige Stelle, die etwas härter war als die restliche Haut. Ich ließ die Zungen hinter ihrem Ohr hervorgleiten und untersuchte die Stelle. War ihr bereits ein anderer Mann mit seinen Fangzähnen nahegekommen? Irgendetwas hatte sie verletzt, genau an der Stelle, an der jetzt mein Mund lag.

Die Eifersucht überfiel mich so heiß, dass ich die Augen schließen musste.

Ich sprach, ohne den Mund von ihr zu lösen. Meine Worte klangen erstickt und leise. „Welcher Mann hat dich hier gebissen? Wer hat dein Blut gekostet?"

Ihre einzige Antwort bestand aus einem zittrigen Atemzug.

Ich packte sie fester. „Sag es mir, damit ich ihm das schlagende Herz aus dem Körper reißen kann."

Immer noch keine Antwort. Mir wurde bewusst, dass ich unter Umständen nie herausfinden würde, wo Chapman und ihre Begleiterinnen hergekommen waren. Vielleicht würden wir unsere Sprachen nie gut genug verstehen, um zu erfahren, woher der andere stammte und was er erlebt hatte.

Ich entschied, dass es mir egal war. Die Vergangenheit war längst tot. Und wir waren hier. Zusammen. Lebendig.

Tatsächlich hatte ich mich noch nie lebendiger gefühlt. Ich hatte bei anderen Frauen gelegen – wie zum Beispiel Vola –, aber dabei hatte sich in mir nie dieser Abgrund wild lodernden Feuers aufgetan. Ich hatte noch nie so heiß gebrannt. War noch nie so unbefriedigt gewesen.

Ich würde mich mit dieser seltsamen Frau paaren.

Heute Abend. Jetzt sofort.

Ich musste. Ich brauchte sie. Es kam mir vor, als müsste ich sterben, wenn ich es nicht tat.

Ich riss mich von ihrem Hals los und schob ihr grob die Kapuze herunter. Mein Herz raste, als das Kerzenlicht ihr rotes Haar und ihren Gesichtsausdruck erhellte. Ihre sonst blasse Haut war rosig angelaufen, ihr kleiner Mund stand offen, ihr Blick war glasig. Ihre Mimik erregte mich so sehr, dass ich wütend würde. Ich hätte ihr die Kapuze auflassen sollen. Aber ich wollte, dass sie mich ansah, wenn ich bei ihr lag. Ich wollte, dass mein Gesicht ihr Blickfeld ebenso ausfüllte wie mein Glied sie selbst. Ich wollte, dass sie mich *sah*. Zu mir aufblickte und mich Gahn nannte, während ich in sie hineinstieß.

Bokeelie hatte Chapman vorhin meinen Namen gesagt. Hatte sie ihn gehört und verstanden? Wenn nicht, würde ich ihn so tief in ihren Körper einprägen, dass sie selbst dann, wenn sie eines Tages alles andere inklusive ihres eigenen Namens vergessen sollte, meinen noch wusste.

Ich riss ihr das mitgebrachte Kleidungsstück von den Schultern, dann drückte ich sie darauf hinunter und hielt ihre Handgelenke über ihrem Kopf fest. Sie machte große Augen, aber bevor sie mir wütende Worte entgegenschleudern konnte, neigte ich den Kopf und riss ihr genau, wie ich es geschworen hatte, die Stoffschalen mit den Zähnen von der Brust. Ich warf das ruinierte Kleidungsstück beiseite und betrachtete sie mit einem Knurren. Alles um mich herum schien bei ihrem Anblick abrupt zu erstarren.

Ihre Brüste waren rund und weich und fielen nun, da sie auf dem Rücken lag, leicht zur Seite. Ganz glatt, mit winzigen, steifen rosigen Erhebungen in der Mitte. Eine Frau mit Brüsten zu sehen, die weder schwanger war, noch ein Junges stillte, war so merkwürdig, so fremd und so unfassbar sinnlich, dass ich beinahe auf der Stelle meinen Samen vergossen hätte. Knurrend ergriff ich durch den Lendenschurz meinen Schaft und versuchte, wenigstens ansatzweise meine Selbstbeherrschung zurückzuerlangen. Aber sie fühlte sich ebenso zerrissen an wie die Kleidung, die ich Chapman gerade vom Leib gefetzt hatte.

Als ich sie ansprach, zitterte meine Stimme. *Zitterte!* Wie erbärmlich. *Das muss am Blutverlust liegen.* Andererseits hatte ich offenbar genug übrig. Mein Glied war so prall, als wollte es platzen.

Ungeachtet des Bebens meiner Stimme sah sie mich aus ihren eigentümlichen Augen an.

„Ich bin hier der Gahn und der Herrscher. Du bist in mein Land eingedrungen und gehörst somit mir. Vergiss niemals meinen Namen, kleine Frau." Ich senkte das Gesicht zwischen ihre Brüste und atmete mit einem Aufstöhnen ihren berauschenden Geruch ein. „Mein Name lautet Gahn Fallo. Ich werde dafür sorgen, dass du ihn nie wieder vergisst." Ich sah auf und suchte ihren Blick, bevor ich die letzten Worte hinzufügte: „Ich werde dafür sorgen, dass du ihn nie vergisst, *Chapman*."

KAPITEL SIEBZEHN
Chapman

OH MEIN GOTT. ER HATTE meinen Namen gesagt, oder?

Das *ch* hatte eher nach einem *k* geklungen, aber es ließ sich nicht leugnen, dass er ihn ausgesprochen hatte. Und dieses eine Wort hatte den letzten Rest meines wütenden Widerstands in sich zusammenfallen lassen. Vor nicht allzu langer Zeit war ich bereit gewesen, ihm erneut eine seiner Waffen zu stehlen, um zu verhindern, dass er mir zu nahe kam.

Aber das hier ... Es fühlte sich nicht an, als käme er mir zu nah. Ja, er lag auf mir. Der Angreifer. Aber aus irgendeinem bizarren Grund wollte ich ihn nicht abwehren. Sein gewaltiger Körper war unbestreitbar anziehend und je mehr ich mich an sein Gesicht gewöhnte, desto mehr musste ich dessen männliche Schönheit anerkennen, wenn auch widerwillig. Die Schönheit der scharf geschnittenen Kieferlinie, der seltsamen Augen mit den tanzenden roten Sternen.

Und es war irgendwie ... nett, einfach loszulassen. Nur dieses eine Mal. Auf dem Schiff war ich den anderen Frauen vorgesetzt gewesen und man hatte von mir erwartet, dass ich sie unter Kontrolle hatte. Seitdem wir auf dem Planeten gelandet waren, empfand ich es als Last, für ihre Sicherheit zu sorgen.

Nun, da ich einem anderen Anführer begegnet war – jemandem, der noch stärker war als ich –, war es angenehm, in meiner eisernen Kontrolle etwas nachzulassen. Ein langer Tag lag hinter mir und ich war zu müde, um mich weiter über ihn zu ärgern. Und das Gefühl seiner Zunge an meiner Brustwarze tat zu verflucht gut, um ihn wegzuschieben.

Moment. Nicht Zunge. *Zungen.*

Ich hatte seine Zunge beim Sprechen ab und zu gesehen, aber nie in ihrer ganzen Pracht. Wenn doch, hätte ich gewusst, dass sie dreigespalten war. Ein langes, dunkles und kräftiges Organ, das über meine Haut glitt und mein Blut zum Kochen brachte.

Ich sah von seiner Zunge – oder eben seinen Zungen – auf und bemerkte, dass sein Blick nach wie vor an mir haftete. Die dunkelroten Funken pulsierten fordernd. Er ließ mich keine Sekunde aus den Augen, während er von einer Brust zur anderen wechselte. Er grollte dunkel und ich spürte den Laut in die tiefsten Winkel meines Körpers vordringen, bis in mein Rückgrat, meine Hüften, meine Pussy.

Was zum Teufel? Ich kann nicht glauben, was hier passiert.
Wie weit wollte ich das Ganze gehen lassen?

Der Feind kauerte auf Händen und Knien über mir. Sein Glied hob sich unter dem Lendenschurz. Selbst unter dem Stoff wirkte es gigantisch. *Nein, ich werde abbrechen, bevor es so weit kommt,* dachte ich schwach und ließ den Kopf nach hinten fallen. Ich stieß einen leisen Lustseufzer aus, dann biss ich mir fest auf die Lippen, um keinen weiteren von mir zu geben. Es fühlte sich zu sehr danach an, als hätte ich ihm damit eine Art Sieg überlassen.

Er schien es ebenso zu sehen, denn das Knurren, das er ausstieß, ließ sich nur als stolz umschreiben. Dann widmete er sich wieder meiner Brustwarze, strich und leckte über die empfindliche Haut. Er legte eine Hand um meine andere Brust und ich wurde daran erinnert, wie viel größer diese Wesen waren als wir. Ich hatte ein gut gefülltes C-Körbchen und seine Hand bedeckte meine Brust zur Gänze, seine Fingerspitzen lagen an meiner Schulter.

Er schien jedoch nichts gegen den Größenunterschied einzuwenden zu haben, denn er knurrte erneut, seine Zungen wurden schneller und er griff fester zu.

Atemlos ging mir auf, dass es eine neue Erfahrung für ihn sein musste. Die einzigen Frauen mit Brüsten, die ich im Lager gesehen hatte, waren eine Schwangere und eine, die ein Baby bei sich gehabt hatte, gewesen. Der Oberkörper der anderen bestand aus nichts als harten, aber flachen Muskeln wie bei den Männern.

Ich schätze, er findet es nicht seltsam ...

Und merkwürdigerweise fand ich auch die mir fremden Körperteile an ihm nicht länger seltsam. Seine Ohren, der Schwanz und die langen, klauenbewehrten Füße, gar nicht erst zu reden von den Augen, das alles passte zusammen und bildete ein stimmiges und schlicht wirklich anziehendes Ganzes.

Blitze der Lust schienen von meinen Brustwarzen auszugehen und fanden wie magisch angezogen den Weg zu meiner Pussy, als der Feind ein breites Knie dagegenschob. Ich riss die Augen auf und wölbte mich seinem muskulösen

Bein entgegen, das sich an meine empfindliche Körpermitte drängte.

Ich hätte nie für möglich gehalten, dass ich nach einem solchen Tag so scharf sein könnte, schon gar nicht auf ihn. Ohne dass ich es bewusst heraufbeschworen hatte, erschien ein Bild von ihm vor meinem inneren Auge. Bedeckt vom Blut der Monsterfledermaus, die Waffen hebend und wild grinsend. Ich wand mich keuchend. *Sieh her, was ich getan habe. Schau dir an, was ich für dich zuwege gebracht habe …*

Ich war noch nie der Typ gewesen, der gerettet werden wollte. Ich war immer zäh gewesen. Erst während der Ausbildung und erst recht später auf dem Schiff. Zäher als die meisten Männer. Aber ihn dabei zu beobachten, wie er sich an seiner Macht weidete, hatte etwas Animalisches in mir geweckt. Er hatte mir keineswegs das Gefühl gegeben, schwach zu sein und Schutz zu brauchen. Es war mir eher vorgekommen, als wäre mir mein Gegenstück begegnet.

Oh Gott. Was sagte das über mich, wenn mein Gegenstück nicht nur ein Alien war, sondern auch jemand, den ich als Feind eingeordnet hatte? Ich war weit über jede Verbrüderung hinausgegangen, ging mir auf, als ich schamlos den Schritt am Oberschenkel des Feinds rieb. Ich konnte nichts gegen das Gefühl süßer Lust tun, das tief in meinem Innern aufstieg. Seine Zungen glitten unermüdlich über meine Brustwarzen, wieder und wieder und wieder. Er atmete keuchend durch die Nase, sein warmer Atem strich zusammen mit dem Kerzenlicht über meine Haut und entzündete jedes Nervenende.

Ich würde kommen. Ich würde kommen, während ich mich an dem gefährlichsten, unangenehmsten Alien an diesem Ort, vielleicht auf dem ganzen Planeten, rieb. Was zum Teufel war denn mit mir los?

Was immer es war, es übernahm die Führung. Ich hob die Hände und vergrub die Fingerspitzen in seinen Zöpfen, drückte sein Gesicht fester an meine Brüste und stöhnte, als mich die ersten Wogen überrollten. Ich war so verflixt kurz davor ...

Der Feind stieß ein fürchterliches Heulen aus, bevor er mir die Hose herunterriss. Ich erstarrte vor Sorge, dass er versuchen könnte, seine gigantische Erektion in mich hineinzudrängen. Stattdessen stürzte er sich knurrend und mit irrem Blick nach unten und drückte sein Gesicht zwischen meine Beine.

Hitze explodierte unter meiner Haut und breitete sich in mir aus. Er vergrub die Nase in meiner Schambehaarung und atmete tief ein. So tief, als wäre er eine Weile unter Wasser gewesen. Als wäre mein Geruch sein Sauerstoff.

Eine seiner Hände lag noch an meiner Brust, die andere umklammerte mit stählernem Griff meine Hüfte. Allein das Gefühl seiner Nase, die sich dicht an meine Klitoris drängte, reichte fast, um mich kommen zu lassen. Es war alles zu viel und doch nicht genug.

„Oh mein Gott, genug geschnüffelt", flehte ich und nutzte den Halt an seinen Zöpfen, um seinen Kopf tiefer zu schieben. Ich hatte das Gefühl, vollkommen durchzudrehen, aber ich konnte nicht anders. Die körperliche Begierde hatte die Kontrolle übernommen.

Der Feind tat mir den Gefallen, mit den Lippen an meiner feuchten Haut auf und ab zu streichen. Ich wand mich und fluchte, als ich die scharfen Spitzen seiner Zähne rechts und links meiner Schamlippen spürte. *Wenn er mich beißt, bekommt er einen Stiefel ins Gesicht ...*

Aber der scharfe Druck ließ nach und dann war überall auf einmal seine Zunge, nein, seine *Zungen*. Ich konnte den einzelnen Empfindungen gar nicht nachspüren. Vielleicht hatte er auch mehr als drei Zungen, denn ich spürte ihn überall. Er strich über meine geschwollene Klitoris und meine feuchten Schamlippen entlang, drang sogar in mich ein. Ich ballte in seinen Zöpfen die Hände zu Fäusten, mein Becken bewegte sich wie von selbst.

Ich fühlte mich wirklich, wirklich eigenartig. Als würde sich die ganze Welt um mich herum gleichzeitig zusammenziehen und auseinanderfallen. Jede Empfindung meines Körpers wurde in mein sehnendes Innerstes gezogen, während der Rest von mir davontrieb. Ich spürte meine Beine nicht mehr. Mir fielen die Augen zu und mein Griff um die Haare des Feinds lockerte sich, als sich die Lust zu einer unausweichlichen Welle aufbaute. Der Feind bewegte Teile seiner Zunge rhythmisch in mir, während die anderen Teile überall umherschlängelten und über meine Klitoris leckten, bis ich heftig kam. So verdammt heftig. So heftig, dass es dunkel um mich wurde.

Bevor ich in die Finsternis stürzte, hätte ich schwören können, dass ich Sterne sah. Aber nicht die glitzernden weißen Sterne, die ich kannte. Nein, diese waren anders. Sie pulsierten und zogen sich zusammen. Sie bewegten sich im Kreis und schwärmten umeinander.

Sie waren rot.

Von einem tiefen, fremdartigen, hungrigen Rot.

KAPITEL ACHTZEHN
Fallo

DER EINZIGE GRUND, warum ich nicht augenblicklich mit meinem Glied in Chapman hineinstieß, war, dass ich meinen verfluchten Mund nicht von ihr lösen konnte. Ihre Feuchtigkeit, ihr Geschmack, ihr Geruch machten mich süchtig. Sie *war* eine Sucht. Es jagte mir allmählich Angst ein, wie viel Macht sie über mich zu haben schien. Ihre Augen, ihre Stimme und nun der süße Geschmack ihrer Körpermitte.

Stöhnend glitt ich mit der Zunge tiefer in sie hinein und spürte, wie ihre heiße Enge sich zusammenzog. Diese Frauen waren klein. Sie waren überall klein. Es würde einiges an Aufwand brauchen, bevor ich sie haben konnte.

Aber das hier war ein Anfang. Sie war so nass. Schon bald würde sie feucht mein Glied umschließen und sich endlich, *endlich* unterwerfen. Bei der Vorstellung verlor ich beinahe die Beherrschung, aber dann wurde mir die zunehmende Lautstärke ihres Stöhnens bewusst, ich spürte das rhythmische Wiegen ihrer Hüften und wusste, dass sie gleich kommen würde. Sie hatte eine feste, kleine Erhebung oberhalb ihres Eingangs, dank der ich ihr genauso viel Lust zu bescheren schien wie von innen, wenn nicht sogar mehr. Ich bearbeitete sie mit meinen äußeren beiden Zungen, während ich die mittlere in sie hineinstieß, ein Versprechen für das, was vor ihr lag.

Sie krallte die Hände in mein Haar, hielt mich fest, und ausnahmsweise hatte ich nichts dagegen einzuwenden, dass jemand mir sagte, was ich zu tun hatte. Sie spannte sich um mich herum an, ihre Stimme wurde lauter und höher, bis sie sich an meinem Mund öffnete, aufschrie und erschauerte. Ihre spürbare Erlösung durchströmte mich und ich atmete zittrig ein. Sie ließ die Hände aus meinem Haar fallen und ich erhob mich auf die Knie, bereit, mir den Lendenschurz herunterzureißen.

Aber ihre Augen waren geschlossen, der Kopf auf die Seite gesunken. Ich knurrte leise und ärgerlich. Ich wollte nach wie vor, dass sie mich ansah. Ich wollte, dass sie die große Macht meiner Männlichkeit sah, bevor sie sie in sich aufnahm. Ich wollte erleben, wie sie bewundernd Mund und Augen aufriss.

„Chapman", grollte ich. Meine Stimme klang wie brechender Stein.

Keine Reaktion.

War das ein albernes Spiel? Wollte sie mich ärgern, indem sie mich ignorierte?

„Chapman!"

Immer noch keine Antwort. Nicht einmal eine vage Regung.

Erst da fiel mir auf, dass ihr zuvor gerötetes Gesicht bleich geworden war. Ihr Mund wirkte schlaff und jede Körperspannung war gewichen.

Sie war nicht bei Bewusstsein.

Ohne einen weiteren Moment zu zögern, hob ich sie weit behutsamer als je zuvor in die Arme. Zum ersten Mal trug ich sie schützend vor meiner Brust, statt sie mir über die Schulter zu werfen. Mein Herz jagte. Meine Erregung war von verzweifelter Angst ersetzt worden. *Gahn Fallo hat nie Angst.*

Und doch, und doch ...

Ich stürmte hinaus in die Nacht und lief zum Zelt der Heilerinnen. Zumindest eine von ihnen war sicher dort. Ich wollte keine Zeit verschwenden, indem ich die Zelte nach ihnen absuchte. Nein, selbst wenn ich nicht sofort eine finden sollte, würde ich nicht suchen müssen. Mein aufgebrachtes Heulen in die Nacht hinein würde sie hervorlocken.

Einige meiner Krieger bemerkten mich. Sie wirkten besorgt. Ich ignorierte sie und drehte Chapmans Körper weiter in meine Richtung. Wenn sie auch nur einen winzigen Blick auf ihre Brüste erhaschen sollten, würde ich sie töten müssen. Ihre Hose hing ebenfalls noch auf Höhe ihrer Knie, wo ich sie hingezerrt hatte.

Ich musste sie jedoch nicht lange vor den Blicken der anderen verbergen. Ich erreichte das Zelt der Heilerinnen und stürzte hinein.

Kalla war da. Sie saß neben der blasshaarigen Frau aus den Klippen, die inzwischen wieder bei Bewusstsein war. Ganz anders als Chapman. Das war nicht akzeptabel.

Nun, da das Abendessen vorbei war, hatten sich alle fremden Frauen in diesem Zelt versammelt. Sie rissen die Augen auf und viele von ihnen wichen zurück. Ich wusste nicht, welche Miene ich zog, aber sie musste furchterregend sein.

Ich ignorierte sie, ignorierte alles und jeden, und ging durch die Menge auf Kalla zu. Schnell stand sie auf, hob den Schwanz und senkte schließlich den Blick zu Chapman.

„Ich weiß nicht, was los ist. Aber sie regt sich nicht mehr", sagte ich hektisch.

„Leg sie hierher, mein Gahn."

Die blasshaarige Frau räumte das Bett, auf dem sie gesessen hatte, und nahm auf dem Boden Platz, während ich Chapman auf die gegerbten Häute legte. Auch die Gerettete war bleich, die Augen groß und rund, während sie auf ihre Freundin hinabsah. Unfähig, mich zu zügeln, ließ ich ein wildes Knurren aus meiner Kehle aufsteigen. Es war ihre Schuld. Um sie zu retten, hatte Chapman ihr Leben riskiert.

Die blasshaarige Frau sah mich verängstigt an, dann geschah etwas sehr Eigentümliches. Sie verzog das Gesicht, ihre Brust hob sich bebend und Flüssigkeit begann aus ihren Augen zu fließen. Sofort nahm ich Chapman wieder auf die Arme und stand auf.

„Diese Frau ist krank!", rief ich Kalla zu. „Schau dir die Flüssigkeit an, die aus ihren Augen läuft!"

Waren ihre Augen überhaupt noch fest? Vielleicht schmolzen sie gerade und rannen ihr aus dem Kopf. Ein übelkeiterregender Gedanke.

„Isolier sie, sofort!", bellte ich.

Kalla fegte abwehrend mit dem Schwanz und ich wirbelte zu ihr herum. „Du wagst es, mich infrage zu stellen, Kalla?"

Ich würde nicht zulassen, dass eine kranke Frau bei den anderen untergebracht wurde. Bei Chapman. Die Vorstellung, dass ihre Augen sich verflüssigen könnten, erschreckte mich zutiefst. Es ging ihr ohnehin nicht gut. *Vielleicht ist es schon zu spät.*

Der Gedanke weckte in mir den Wunsch, aufzuheulen und zu rennen. Ich würde mit ihrem schlaffen Körper laufen, so weit ich konnte. Wir könnten zusammen irgendwo in den Klippen leben, fern von allen anderen, wenn ich sie dadurch nur beschützen konnte. Ich ging zischend rückwärts, als Kallas Stimme durch meine Angst drang.

„Sie ist nicht krank, mein Gahn. Zumindest nicht kränker, als man bei jemandem ihrer Art nach einem Tag in der Hitze erwarten kann."

„Aber ihre Augen!", rief ich und fletschte angeekelt die Zähne. Die Blasshaarige drückte die Handflächen gegen die Augen, als wollte sie sie im Kopf verankern. Aber ich sah nach wie vor Flüssigkeit zwischen ihren Fingern hervorsickern.

„Mit ihren Augen ist alles in Ordnung. Wir haben bei vielen der neuen Frauen dasselbe beobachtet."

Ich zuckte zusammen und starrte Kalla an, während ich Chapman fester an meine Brust zog. So ein starker Beschützerinstinkt war mir bisher fremd gewesen.

„Manchmal entkommt ihren Augen Flüssigkeit. Wenn sie aufgebracht sind. Es scheint keinen dauerhaften Schaden zu hinterlassen", fuhr Kalla fort.

Ich war nicht überzeugt. Mein Blick huschte zwischen Kalla und der Frau mit den tropfenden Augen hin und her.

„Bitte, Gahn", sagte Kalla etwas leiser. „Lass mich die Frau untersuchen. Es scheint ihr wirklich nicht gut zu gehen."

Zähneknirschend trat ich vor und legte Chapman langsam wieder auf das Lager. Sie stieß ein leises Geräusch aus, als ihr Körper auf die gegerbten Häute sank, auch wenn ich so behutsam wie möglich gewesen war. All diese Bedürfnisse waren mir neu. Bis jetzt hatte ich sie nur mit Gewalt an mich ziehen und beherrschen wollen. Nun wollte ich sie sachter berühren, als es mir vielleicht auch nur möglich war.

Kalla ging in die Knie und strich über Chapmans Körper. Dann legte sie ihr eine der Tierhäute auf die nackte Haut. „Ich glaube, es ist Erschöpfung, mein Gahn, auch wenn es mir schwerfällt, es mit Gewissheit zu sagen. Wir kennen diese Frauen nicht besonders gut. Aber ich kann keine Verletzungen erkennen. Auch wenn ich fragen müsste ..."

„Frag", fauchte ich. „Verschwende keine Zeit."

Sie erhob sich, drehte sich zu mir und musterte mich aus alten, aber unnachgiebigen Augen. „Hast du versucht, bei dieser Frau zu liegen?"

Ich zögerte, als mich eine weitere Empfindung überkam, an die ich nicht gewöhnt war. Ich brauchte einen Moment, bis ich sie zuordnen konnte. *Scham.* War ich schuld? Hatte ich ihr geschadet?

Ich musste Kalla alles mitteilen, was sie wissen musste. Alles, was sie erfahren musste, um Chapman zu heilen.

„Ich wollte, war aber noch nicht in sie eingedrungen. Nur mit den Zungen", erklärte ich.

„Ich verstehe", erwiderte sie nachdenklich. „Schien sie Schmerzen zu leiden? Hat sie sich gegen dich gewehrt?"

„Nein", antwortete ich. Dessen war ich mir sicher. Chapman hatte sich unter mir gewunden und sich meinem Mund lustvoll entgegengehoben. Meine Scham legte sich und wurde von Stolz ersetzt. „Nein, es hat ihr nicht wehgetan."

„Das ist gut", sagte sie mit einem zufriedenen Schlagen ihres Schwanzes. Zweifelsohne hatte sie genau wie ich über die fremden Frauen nachgedacht und was sie für unsere Männer bedeuten könnten.

„Glaubst du, wir können uns mit ihnen paaren und Junge zeugen, Kalla?", fragte ich.

Ihre Sichtsterne glitten nach außen, während sie grübelte. „Ich weiß es nicht, Gahn. Aber ich glaube, es könnte möglich sein. Ihre Körper scheinen weitestgehend den unseren ähnlich zu sein. Wenn es geschehen soll, werden die heiligen Lavrika es uns wissen lassen."

Die Lavrika, die schlangenförmige Essenz der Wüste. Die Entitäten, die die Krieger zu den Teichen in den fernen Klippen von Uruzai riefen, um ihnen die Gesichter ihrer Gefährtinnen zu zeigen.

„Und doch haben sie mich nicht gerufen", grummelte ich. Warum nicht? Und wenn sie uns riefen, mich riefen, wessen Gesicht würden sie mir zeigen?

Ich konnte nicht anders, als einmal mehr Chapman zu betrachten. Ihre weichen Augenlider zuckten. Sie regte sich. Erleichterung erfasste mich.

Ich wollte mit ihr in mein Zelt zurückkehren, mich mit ihr in einer Ecke zusammenrollen und jeden anzischen, der sich uns näherte. Aber ich konnte mir in ihrer Nähe nicht trauen. Ich würde sie über Nacht hierlassen müssen.

Ich wandte mich zum Gehen, bevor sie endgültig erwachte. Kalla kniete sich wieder neben sie. Ich wollte das Zelt verlassen, als sich mir plötzlich eine der neuen Frauen in den Weg stellte, die Hände an den Hüften. Es war die, die keine Haare hatte. Die, in deren Gesicht überall glänzende Steine steckten.

„Beweg dich, Frau", knurrte ich warnend. Ich war nicht in Stimmung, um mit Kleinigkeiten belästigt zu werden.

Sie sagte etwas zu mir und deutete wütend zu Chapman. Dann trat sie einen Schritt näher, als wollte sie mich schlagen.

Ich schlug machtvoll mit dem Schwanz und streckte brüllend die Arme seitlich aus. Noch ein Schritt und ich würde ihr den Schädel zerquetschen. Wenn sie einem meiner Männer zugedacht war, würde ich ihm damit einen Gefallen tun. Sie war sogar noch unverschämter als Chapman.

Zu ihrem Glück zogen zwei ihrer Begleiterinnen sie an den Ellbogen weg. Sie war nicht glücklich darüber, aber ich ignorierte sie und verließ das Zelt, bevor ich etwas tat, das Chapman mich bereuen lassen würde. Auf dem Weg zu meiner Wohnstatt rollte ich die Schultern, um mich zu entspannen, und fragte mich, was das zu bedeuten hatte. Ich hatte auf etwas verzichtet, weil ich Sorge hatte, was es für Chapman bedeuten könnte.

Sie beeinflusste zu sehr meine Gedanken und Taten.

Das gefiel mir nicht.

KAPITEL NEUNZEHN
Chapman

ALS ICH MICH REGTE, merkte ich, dass mir eine riesige, warme Hand über die Stirn strich. „Gahn Fallo?"

Meine Kehle war trocken, die Stimme heiser. Die Hand verschwand und ich spürte, wie sich meine Brauen bewegten, als ich die Augen zu öffnen versuchte. Alles fühlte sich zu schwer an. Ich hatte den Eindruck, dass meine Knochen gegen zu lange gekochte Nudeln ersetzt worden waren, und meine Muskeln ... Welche Muskeln?

„Gahn Fallo?", fragte ich erneut und etwas kräftiger. Augenblick, warum fragte ich nach ihm? Und warum verwendete ich seinen Namen, statt ihn den Feind zu nennen?

Ich zwang mich, die verklebten Lider zu öffnen und mich auf den matten Kerzenschein einzustellen. Ich befand mich in einem Zelt, aber nicht in dem des Feinds. Bei der Alien-Frau, die mich berührt hatte, handelte es sich um die alte Heilerin Kalla. Neben ihr saß Theresa, die Augen rot und verweint, und um uns herum kauerten und saßen die anderen Frauen und starrten mich an.

„Was für ein Begrüßungskomitee", murmelte ich und setzte mich mit Kallas Hilfe vorsichtig auf. Ich schob die leise Enttäuschung beiseite, dass ich ihre Hände gespürt hatte, nicht die des Feinds, wie ich zuerst gedacht hatte. Langsam blinzelnd ging mir auf, dass ich nackt war, und ich riss mir die Tierhaut über den Körper.

Dann wandte ich mich Theresa zu und stöhnte auf, als mein Kopf protestierend pochte. „Geht es dir gut?"

Sie nickte schweigend und biss sich auf die Lippen. Dann sagte sie kaum hörbar: „Es tut mir so leid."

Ich nickte. Kalla untersuchte mich kurz, dann brachte sie mir das trinkbare Kaktuszeug und Trockenfleisch. Schwach aß und trank ich und als ich ihrer Meinung nach genug zu mir genommen hatte, ging sie zufrieden. Nun waren wir Menschen unter uns.

„So, tut mir leid, aber was zum Henker ist eigentlich passiert?"

Ich sah mich nach der wütenden Stimme um. Kat hockte zu meinen Füßen und sah aus, als wäre sie am liebsten jemandem an die Gurgel gesprungen.

„Was meinst du?", fragte ich und schob mir einen weiteren Bissen Fleisch in den Mund, um Zeit zu schinden.

„Ich meine, warum bitte sehr schleppt dich der Anführer praktisch nackt hierher? Theresa hat uns schon einiges erzählt, aber wo warst du? Was hat er dir angetan?"

„Langsam", sagte Melanie leise, bevor sie mich anschaute. „Du hättest sie sehen sollen. Sie wollte sich mit dem Großen anlegen, mit dem Anführer, und das ganz allein."

„Nein!" Meine Stimme war viel kräftiger geworden. Ich räusperte mich. „Nein, das ist nicht nötig. Er hat mich nicht verletzt. Meine ... meine Kleidung ist während des Kampfs mit dem fliegenden Monstervieh zerrissen worden. Seine

Klauen haben sie zerfetzt." Ich wollte nicht lügen, aber während meine verschwommenen Erinnerungen an Klarheit gewannen, war ich nicht sicher, ob ich den anderen Frauen erzählen wollte, dass ich dem Alien erlaubt hatte, mir die Kleidung herunterzureißen und mich mit der Zunge zu ficken.

Gott, dieser Abend war viel zu lang.

Kat warf Theresa einen strengen Blick zu, als wartete sie auf eine Bestätigung meiner Worte. Doch Theresa zuckte mit den Schultern. „Ich weiß nicht mehr, was sie anhatte, als wir nach oben gezogen wurden. Ich war kaum noch bei Bewusstsein."

„In Ordnung. Aber falls sich herausstellen sollte, dass er irgendeine Schweinerei abgezogen hat, werde ich ihm die verfluchten Eier abreißen. Und das ist kein Scherz." Kates wunderschöne, zarte Züge wirkten im Feuerschein so zornig, dass ich nicht anders konnte, als zittrig zu lächeln. Sie war eine Kämpferin, aber sie war winzig, kaum einen Meter fünfzig groß, und drahtig. Ich bezweifelte, dass sie weit kommen würde, aber ich bewunderte ihren Kampfgeist.

„Hört zu, keine von uns sollte diese Typen mehr provozieren als nötig", ermahnte ich sie. *Vielleicht sollte ich mich an meine eigenen Ratschläge halten ...*

Dann wandte ich mich an Theresa. „Sag mal, was zum Teufel hast du eigentlich da draußen in den Klippen zu suchen gehabt?" Meine Frage klang barscher, als ich vorgehabt hatte, aber das lag nur daran, dass ich mir solche Sorgen um sie gemacht hatte. Es ging mir nicht um die Gefahr, in die ich mich auf der Suche nach ihr begeben hatte. Aber die

Angst um sie wollte ich ganz sicher nicht noch einmal erleben müssen.

Sie holte bebend Luft, ihre Augen füllten sich mit Tränen. Schnell strich sie sich übers Gesicht.

„Es ist so dumm. Ich komme mir so verdammt dämlich
vor." Ihr Südstaatenakzent war ausgeprägter als sonst, verstärkt durch ihre Gefühle. „Ich bin vor Sonnenaufgang
aufgewacht und musste wirklich dringend pinkeln. Also bin
ich losgegangen, um mein Geschäft zu erledigen, und als ich
fertig war, habe ich diesen Vogel gesehen." Ihr Blick wirkte
für einen Moment abwesend und der Anflug eines Lächelns
zeigte sich auf ihren tränenfeuchten Zügen. „Ich glaube, das
war der schönste Vogel, den ich je gesehen habe. Ein bisschen
wie ein Kolibri, aber größer. Ich schätze, hier ist alles größer."

Ich nickte. Mir fiel ein, dass Theresa Tierarzthelferin war
und Zoologie studiert hatte. Es ergab Sinn, dass sie sich für
die örtliche Fauna interessierte. Zumindest für den Teil, der
uns nicht auffressen wollte.

„Im Nachhinein kommt es mir wirklich dumm vor, aber
ich schwöre, dass der Vogel unter den Sternen geleuchtet hat.
Grüner als jeder Smaragd. Und es war einfach dieser eine
Moment der Schönheit, an den ich mich nach allem, was wir
durchgemacht haben, klammern konnte. Ich wollte nicht,
dass er vorbeiging. Also bin ich dem Vogel gefolgt."

Ich seufzte. Nur weil es Sinn ergab, dass sie sich für die
Tiere interessierte, die ihr über den Weg liefen, war es noch
lange keine gute Idee, ihnen in unbekanntes Gebiet
nachzurennen.

„Ich bin ihm an den Zelten vorbei zu den Klippen gefolgt. Da ging schon die Sonne auf und alles wurde hell. Und

dann habe ich es gehört. Das Kreischen des Monsters." Theresa zitterte sichtlich und ich ergriff ihre Hand. Sie drückte zu. „Ich bin in Panik geraten. Ich bin in die erstbeste Öffnung im Fels gelaufen, um mich zu verstecken. Ich bin gerannt, ohne mich darum zu scheren, wo ich hinlief. Ich bin den Hang hoch, weil ich nicht wusste, was ich sonst tun sollte. Aber dann ist das Vieh direkt über mich hinweggeflogen und ich bin in den Spalt gestürzt, in dem du mich gefunden hast, Chapman."

Dieses Mal war ich es, die ihre Hand drückte. Es musste eine furchtbare Erfahrung gewesen sein. Besonders wenn man bedachte, wie lange sie dort unten allein gewesen war.

„In Ordnung, zusammen. Wir haben ja bereits die neue Regel festgelegt, nirgendwo allein hinzugehen. Die zweite neue Regel lautet, nichts Glänzendem in unbekanntes Gebiet zu folgen", sagte ich seufzend.

Die Gruppe lächelte und Theresa lachte zittrig auf. Ich stieß lang anhaltend die Luft aus. Es ging uns gut. Wir waren alle am Leben. Zumindest diejenigen, die hier waren. Ich dachte an Zoey und Celia. Zoey war vermutlich verloren. *Ich frage mich, wie Celia sich schlägt ...*

Wir unterhielten uns noch ein wenig, bevor sich alle hinlegten. Die Aufregungen des Tages lagen endgültig hinter uns und wir schliefen ein und erwachten erst wieder, als die Sonne bereits hoch am Himmel stand.

Als spät am nächsten Morgen Bewegung in unsere Gruppe kam, betraten Kalla und Bokeelie das Zelt und mit ihnen fiel ein heller Lichtstrahl zu uns herein. Ich stöhnte, denn die Anstrengungen des Vortags wirkten noch immer nach.

„Meinst du, sie haben hier so was wie Alien-Aspirin?",
murmelte ich Theresa zu, die neben mir geschlafen hatte.

„Nee, aber ich wünschte, sie hätten so was", krächzte sie,
während sie sich langsam aufsetzte.

Kalla und Bokeelie kamen zuerst zu Theresa und mir,
prüften, in welchem Zustand wir waren, und gaben uns Kaktusgel und frisch gegrilltes Fleisch, bevor sie auch an die
anderen Frühstück verteilten. Nachdem wir in der
Abgeschiedenheit des Zelts gegessen hatten, traten Kalla
und Bokeelie wartend neben den Eingang.

„Sieht so aus, als hätten wir jetzt dauerhaft eine Eskorte",
sagte Melanie leise, während sie ihre Solarschutzjacke über-
streifte.

„Ich glaube, du hast recht", erwiderte ich mit Blick auf
die Heilerinnen. Ich spähte durch die Lücke zwischen den
Zeltplanen und bemerkte auch eine bewaffnete Wache. Der
Feind wollte kein Risiko mehr eingehen.

„Mist", fluchte ich leise. Seufzend verschränkte ich die
Arme vor der Brust.

„Was ist denn?", fragte Theresa besorgt. Ich merkte ihr
an, dass sie sich schrecklich schuldig fühlte, mich in die Klippen gelockt zu haben. Nicht, dass das nötig gewesen wäre.
Ich war die Einzige, die für eine solche Situation ausgebildet
worden war, und war einfach froh, dass es uns beiden gut
ging. Ich trug ihr nichts nach.

„Meine Kleidung", sagte ich schlicht, ohne es näher
auszuführen. Ich wollte meine Lüge vom Abend nicht
wiederholen. Ich hatte immer noch Hose und Unterhose,
aber von der Taille aufwärts war ich nackt.

Theresa schlug sich mit einem Aufkeuchen eine Hand vor die Stirn. „Natürlich! Hier." Sie zog sich die Jacke aus. Darunter trug sie nur ein graues Tanktop und eine Uniformhose, wie man sie den Zivilisten an Bord des Schiffs gegeben hatte. „Nimm meine Jacke."

„Auf keinen Fall", sagte ich und schob sie beiseite. „Ich lasse nicht zu, dass du dich überall verbrennst. Ich werde mir etwas einfallen lassen ..."

Plötzlich überfiel mich eine Erinnerung. Der Feind, der mir eine brandneue Jacke um die Schultern legte, die Kapuze hochzog und mich in Dunkelheit hüllte. Und dann seine Zungen ...

Ich schüttelte mich. *Zurück in die Realität, Chapman.*

Irgendwo hatte er neue Kleidung. Und ich war nicht die Einzige, die welche nötig hatte. Einige der Jacken und Uniformen der anderen Frauen sahen eindeutig mitgenommen aus, überall Risse und Blut. Aber ich wollte keine der anderen losschicken, um die Sachen ausfindig zu machen. Ich verengte die Augen und dachte kurz nach, dann fällte ich eine Entscheidung.

„Hm, könntest du mir deine Jacke doch kurz leihen?"

Theresa nickte eifrig und gab sie mir. Rasch schlüpfte ich hinein und zog den Reißverschluss zu. Ich wünschte, ich hätte einen BH, aber ich würde sicher keine der anderen bitten, mir einen zu leihen.

„Ich sollte bald mit mehr Kleidung für alle zurück sein."

Theresa riss die Augen auf und Kat meldete sich aus der Nähe zu Wort. „Du wirst aber nicht zum Schiff zurücklaufen, oder? Das ist viel zu gefährlich."

Kopfschüttelnd zog ich die Kapuze hoch. „Nein, ich habe hier gestern Kleidungsstücke von uns gesehen. Sie haben sie hier irgendwo. Glaube ich. Ich muss sie dem F... dem Anführer nur abnehmen."

Kat kam zu mir und zog die gepiercten Brauen zusammen. „Bist du dir sicher, dass das eine gute Idee ist?"

Nein, dachte ich.

„Ich komme schon klar", sagte ich vage, bevor ich mich abwandte und rasch an Kalla und Bokeelie vorbeiging.

Ich hörte, dass sie mir etwas hinterherriefen, als ich aus dem Zelt joggte, aber ich gab vor, sie nicht zu hören. Unglücklicherweise ignorierte mich die Wache draußen nicht, wie ich es gehofft hatte. Ich stürmte los, aber dank seiner langen Beine hatte er mich bald eingeholt.

Er schloss die Hand um meinen Ellbogen und ein Speer zischte vor mir durch die Luft, um mir den Weg abzuschneiden. Ich duckte mich darunter hinweg, aber der Griff um meinen Arm lockerte sich nicht. Ich wurde hart nach hinten gerissen und ging in die Knie. Die Wache knurrte mir etwas zu, aber ich hatte keine Ahnung, was er mir sagen wollte.

„Verdammt noch mal. Ich will doch nur ein paar T-Shirts und Jacken holen. Ist das wirklich zu viel verlangt?"

Die Wache antwortete. Der Krieger klang verärgert und riss mich auf die Füße. Er machte Anstalten, mich zum Zelt zurückzuführen, aber ich grub die Fersen in den harten, rissigen Untergrund.

„Ich gehe da jetzt nicht wieder rein. Ich habe was zu erledigen", keuchte ich. Mir lief in der Hitze bereits der Schweiß. Ich merkte dem Krieger an, dass er die Geduld mit mir verlor. Er legte fest den Arm um meine Taille und war drauf und dran, mich über die Schulter zu werfen.

Oh Scheiße, nein.

Ich würde mich nicht schon wieder von einem Alien über die Schulter werfen lassen, als wäre ich eine verdammte Puppe.

„Stopp", sagte ich leise und warnend und grub die Fingernägel in seinen Unterarm. Und als das keine Wirkung erzielte und er mich hochheben wollte, rief ich das Erste, was mir in den Sinn kam, und legte all meinen Zorn in die Worte. Sie hallten zwischen den Zelten wider, wurden von den Klippen zurückgeworfen und zerrissen die Luft wie Donner.

„Gahn Fallo!"

KAPITEL ZWANZIG
Fallo

ICH HÄTTE IHRE STIMME überall gehört. Aus jeder Entfernung, da war ich mir sicher. Mein Name, ausgesprochen von Chapman, ertönte irgendwo dort draußen. Als Schrei.

Ich sprang vom Thron, riss die Klappe meines Zelts beiseite und stürmte voran. Im Laufen zog ich meine Klingen. Mein Herz trommelte im Rhythmus einer Kriegshymne.

Hatte ich nicht gesagt, dass ich alles und jeden töten würde, der sie bedrohte? Jeden außer mir?

Endlich begriff sie, dass ich der Einzige war, dem sie vertrauen konnte. Der Einzige, auf den sie sich verlassen konnte. Der Gedanke verteilte sich in meinem Blut wie heißes Gift. Verseuchte mich. Verbrannte mich innerlich. Sie hatte mich gerufen. Sie hatte *mich gerufen*.

Ich entdeckte ihren feuerroten Haarschopf bald vor dem Zelt der Heilerinnen. Aber als mir bewusst wurde, dass sie sich auf der Schulter eines Mannes wand, sah ich vor fauligem Zorn fast schwarz. Kein Mann durfte sie so festhalten. Keiner außer mir.

Der Mann, den ich als Bankor erkannte, sah mich kommen und begann auf mich zuzugehen. Der Anblick seiner Hand, die so dicht an ihrer Kehrseite lag, ließ mich aufbrüllen und er blieb wie versteinert stehen.

„Lass sie runter!", rief ich, während ich ungebremst weiter auf ihn zurannte.

Bankor setzte sie sofort ab. Sie taumelte zur Seite, dann lief sie vor ihm weg. Sobald ich sah, dass sie frei war, richtete ich meinen Blick wieder auf Bankor. Zähneknirschend trat ich auf ihn zu und drückte meine Brust gegen seine, zwang ihn rückwärts.

„Sie wollte die Gruppe verlassen, Gahn. Ich habe nur meine Befehle befolgt", sagte er.

Ich knurrte tief in der Kehle. Bankors Sichtsterne stoben erst nach außen, dann nach innen, bevor sie ängstlich pulsierten. Er hatte Befehle befolgt, das stimmte. Aber ich hatte nicht daran gedacht, dass das bedeuten könnte, dass ein anderer Mann als ich Chapman festhalten müsste. Ich hätte es besser wissen müssen.

Warum hatte ich nicht vorhergesehen, dass sie die Erste sein würde, die den neuen Wachen Ärger bereiten würde? Dass sie die Erste sein würde, die über der Schulter eines Kriegers landen würde, um sie zu bändigen?

Wütend ließ ich Bankor stehen. Chapman hatte sich die Kapuze über ihr herrliches Haar gezogen. Es schmerzte mich, nicht zu sehen, wie das Licht der Sonne darauf spielte. Ich schob meine Klingen in die Riemen, während ich auf sie zuging. Sie zuckte weder zusammen, noch duckte sie sich.

„Warum musst du mir immer Schwierigkeiten machen?", murmelte ich und beugte mich zu ihr hinab. Mein Ärger ließ nach, als ich ihr Gesicht musterte. Ich konnte nicht leugnen, wie hübsch es war. Sicher, sie wirkte immer noch fremdartig, aber in diese Fremdheit lag große Schönheit. Eine Schönheit, die ich für mich wollte. Die ich vereinnahmen wollte.

Zornig schüttelte sie den Kopf, dann zog sie ruppig an ihrem Obergewand. Ich runzelte die Stirn. Wo hatte sie es her? Das Gewand, das ich ihr gestern um die Schultern gelegt hatte, befand sich noch in meinem Zelt und ihr altes hing immer noch in den Klauen der toten *krixel*. Sie deutete zum Zelt der Heilerinnen, dann zupfte sie erneut am Stoff.

Ach so, sie wollte die übrige Kleidung, die wir geholt hatten.

Deshalb hatte sie also nach mir gerufen. Nicht, weil sie mich wollte. Sie hatte mich gerufen, weil sie etwas von mir *haben* wollte.

Ich schirmte mich gegen ihre Schönheit ab und biss die Zähne zusammen. Diese Frau war so fordernd. Es war unglaublich, dass irgendjemand, schon gar nicht eine fremde Frau und ein Eindringling, es wagte, so mit einem Gahn zu sprechen.

„Warum sollte ich dir irgendetwas geben?", zischte ich, hakte eine Kralle unter ihr Kinn und zwang ihr Gesicht nach oben.

Ihre grauen Augen suchten meinen Blick. Röte zeichnete ihre Wangen und mein Blut wurde heiß, als mir einfiel, dass diese Röte gestern ein Anzeichen ihrer Erregung gewesen war. Sie war so süß, so nachgiebig gewesen, aber auch geschwächt und hatte nach den Torturen des Tages das Bewusstsein verloren. Ich wollte nicht, dass sie sich unterwarf, weil sie gerade schwach war. Ich wollte, dass sie sich unterwarf, weil sie keine andere Wahl hatte. Weil sie sich verzweifelt und auf tief verwurzelte, ursprüngliche Weise nach meinem Glied sehnte. Ich wollte, dass sie sich mir unterwarf, weil sie mich mehr brauchte als die Luft zum Atmen.

In ihren Augen blitzte es auf und ich bleckte die Zähne.

Sie würde sich unterwerfen. Das *würde* sie.

Aber offensichtlich nicht heute.

Ich riss die Hand zurück und wandte mich wieder an Bankor. „Hol die Kleidung, die wir aus dem abgestürzten Ding mitgebracht haben. Verteil sie an die Frauen."

Bankor hob den Schwanz und eilte davon. Chapman sah ihm hinterher, dann richtete sie den Blick wieder auf mich. Sie murmelte etwas und zog sich von mir zurück. Ich musste gegen den überwältigenden Drang ankämpfen, sie in mein Zelt zu zerren und sie dort mit allen nötigen Mitteln zu vereinnahmen.

„Wende den Blick ab, du anspruchsvolles Wesen", befahl ich, aber sie starrte mich weiterhin an, schob eine Hüfte vor und verschränkte die Arme vor der Brust. Ich unterdrückte ein Stöhnen, als ich mich erinnerte, was sich unter dem Stoff verbarg. Weiche Brüste mit harten, rosigen Nippeln. Die sich hoben, wenn sie stöhnte …

Mein Glied zuckte und füllte sich mit Blut. Ruckartig drehte ich mich um und ballte die Fäuste. Ich konnte ihren brennenden Blick nicht ertragen. Es war, als würde sie bis in mein Innerstes sehen. Als würde sie dort den Wahnsinn erkennen und auch alles andere. Alles, was ich zu bieten hatte. Und als wäre es nicht genug.

Bankor lief inzwischen mit der Kleidung auf das Zelt zu. Da ich wusste, dass Kalla und Bokeelie sich um die neuen Frauen kümmern würden, ging ich.

Auf dem ganzen Weg zu meinem Zelt spürte ich, wie er mir folgte, spürte ihn in meinem Rücken.

Der Blick aus diesen fremdartigen, wütenden Augen.

Als ich mein Zelt erreichte, fiel mir ein, dass dort immer noch Chapmans neues Gewand lag. Ich hob es von den gegerbten Häuten, drückte es an mein Gesicht und atmete tief ein. Noch immer hing der vage Geruch ihres Haars im Gewebe. Und ihrer Erregung.

Augenblicklich richtete sich mein Glied zu voller Größe auf und ich schloss die Faust um den Stoff. Ich riss ihn beiseite und meinen Lendenschurz herunter, um meine Erektion zu befreien. Dann wickelte ich mein Glied in den merkwürdig steifen, aber glatten Stoff des Gewands und begann zu reiben. Stellte mir vor, dass es sich um Chapmans Haut handelte. Oder ihren Mund. Oder ihr Innerstes.

Mein Schwanz schlug hinter mir auf den Boden, während ich wieder und wieder das Becken nach vorn in meine geschlossene Faust schnellen ließ. Ich stellte mir vor, wie sie auf Händen und Knien kauerte, sich für mich öffnete, die Schamlippen feucht und wartend. Ich schloss die Augen, um das Bild klarer vor mir zu sehen, während jedes Nervenende in meinem Körper explodierte.

Was würde sie zu mir sagen, wenn ich sie ausfüllte? Würde sie sich wehren, stillhalten oder würde sie mir sagen, wie gut sich mein Glied anfühlte, und mich endlich als ihren Gahn anerkennen?

Ich stellte mir vor, wie sie sich um meine Länge verkrampfte, wie eng sie zuerst sein würde, nur um sich schließlich zu entspannen, um mich ganz in sie hineinzulassen. Und wenn ich dann jeden lustvollen Punkt in ihrem Innern berührte, würde sie den Mund aufreißen und stöhnen. Ich würde eine Handvoll ihres prachtvollen Haars umschließen und daran ziehen, ihren Kopf nach hinten zwingen, während sie sich um mich herum zusammenzog. Sie würde den Höhepunkt ihres Vergnügens erreichen, während ich in ihr war und meine Hände auf ihrem Körper lagen. Und ich würde sie so ausgiebig mit meinem Samen füllen, dass es ihr unmöglich sein würde, nicht mein Junges auszutragen ...

Mit einem Aufschrei riss ich das Gewand aus meinem Schritt, kurz bevor ich explodierte, und rettete es gerade rechtzeitig, bevor ich mich auf den Boden ergoss. Schwer atmend riss ich die Augen auf. Ich war unbefriedigt. Und schockiert. Schockiert vom letzten Teil meiner Fantasie. Dass ich Chapman ein Junges schenken könnte.

Das hatte ich mir bei Vola oder einer der anderen Frauen nie gewünscht. Außerhalb des heiligen Gefährtenbands war es so gut wie unmöglich, Nachwuchs zu zeugen. Wollte ich, dass Chapman meine Gefährtin wurde, meine Gahnala, ein Leben lang meine Wegbegleiterin und die Mutter meiner Jungen?

Wenn die Lavrika mich rufen und mir Chapmans Gesicht zeigen sollten, würde dadurch ein heiliges Band zwischen uns geschmiedet werden. Sie würde sich verzweifelt nach mir sehnen und endlich freiwillig und voller Hingabe zu mir kommen. Die Vorstellung war unglaublich verlockend und ich spürte, dass sich meine Männlichkeit bereits wieder regte.

Aber andererseits: Wer konnte sagen, ob sie auf dieselbe Weise auf das heilige Band reagieren würde wie eine Frau des Sandmeers? Es war durchaus vorstellbar, dass selbst die Lavrika einen so tief sitzenden Trotz wie Chapmans nicht heilen konnten.

Schnell legte ich den Lendenschurz wieder um und schleuderte das Gewand frustriert zu Boden. Es hatte keinen Sinn, an die Lavrika zu denken. Sie waren mir nicht erschienen und auch keinem anderen Mann meines Clans, um uns zu zeigen, dass die neuen Frauen unsere Gefährtinnen waren. Vielleicht war es unmöglich.

Dieser Gedanke schmerzte mich wie der Stich eines *axrekal*-Dorns.

Ich ballte die Fäuste. Ich konnte nicht hierbleiben. Sonst würde ich endgültig wahnsinnig werden.

Nur dass ich das vermutlich bereits war.

Mit unruhig zuckendem Schwanz verließ ich das Zelt. Ich entdeckte Vakal, der auf dem Weg zu seiner Behausung war, und rief ihn zu mir. „Ich kehre zu der abgestürzten Kreatur zurück", verkündete ich.

Vakal lief auf mich zu und hob den Schwanz, als er stehen blieb. „Möchtest du, dass ich dich begleite?"

Ich schnitt mit der Hand durch die Luft. „Nein."

Ich wollte allein sein. Eine Ruhepause von den anderen. Besonders von Chapman. Natürlich wurde das gefallene Wesen bewacht, wie ich es befohlen hatte, aber den langen Weg bis zur Absturzstelle würde ich ohne die Stimmen oder

Gesichter anderer verbringen. Keine bleichen Gesichter, die von flammendrotem Haar umrahmt waren ...

Nachdem ich mit Vakal gesprochen hatte, bereitete ich mein *irkdu* auf den Ritt vor und packte Fleisch und *valok* für einen Tag ein. Bis ich mein Ziel erreichte, würde die Sonne bereits untergehen. Ich stieg auf und trieb mein *irkdu* mit einem Schnalzen meiner Zungen an.

Es flog über die Ebene, hinaus ins weite Hügelland und schließlich in die offene Wüste. Ich hielt einen Speer bereit und hatte eine Klinge vom Rücken gezogen, falls mich irgendjemand oder -etwas angreifen sollte. Aber es wäre reichlich dumm, es in diesem Moment zu versuchen. Ich hätte mich fast darüber gefreut. Ich wollte etwas töten.

Der Ritt durch die Wüste erwies sich als ereignislos. Ich erreichte die abgestürzte Kreatur, als es Abend wurde und sich die Monde zu ihrem langen, gebrochenen Band aufreihten.

In der Dunkelheit sah es noch eigenartiger aus als bei Tageslicht. Es war nicht Teil dieses Landes, dieser Welt.

Ich saß ab, als sich mir die Wache namens Hakar näherte. Grüßend hob er den Schwanz. Ich brummte.

„Was führt dich her, mein Gahn?"

Es geht nicht um das, was mich herbringt, sondern um das, was mich wegtreibt. Fort von den Zelten und meinem Volk. Fort von allem, was ich kenne, weil ich es nicht ertragen kann, so nahe bei ihr zu sein und doch so weit entfernt ...

Ich sprach meine Gedanken nicht aus.

„Das geht dich nichts an", fauchte ich schließlich. Eine bessere Antwort konnte ich ihm nicht bieten und ich wollte

nicht, dass er weitere Fragen stellte. Ich wechselte das Thema. „Irgendwelche Hinweise, dass die *zeelk* sich rühren?"

„Nein, mein Gahn. Ich glaube, der Aufprall hat sie aus
dem Sand kriechen lassen. Nun ist es still und seitdem haben
sie sich nicht mehr gezeigt."

Das ergab Sinn. Mit einem Schnalzen meines Schwanzes
entließ ich Hakar und er kehrte wortlos an das zerstörte
Ende des Dings zurück. Da ich allein sein wollte, umrundete
ich es, bis ich mich auf der anderen Seite befand, nahe des offenen Bereichs, den wir bereits untersucht hatten.

Mein *irkdu* folgte mir und rollte sich im Sand zusammen, um sich auszuruhen, während ich mich erneut umsah.
Ich wusste nicht, warum oder wonach ich suchte. Vielleicht
nach Antworten. Oder nach Frieden.

Frieden. Solange Chapman Teil meiner Welt war, würde
ich ihn nie finden. Lächelnd bleckte ich die Zähne. Wie gut,
dass wir Krieger waren. Wir waren sowieso nicht so sehr auf
Frieden aus.

Ich hielt mich lange in der Struktur auf. Als ich endlich
entschied, zu den Zelten zurückzukehren, hatte die Nacht
die Welt bereits gierig verschlungen. Sosehr ich mich auch
von Chapman fernhalten wollte, drängte es mich gleichzeitig, in ihrer Nähe zu sein. Das abendliche Feuer würde bereits
niedergebrannt sein. Sie würde sich wieder mit den anderen
Frauen im Zelt der Heilerinnen aufhalten, vielleicht in neuer
Kleidung, aber vielleicht schlief sie auch nackt ...

Ich wollte dieser Fantasie gerade freien Lauf lassen, als
ich aus dem Augenwinkel bemerkte, dass mein *irkdu* sich erhob und nach etwas in den Dünen Ausschau hielt. Ich span-

nte mich an, griff nach Speer und Klinge und trat leise an seine Seite. Kamen weitere *zeelk*?

Ich öffnete den Mund, um nach Hakar zu rufen ...

... und klappte ihn sofort wieder zu.

Mein *irkdu* entspannte sich, ich hingegen nicht.

Die Kreatur, die sich mir näherte, würde mir nicht schaden, aber ich umfasste unwillkürlich meine Waffen fester. Erstaunen ließ mich jeden Muskel spannen. Ich konnte mich nicht erinnern, wann ich zuletzt Ehrfurcht empfunden hatte. Vielleicht vor der Macht meines Vaters, als ich noch ein Kind gewesen war. Bevor er dem Wahnsinn anheimgefallen war und ich ihm meine Klinge in den Körper gerammt hatte.

Die Lavrika. Ihre gestaltgewordene Manifestation näherte sich mir. Ihr Körper war gewaltig, länger als drei *irkdu*, und erinnerte an *valok*-Gel. Durch ihn hindurch konnte ich die sich windende Wirbelsäule und den dunklen Sand erkennen. Sie besaßen weder Arme noch Beine, nur einen langen, kräftigen Körper, der schimmerte wie die Sterne.

Die Wesenheit betrachtete mich aus wissenden Augen und hob den riesigen Kopf aus dem Sand. Dann kehrte sie um und glitt auf die Klippen von Uruzai zu, die sich in der Ferne als dunkles Band erhoben.

Sofort folgte ich ihr, angezogen von einer unsichtbaren Macht. Mein Herz jagte. Mir war vage bewusst, dass mein *irkdu* mir gehorsam folgte, während wir uns von der Absturzstelle entfernten. Auf die Klippen und mein Schicksal zu.

Die Lavrika würden mir das Gesicht meiner vom Schicksal erwählten Gefährtin zeigen. Damit würde sich mein Leben für immer verändern. Wen würde ich in den heiligen Teichen tief im dunklen Stein der Klippen sehen?

Unaufgefordert kam mir Chapman in den Sinn. Feuriges Haar, bleiche Haut und wütende Augen. Der reine Gedanke an sie war wie eine Klinge aus Schmerz. Ich betrachtete die Manifestation der Lavrika, als könnte ich an ihr ablesen, was ich tun sollte. Wen sie mir zeigen würden. An wen sie mich binden würden.

Vielleicht würden die Lavrika mir letztendlich doch schaden.

KAPITEL EINUNDZWANZIG
Chapman

„NACH WEM SUCHST DU?"

Ich verschluckte mich beinahe an dem Fleisch, auf dem ich herumgekaut hatte. Ich hustete, schluckte und vermisste es einmal mehr, jederzeit eine Flasche Wasser zur Verfügung zu haben. Dann räusperte ich mich und sah mich nach Melanie um, die zu meiner Linken am abendlichen Feuer saß. Sie beobachtete mich, ihr Blick wirkte dunkel und undurchdringlich. Das ging mir an die Nerven. Sie war ausgesprochen einfühlsam. Normalerweise hätte mir das nichts ausgemacht. Normalerweise hatte ich aber auch nichts zu verbergen.

Jetzt hingegen schon, wie es schien. Ich versuchte, die Tatsache zu verbergen, dass mein Blick den ganzen Tag zwischen den Zelten umhergestreift war, um nach dem Feind Ausschau zu halten. Ich hatte noch nicht ganz herausgefunden, warum. Es lag nicht daran, dass ich auf eine Wiederholung von letzter Nacht aus war oder so. Aber nachdem wir uns so … nahegekommen waren, fühlte es sich merkwürdig an, dass wir abgesehen von heute Morgen, als ich ihn nach neuer Kleidung gefragt hatte, keinerlei Kontakt gehabt hatten.

Ich trug die neuen Sachen inzwischen. Es handelte sich genau wie bei den anderen Frauen um Zivilistenkleidung. Heute Morgen waren wir wieder alle im Saunazelt gewesen und sich hinterher frische Sachen anzuziehen, hatte sich wie ein Luxus angefühlt.

„Wie kommst du darauf, dass ich jemanden suche?", fragte ich zögernd, wandte den Blick ab und starrte in die hellen Flammen. Die Krieger musterten uns über das Feuer hinweg, auf unserer Seite dagegen hatten sich die Frauen und Kinder versammelt.

Melanies Stimme wehte zu mir herüber. „Du musst mir nichts sagen. Ich möchte nur, dass du weißt ..." Sie zögerte und ich wandte mich ihr wieder zu. Ihre Miene wirkte weicher und nun war sie diejenige, die ins Feuer schaute. „Ich will nur, dass du weißt, dass du mir jederzeit Dinge erzählen kannst. Ich werde dich nicht verurteilen."

Ich musste mich zwingen, nicht zu lachen. Sie behauptete, sie würde mich nicht verurteilen, und vielleicht hielt sie das sogar für wahr. Aber sie hatte keine Ahnung, dass ich gestern Abend einem Alien, meinem Feind, erlaubt hatte, sich über mich herzumachen. Sie wusste nicht, wie gut es sich angefühlt hatte. Und wie verkorkst ich inzwischen war.

Ich musste verkorkst sein, oder? Das war man doch, wenn man so etwas mit einem Alien genoss? Mit jemandem, der nicht einmal zur eigenen Spezies gehörte?

Aber je mehr Zeit wir mit den Aliens verbrachten, desto mehr Ähnlichkeiten zeigten sich. In der Nähe beglückte eine

Frau ihr Kind auf dieselbe Weise, wie eine irdische Mutter es getan hätte, und die anderen Kinder lachten und spielten ebenfalls wie Menschenkinder. Sie waren eine Gemeinschaft. Sie benutzten Werkzeug. Und sie hatten eindeutig ähnliche Paarungsrituale wie Menschen.

Paarungsrituale. Oh Gott. Mein Gesicht brannte und das hatte nichts mit dem Feuer zu tun.

Um ganz ehrlich zu sein: Die Tatsache, dass sich der Feind so viel Zeit genommen hatte, meinen Körper zu verwöhnen, ohne selbst zum Zug zu kommen, erhob ihn über die meisten Männer, mit denen ich bisher zusammen gewesen war. Er war eindeutig kein Gentleman. Nicht einmal ansatzweise. Aber er hatte etwas an sich, irgendwo unter seiner wilden, harten Fassade. Etwas, das sich gezeigt hatte, als er die Jacke um meine Schultern zurechtgerückt hatte. Ich war mir nicht sicher, ob man es als Freundlichkeit bezeichnen konnte, aber es war ... etwas.

Etwas, das dazu führte, dass ich unbedingt mehr über ihn wissen wollte.

Mir ging auf, dass ich nicht auf Melanies Bemerkung reagiert hatte. Sie sah immer noch in die Flammen, der Feuerschein tanzte über ihre Züge.

„Das weiß ich zu schätzen", erwiderte ich steif, da ich nicht wusste, was ich sonst sagen sollte.

Ich hatte die anderen Frauen, meine Freundinnen, in den letzten Tagen besser kennengelernt als in den zwei Wochen auf dem Schiff. Aber ich war dennoch nicht bereit, einer von ihnen zu erzählen, was passiert war und wie verwirrt ich deshalb war. Soweit ich es mitbekommen hatte, war keiner von ihnen etwas Vergleichbares passiert. Theresa und ich waren die Einzigen, die für eine Weile von der Gruppe getrennt gewesen waren, und obwohl uns viele der Männer praktisch hinterhersabberten, waren sie normalerweise Tag und Nacht mit verschiedenen Aufgaben beschäftigt und hielten Abstand. Dafür war ich unendlich dankbar. Irgendetwas sagte mir, dass nicht jede die Avancen eines Aliens so willkommen heißen würde wie ich.

Auch wenn ich mich erst vor wenigen Minuten umgesehen hatte, konnte ich nicht anders, als erneut den Blick ums Feuer streifen zu lassen.

Ich frage mich, wo er ist. Vielleicht in seinem Zelt? Was sollte er dort tun?

Ich zuckte zusammen. Schnell zählte ich die Alien-Frauen durch und seufzte leise auf, als ich zu dem Schluss kam, dass keine fehlte.

Würde es dich stören, wenn sowohl er als auch eine Frau fehlen würde? Wenn sie sich gemeinsam zurückgezogen hätten?

Ich beantwortete die stumme Frage mit einem Zähneknirschen. Das hier war nicht die Highschool und ich hatte nie zu den Mädchen gehört, die wegen eines Jungen die Nerven verloren. Ich musste mich zusammenreißen und mich auf meine Freundinnen konzentrieren. Auf unser neues Leben hier, solange es auch andauern mochte.

Die Frage, wie lange wir hierbleiben würden, nagte an mir und damit war ich eindeutig nicht die Einzige. Nach dem Abend kehrten wir Menschen begleitet von drei Kriegern und Kalla zurück zu unserem Schlafbereich, als Theresa sich hinter mir zu Wort meldete.

„Glaubst du, sie werden kommen und uns holen?"

Ich blieb stehen und sah mich nach ihr um, sobald mir bewusst wurde, dass sie mit mir gesprochen hatte.

„Ja, du warst Teil der Mission. Du musst doch wissen, wie die Arschlöcher ticken und was sie jetzt unternehmen werden", fügte Kat hinzu.

Ich lachte spröde auf und ging weiter. Wir waren fast am Zelt angekommen.

„Nicht wirklich", antwortete ich bitter. „Ich habe praktisch zur Security gehört. Angeheuerte Schläger. Ich wusste gerade genug, um meinen Job zu erledigen. Genau wie euch hat man mich über vieles im Dunkeln gelassen. Der erste Punkt war die Tatsache, dass man euch entführt hat."

„Aber hast du eine Vorstellung? Wenn du raten müsstest, würdest du sagen, dass sie uns suchen werden?", drängte Theresa.

Ich wusste die Antwort sofort. „Nein. Werden sie nicht."

Ich hörte, dass Theresa ein Schluchzen unterdrückte, und hielt die Zeltklappe für sie auf, damit sie gefolgt von den anderen hineingehen konnte. Jemand entzündete eine der kleinen Kerzen aus getrockneten Kakteen, die die Aliens hier aufbewahrten, indem sie zwei Feuersteine aneinanderschlug und einen Funken erzeugte.

„Lasst mich deutlicher werden", sagte ich, während ich aus meiner brandneuen Jacke schlüpfte. Auch wenn ich nachts nicht unbedingt auf sie angewiesen war, wurde es doch recht frisch, sobald die Sonne untergegangen war. Insofern war ich froh, sie zu haben. „Sie werden nicht zurückkommen, um uns zu retten. Das wäre Ressourcenverschwendung. Aber ich bin mir ziemlich sicher, dass irgendwann eines der Forschungsschiffe in den Orbit zurückkehren wird, um mit uns zu kommunizieren und unsere Fortschritte zu prüfen. Aber wenn sie erst sehen, was mit der *SS Trailblazer* passiert ist, bezweifle ich, dass sie landen werden. Letztendlich hängt es davon ab, was sie sich eigentlich von diesem Planeten versprochen haben. Ob es die Mühe wert ist, eine zweite Expedition auszurichten. Wenn ja und wenn nicht alle ums Leben kommen sollten, werden sie uns vielleicht wieder mit zurücknehmen."

Melanie ließ sich schwer zu Boden sinken und sah zu mir hoch. „Glaubst du das wirklich?", fragte sie. „Dass sie uns nach allem, was wir durchgemacht haben, retten werden? Nach allem, was wir gesehen haben? Nachdem sie uns entführt und unter Drogen gesetzt haben?"

Sie hatte mich durchschaut. Schon wieder.

Nein, auch ich glaubte nicht an den letzten Teil meiner Erklärung. Ich konnte mir nicht vorstellen, dass sie uns nach all der Geheimhaltung um diese Mission zur Erde zurückbringen würden. Falls es je wieder zu einer bemannten Expedition kommen würde, würde es nur darum gehen, die chemische Verbindung oder das Material zu finden, das man von Anfang an hatte studieren wollen.

Mir wurde schwer ums Herz, als mir bewusst wurde, dass es realistisch betrachtet zu ihren Aufgaben gehören könnte, uns zu töten, damit wir keine Probleme verursachten.

Und das galt auch für die Aliens dieses Clans.

Ich musste die aufsteigende Übelkeit herunterschlucken. Sobald man an Bord des Forschungsschiffs begriff, wie gefährlich dieser Planet war, würde man entweder aufgeben oder beim nächsten Mal mit gezogenen Waffen anrücken.

Sie würden auch eine Atombombe abwerfen, wenn sie so bekommen konnten, was sie wollten. Das war schon einmal geschehen, und zwar auf unserem eigenen verdammten Planeten.

Meine Abscheu vor der Erde und dem, was wir getan hatten, kehrte mit ganzer Macht zurück. Die Vorstellung, dass diese Leute wegen uns in Gefahr sein könnten, wegen der Menschheit, konnte ich einfach nicht ertragen. Wenn morgen die Army auf den Plan treten und mir Befehle erteilen würde – die Army, der ich mein Leben gewidmet hatte, die Army, für die mein Vater gestorben war –, würde ich nicht gehorchen. Das wusste ich jetzt schon. Ich würde sie mit aller Kraft bekämpfen.

Zu der Rettung, auf die einige der Frauen hofften, würde es nicht kommen. Unsere einzige Hoffnung war, dass es auch nicht zu dem Szenario kam, das sich gerade in meinem Kopf abgespielt hatte.

Melanies Stimme durchschnitt meine Gedanken. Ich hatte ihre Frage nicht beantwortet, dennoch füllten ihre Worte die Stille. „Ich hoffe, sie kommen nie wieder."

Einige der Frauen keuchten auf und Theresa schlug schockiert die Hand vor den Mund. „Was redest du denn da? Das kann nicht dein Ernst sein!"

Melanies Züge wurden hart. „Unsere eigenen Leute haben uns benutzt. Haben uns zum Sterben hergeschickt. Die Aliens dagegen waren immer hilfsbereit, obwohl wir ihnen im Gegenzug nichts anbieten können."

Ich errötete, als mir einfiel, wie ich die Beine für die Zungen des Feinds geöffnet hatte. *Na ja, einige von uns haben mehr gegeben als andere ...*

„Sie hat recht", warf Kat scharf ein. „Ich würde ihnen nicht trauen, selbst wenn ein Schiff von der Erde auftauchen würde, um uns zu holen. Wir müssen uns darauf konzentrieren, wie wir hier und jetzt überleben können."

Manche nickten, andere wirkten am Boden zerstört. Ich wusste, dass keine von uns eine Familie auf der Erde hatte, zu der sie zurückkehren könnte. Man hatte für diese Mission bewusst Frauen ausgesucht, die wenig oder gar keine sozialen Verbindungen hatten. Aber es war dennoch schwierig, die Vorstellung, irgendwann nach Hause zurückzukehren, einfach aufzugeben.

„Wir müssen darüber jetzt nicht im Detail nachdenken", sagte ich und setzte mich. „Warum legen wir uns nicht hin und versuchen, ein bisschen zu schlafen?"

Nach und nach schlossen sich alle Melanie und mir auf dem Boden an, streckten sich aus und verwendeten ihre nicht benötigte Kleidung als Kissen. Die Aliens hatten uns Tierhäute als Deckenersatz angeboten und auch, wenn sie nicht perfekt waren, war es auch nicht furchtbar, unter ihnen zu schlafen.

Ich rollte mich auf die Seite, ballte meine neue Solarschutzjacke unter dem Kopf zu einem Kissen zusammen und fragte mich, was aus der Jacke geworden war, die der Feind mir gestern um die Schultern gelegt hatte. Nur um sie mir gleich wieder auszuziehen.

Wo ist er?

Seine Abwesenheit hätte mir nicht so zu schaffen machen sollen, aber aus irgendeinem Grund tat sie es. Es dauerte lange, bis ich einschlafen konnte, und als ich es tat, dachte ich an ihn.

Egal, wie sehr ich mich dagegen wehrte.

KAPITEL ZWEIUNDZWANZIG
Fallo

AUF DEM RÜCKEN MEINES *irkdu* brauchte ich nicht lange, um die Klippen von Uruzai zu erreichen. Ähnlich wie die Steinwälle hinter unserem Lager erhoben sie sich fast höher, als man sich vorstellen konnte, in den Nachthimmel. Trotzdem unterschieden sie sich von den unsrigen. Eine der Eingänge dieser Klippen führte zu den Höhlen der Lavrika mit ihren heiligen Teichen.

Die Manifestation der Lavrika hatte mich zu jenem Eingang geführt und war anschließend im dunklen Wall der Klippen verschwunden. Ich sprang vom *irkdu* und rannte ihr nach. Die Lavrikala, eine der Wächterinnen der Lavrika, trat für mich beiseite.

Ich wollte gerade an ihr vorbeigehen, als sie eine Bemerkung machte, die mich innehalten ließ. „Ein weiterer Gahn. Das ist wirklich vielversprechend. Du bist bereits der Zweite, den die Lavrika in den letzten Tagen zu sich gerufen haben."

Ich verbiss mir ein Knurren, als sich die Härchen in meinem Nacken sträubten. Ein anderer Gahn war vor mir hier gewesen? Es konnte sich nur um Gahn Buroudei handeln. Er war vor Kurzem hier gewesen. Er hatte das Gesicht seiner Gefährtin gesehen, vielleicht einer der neuen Frauen. War er nicht bereit gewesen, als sie aufgetaucht waren? Und hatte er nicht eine von ihnen mit sich genommen? Eine einzige Frau?

Die Lavrikala sagte nichts mehr und ich riss mich von ihr los, um in die Finsternis der Klippen vorzustoßen. Ich folgte dem engen Tunnel, bis ich die Grotten erreichte. Ich war noch nie hier gewesen, war noch nie von den Lavrika gerufen worden. Bis jetzt.

Der Ort war voller glühender milchweißer Teiche, die in der Dunkelheit der darüber hinaus unbeleuchteten Höhle schimmerten. Ich sah die schlangenartige Kreatur in den größten Teich gleiten, direkt zu meinen Füßen.

Ich legte Waffen und Lendenschurz ab. Von meiner letzten Klinge trennte ich mich mit einer gewissen Bitterkeit. Ich war es nicht gewöhnt, unbewaffnet irgendwo hinzugehen. Aber selbst ich, der Irre Gahn, wusste, dass man nicht mit einer Klinge in einen heiligen Teich stieg.

Ich atmete tief durch, dehnte jeden Muskel und bleckte die Zähne, während ich mich dafür wappnete, dass sich mein Leben für immer verändern würde. Ich peitschte mit dem Schwanz und breitete die Arme aus, um das Schicksal herauszufordern, mich zu finden. Schließlich ging ich in die Hocke und stürzte mich nach vorn. Mit dem Kopf voran in den Teich.

Schnell sank ich hinunter. Ich verlor die Orientierung. Ich wusste nicht, wo oben und unten war. Es war nicht wichtig. Ich trieb im unüberschaubaren, grellen Weiß.

Aber ich sah nichts. Nur das endlose Wabern.

„Lavrika!", rief ich in die weiße Endlosigkeit, fest entschlossen, um mein Schicksal zu kämpfen. „Zeigt mir, warum ihr mich hergebracht habt!"

Vielleicht war ich zu fordernd. Aber ich war es nicht gewohnt, zu warten. Mein Herz schlug in meiner Brust wie eine Trommel. Meine Haut fühlte sich an, als würde sie unter der Wucht der Schläge aufreißen.

Was, wenn ich Chapmans Gesicht sehe?

Was, wenn nicht?

Aufheulend schlug ich mit dem Schwanz. Diese Qual musste enden. Entweder ich sah ein anderes Gesicht als ihres und vergaß sie. Oder ich sah sie, machte sie zu meiner Gefährtin und beendete so mein Leid. Diese schmerzliche, unerwiderte Begierde.

Da ist etwas!

Ich bemerkte, dass die zarten Umrisse eines Gesichts vor mir erschienen waren. Eine Zeit lang blieben sie formlos und ich war fast bereit, die Lavrika zu verfluchen, als ich es plötzlich sah. Rot. Leuchtendes, wunderschönes, furchterregendes Rot. Haare so rot wie Flammen, die ein ausdrucksstarkes, blasses Gesicht umgaben. Chapmans Gesicht.

Ich öffnete den Mund zu einem stummen Schrei. Ob aus einem Gefühl des Triumphs oder der Resignation wusste ich nicht.

Bevor ich mehr tun oder etwas sagen konnte, spürte ich, wie sich etwas kraftvoll um meine Taille legte und mich aus dem Teich warf. Es gelang mir gerade noch, meinen Sturz auf den Stein abzufangen.

Hastig zog ich mich an, befestigte die Waffen auf meinem Rücken und als ich erkannte, dass die Lavrika keine

Verwendung mehr für mich hatten, lief ich hinaus in die Nacht. Ich sprang auf mein *irkdu* und trieb es, ohne einen weiteren Gedanken zu verschwenden, den Weg zurück, den wir gekommen waren.

Ich hatte eine Gefährtin. *Eine Gefährtin!* Eine Gahnala für den Clan. Eine Mutter für zukünftige Junge.

Das hätte ich nie gedacht. Vielen meiner Männer erging es ähnlich. Sie hatten sich damit abgefunden, ein Leben ohne Gefährtin zu führen. Aber die Lavrika hatten mich gerufen und mir eine der neuen Frauen gezeigt. Das bedeutete, dass wir uns mit ihnen vereinigen konnten. Sie waren nun unweigerlich mit uns verbunden. Unsere Zukunft hatte sich mit der ihren verflochten, wie wir die Fasern des *peet*-Grases zu einem starken Stoff verwebten.

Während ich durch die Wüste jagte, kämpfte ich gegen den Ärger an, dass Buroudei bereits vor mir eine Vision seiner Gefährtin bekommen hatte. Mit Sicherheit hatte er sie längst für sich beansprucht. *Die verbliebenen Frauen müssen meinen Männern zugesprochen werden.* Aber wie sollte ich das sicherstellen? Nur die Lavrika konnte das heilige Band erwecken.

Das heilige Gefährtenband. Meine Wut auf Buroudei verwandelte sich in flüssige Hitze, als ich mir vorstellte, wie Chapman sie erleben mochte. Sie war mit keiner anderen Verbindung unseres Volks zu vergleichen. Das heilige Band zeigte sich als tiefes Verlangen, als Bewunderung, als Drang, den eigenen Gefährten über alles andere zu stellen. Wie sehr würde sie mich verehren und wie gern würde sie meine Härte in ihrer süßen Körpermitte willkommen heißen, wenn ich zu ihr zurückkehrte.

Mit einem Lächeln hob ich feierlich meinen Speer und trieb mein Reittier zu noch größerer Eile an. Ich konnte es nicht mehr erwarten.

Die Sonne ging auf. Die Monde verschwanden hinter dem Horizont. Das Licht wurde glänzend von den Knochen des gefallenen Wesens zurückgeworfen. Bald würde meine Tagwache erscheinen, um Hakar abzulösen. Aber als ich vorbeiritt, bemerkte ich einen neuen Geruch in der Luft, der mich mein *irkdu* abrupt anhalten ließ. Der Geruch des Bluts eines Kriegers. Eines Kriegers des Sandmeers.

Ich wendete mein *irkdu*. Je näher ich der Absturzstelle kam, desto stärker wurde der Geruch. Ich sprang in den Sand, umrundete die Knochen und suchte nach der Quelle des Blutgeruchs.

Und da war sie. Hakar lag leblos im Sand. Sein Blut hatte den Boden um ihn schwarz verfärbt. Ich kauerte mich neben ihn, um ihn zu untersuchen. Dies war das Werk eines anderen Kriegers. Die *zeelk* oder eine *krixel* hätten seinem Körper mehr Schaden zugefügt und sein Fleisch nicht zurückgelassen. Nein, dies war das Werk von Klingen. Den Klingen eines Kriegers.

Buroudei.

Tief in meinem Innern wusste ich es. Wenn es nicht Buroudei selbst gewesen sein sollte, dann einer seiner Männer. Sein Territorium lag am nächsten, direkt hinter den Kippen von Uruzai, und er war der einzige andere Gahn, der von dem vom Himmel gefallenen Ding und den neuen Frauen wusste.

Also hatte er hier herumgeschnüffelt. Und dabei meine Wache getötet. Einen Mann meines Clans. Reiner Hass regte sich in mir und in stillem Zorn hob ich Hakars Leiche auf mein Reittier.

Nun hatte ich einen weiteren Grund, nach Hause zu eilen: um mich auf die Schlacht vorzubereiten.

Dieser kriegerische Akt konnte nicht unbeantwortet bleiben. Buroudei hatte kein Recht gehabt, hier draußen meinen Mann zu töten. Formal gesehen handelte es sich nicht um mein Clangebiet, die offene Wüste und die Klippen von Uruzai waren neutrales Territorium. Aber das abgestürzte Ding gehörte *mir*. Meine Gefährtin hatte sich aus seinen Tiefen erhoben. Meine Männer hatten es bewacht. Er hatte kein Recht dazu gehabt.

Als mein *irkdu* über die Dünen flog und Hakars leblose Gestalt in meinem Schoß erzittern ließ, kamen mir zwei meiner Patrouillen entgegen. Als sie das Blut rochen, zogen sie das Tempo an.

„Das war Buroudei, ich bin mir ganz sicher", fauchte ich und deutete auf Hakar.

Ankrolok und Bankor zischten und zeigten die Zähne.

„Seid besonders aufmerksam während eurer Wache", befahl ich. „Vielleicht kommt er mit seinen Männern zurück. Wenn ihr seht, dass sie sich unserem Gebiet nähern, stellt euch ihnen nicht zum Kampf. Kehrt sofort zum Lager zurück und erstattet mir Bericht, damit wir uns vorbereiten können."

Sie hoben befehlsbereit die Schwänze und eilten an die Arbeit. Selbst wenn sie während ihrer Patrouillen nichts entdecken sollten, würden wir uns wappnen. Buroudeis Verhalten war nicht tragbar. Es würde zu einer großen Schlacht kommen, in der ich ihn endlich töten und Anspruch auf die fremden Frauen erheben würde.

Und was, wenn die Lavrika Krieger aus Buroudeis Clan oder einem der drei anderen zu Gefährten der neuen Frauen erklären?

Ich verdrängte den Gedanken. Das würde nicht geschehen. Durfte nicht geschehen. Nicht, solange ich Gahn war.

Ich kochte auf dem Ritt nach Hause vor brennendem Zorn, die Stille nährte seine Flammen. Auf dem Weg zum Lager traf ich eine der Jagdgruppen. Als ich mich den Zelten näherte, schäumte ich vor Wut und peitschte mit dem Schwanz gegen mein Reittier.

Meine Jäger waren mir gefolgt und kaum, dass wir das Lager erreichten, verließen Frauen und Kinder die Zelte, um mich zu begrüßen. Auch die fremden Frauen kamen nach und nach aus dem Zelt der Heilerinnen. Ich konnte sie nicht anschauen, nicht jetzt. Ich konnte Chapman nicht ins Gesicht sehen. Sobald ich es täte, würde nichts außer ihr für mich existieren. Ich musste mich an meine Aufgabe halten.

Mit einem wilden Schrei sprang ich mit Hakars Leiche in den Armen vom *irkdu*. „Gahn Buroudei hat das getan", schrie ich der Menge entgegen. „Er hat einen der unseren auf seinem Posten angegriffen und ihn auf neutralem Boden erschlagen. Er hat sich eine der neuen Frauen als Gefährtin genommen und könnte sich darauf vorbereiten, weitere zu holen!"

Überraschtes Schnalzen und Flüstern lief durch die Gruppe.

„Wir bereiten uns auf den Kampf vor", fuhr ich fort. „Falls Buroudei uns nicht selbst angreift, werden wir zu ihm ziehen!"

Mehrere Kriegsschreie erhoben sich. Die Männer um mich herum zogen die Waffen und schlugen kräftig mit den Schwänzen. Der Gesang des Krieges erfasste mich und gab mir das Gefühl, unverwundbar zu sein. Für alles bereit.

Und doch war ich nicht bereit für *dies*.

Das heilige Gefährtenband ergriff endgültig von mir Besitz, als ich Chapman erblickte.

Sie hatte sich durch die Gruppe neuer Frauen gedrängt und stand nun mit verschränkten Armen und in jener seltsamen Haltung vor mir, die ich schon einmal beobachtet hatte. Sie hatte sich die Kapuze aufgesetzt, aber nicht so weit nach vorn gezogen, dass ich ihr Gesicht nicht erkennen konnte.

Mir war klar, dass ich auch zuvor schon merkwürdige und starke Empfindungen für sie gehabt hatte. Aber nun kam es mir vor, als hätte sich jedes Gefühl für sie um ein Vielfaches verstärkt. Sie wüteten in meinem Körper und ließen mich sprachlos, sogar beinahe atemlos zurück, während ich sie ansah. Und doch, ihre Miene veränderte sich nicht. Nicht im Geringsten. Sie musterte mich, wie sie es immer getan hatte. Abschätzend. Vorsichtig. Trotzig.

Wo war die verzweifelte Liebe, die sie überfallen sollte? Warum wollte ich jede Waffe an meinem Körper fallen lassen und alles außer ihr vergessen, während sie mich weiter mit verschränkten Armen ansah?

Ich hatte jetzt keine Zeit, darüber nachzudenken. Wir hatten Vorkehrungen zu treffen.

Auch wenn es mich körperlich schmerzte, mich abzuwenden, tat ich es und bellte den Männern Befehle zu. Gegen Abend würden die anderen zurückkehren, aber ich würde sie sofort wieder losschicken müssen. Wir würden jeden einzelnen Mann brauchen, um das Gebiet zu überwachen und das Lager zu verteidigen, falls Buroudei angreifen sollte. Er hatte nicht ansatzweise so viele Krieger wie ich, aber er war immer noch ein eindrucksvoller Gegner. Keine Vorbereitungen zu treffen, wäre fahrlässig.

Abgesehen davon gab es nun etwas Heiliges in meinem Leben, das geschützt werden musste.

KAPITEL DREIUNDZWANZIG
Chapman

„OH GOTT", HAUCHTE KAT an meiner Seite angesichts der Leiche in den Armen des Feinds. Zu meinem Ärger hatte mein Herz schneller geschlagen, als er aufgetaucht war, aber sobald ich den Toten bemerkt hatte, war das Adrenalin gewichen und von Grauen ersetzt worden. *Wieder eines der Krabbenmonster? Oder das Fledermausvieh?*

Aber nein. Ich glaubte nicht, dass eines dieser Ungeheuer seinen Körper so unversehrt gelassen hätte. Er schien nur eine Wunde an der Brust zu haben, eine zweite an der Kehle.

Das war kein Tier, sondern ein vernunftbegabtes Wesen. Der Feind?

Ich hatte ihn sofort im Verdacht. Ich hielt ihn durchaus für fähig, einem Mann die Kehle durchzuschneiden. Warum, konnte ich nicht sagen. Aber die Art und Weise, wie er den Toten trug – als handelte es sich um einen gefallenen Kameraden –, ließ mich glauben, dass er es nicht gewesen war. Und wenn nicht er, dann musste es jemand anders gewesen sein.

Diese Aliens waren eindeutig territorial veranlagt und ein wenig waffenvernarrt, aber soweit ich es bisher beobachtet hatte, arbeitete der Clan ziemlich gut zusammen. Der Einzige, der sich anderen Männern gegenüber je aggressiv gezeigt hatte, war der Feind.

„Ich glaube, jemand hat ihn getötet", sagte ich leise. „Jemand von einem anderen Clan." Mir fiel der einzelne Krieger ein, der Celia entführt hatte.

„Von einem anderen Clan?" Kat riss die Augen auf.

„Ja. Keine Ahnung, wie viele es dort draußen gibt, aber es muss definitiv mehr als diesen geben. Celia ist irgendwo anders hingebracht worden, weißt du noch?", erinnerte ich sie.

Bei der Erwähnung ihrer Freundin wurde Kats Blick hart. Die Linguistin Celia, die von uns getrennt worden war, war auf dem Schiff ihre Mitbewohnerin gewesen.

„Oh, ja, das weiß ich noch", erwiderte sie finster.

„Was glaubt ihr, was jetzt passiert?", flüsterte Theresa und ich richtete meine Aufmerksamkeit wieder auf die Szene vor uns.

Der Feind rief etwas, tigerte hin und her, und die Männer erwiderten seinen Schrei, schlugen mit den Schwänzen und hoben die Waffen. Das gefiel mir nicht.

Das sah nach Krieg aus.

„Ich bin mir nicht sicher", sagte ich langsam. „Aber was immer hier vorgeht, ich glaube, es ist nichts Gutes."

Warum konnten nicht einfach mal ein paar ruhige Tage verstreichen? War das auf diesem Planeten zu viel verlangt? Es hatte mit dem Angriff der Krabben begonnen, gefolgt von Theresas Verschwinden und ihrer Rettung und schließlich dem wilden Alien-Oralsex, den ich gedanklich immer noch nicht verarbeitet hatte. Und jetzt das. *Bei diesem Tempo werde ich die Situation nie in den Griff bekommen,* dachte ich resigniert.

Zwei Männer nahmen dem Feind gemeinsam mit Bokeelie den Toten ab, die Krieger zerstreuten sich. Der Feind richtete den Blick auf mich und ich versteifte mich unter seiner Hitze. Seine Miene wirkte verändert. Etwas Tiefgründigeres hatte sich darin eingefunden. Irgendetwas in seinen fremdartigen Augen hatte sich verlagert, das ich nicht genau benennen konnte. Es weckte in mir das Bedürfnis, auf ihn zuzustapfen und ihn zu befragen.

Gott, alles wäre so viel leichter, wenn wir nur dieselbe Sprache beherrschen würden. Ich bedauerte den Verlust von Celia mehr denn je, auch wenn ich mir nicht vorstellen konnte, in diesem Moment ihre Fähigkeiten als Übersetzerin für mich zu nutzen.

Zum einen wusste ich, dass ihr Wissen über die fremde Sprache sehr begrenzt war. Zumindest auf dem Schiff war das der Fall gewesen. Und zum anderen ... Wie genau sollte ein solches Gespräch ablaufen? *Celia, würdest du bitte den großen Kerl da fragen, warum er mir die Klamotten runtergerissen und mich geleckt hat, bis ich im wahrsten Sinne des Wortes ohnmächtig geworden bin?*

Ja, klar.

Irgendwie ahnte ich, dass ich auch dann nicht viel erreichen würde, wenn ich mit ihm reden könnte. Er wirkte nicht unbedingt wie der Typ Mann, der über seine Gefühle redete. Und ehrlich gesagt ging es mir nicht anders.

Wir geben ja ein feines Paar ab, dachte ich säuerlich, als der Feind endlich den Blick von mir abwandte und mit angespannten Schultern und peitschendem Schwanz davonschritt.

Ich sah ihm nach, bis er zwischen den Zelten verschwand. Dann kehrte unsere kleine bunt gemischte Gruppe Menschlein in unsere bisherige Unterkunft zurück. Wir widmeten uns der Aufgabe, die man uns für heute aufgetragen hatte: dem Zusammennähen langer Streifen Tierhäute. Offenbar war es nicht länger vorgesehen, dass wir uns in dem großen Zelt zusammenrotteten, und wir mussten uns ein eigenes bauen. Ich hatte kein Problem damit. Ich hatte mich noch nie vor Arbeit gedrückt, um mir meinen Lebensunterhalt zu verdienen. Abgesehen davon handelte es sich bei unserer jetzigen Unterkunft eindeutig um ihr Lazarett. Es mochte eine Zeit kommen, in der unsere Anwesenheit hier Probleme nach sich ziehen würde, weil wir im Weg waren.

Ein paar der Alien-Frauen leisteten uns Gesellschaft; unter anderem Kalla und Bokeelie, dazu einige der anderen mit ihren Kindern. Inzwischen kannten wir ihre Namen und auch die der unleugbar niedlichen Kinder, die alle ein wenig wie Kängurus aussahen und von uns fasziniert waren.

Während ich mich auf meine Arbeit konzentrierte, kam Bokeelies kleiner Junge Awal zu mir, um mir über die Haare zu streichen. Es war nicht das erste Mal. Ihre Farbe schien ihn zu faszinieren und er blieb an meiner Seite und tätschelte mich, bis seine Mutter mit den Zungen schnalzte, um ihn wegzuschicken.

Lächelnd widmete ich mich wieder der Arbeit. Ich nähte und das ziemlich mies. Na ja, zumindest insofern, dass alles schief und krumm war, aber die Stiche selbst, die ich mit einer geschnitzten Knochennadel und sehr dünnen Hautstreifen in Ermangelung eines Fadens gesetzt hatte, waren ausreichend stark. Sie würden halten. Und ich bekam Unterstützung von den Frauen, die mehr Erfahrung im Nähen hatten als ich. Theresa und überraschenderweise auch Kat waren extrem gut und sie unterrichteten uns Ungeschickte gemeinsam mit einigen der anderen und den Alien-Frauen.

Auch, wenn wir erst seit Kurzem hier waren und bereits genug Dramen hinter uns hatten – mehr als genug, um genau zu sein –, begannen wir uns allmählich gegenseitig zu verstehen und waren in eine gewisse Routine verfallen. Der heutige Tag war ausgesprochen ruhig verlaufen, zumindest, bis der Feind mit der Leiche aufgetaucht war, aber davor hatten wir ein Gefühl dafür bekommen, wie der Alltag aussah, besonders für die Frauen.

Während die Männer auf der Jagd waren, Wache standen oder auf Patrouille gingen, weideten die Frauen die Beute der Jäger aus, kümmerten sich um die Kinder und hielten das Lager so sauber, wie es ohne fließendes Wasser möglich war. Jeden Morgen zogen sie die gegerbten Häute der Betten und verschmutzte Kleidung hinaus in die Sonne und schlugen sie mit Knochenklopfern aus, bevor sie die Flecken mit dem reinigenden Kaktusgel und etwas Sand ausrieben. Das Ergebnis waren Bettzeug und Kleidung, die vielleicht nicht gerade nach Waschmittel rochen, aber auch nicht stanken.

Die Frauen schienen sich untereinander gut zu verstehen und soweit ich es erkennen konnte, wurden sie von ihren Ehemännern sehr verehrt. Falls diese Kultur denn überhaupt das Konzept eines Ehemanns kannte. Aber es war offensichtlich, dass die Frauen mit ihren Männern monogame Beziehungen führten und als Familie zusammenlebten.

Wir hatten jedoch noch nicht herausgefunden, warum es im Vergleich zu den Männern nur so wenige Frauen gab, aber das schien keinen finsteren Hintergrund zu haben. Die Frauen wurden gut behandelt.

Ich dachte an den Feind. Daran, wie er mir die Jacke um die Schultern gelegt hatte, nur um anschließend mit den Zungen über meine Pussy herzufallen, und lief rot an. Und dann fiel mir wieder ein, wie er mir bei unserer ersten Begegnung die Hand um die Kehle gelegt hatte, und wurde sauer.

In meinem Ärger verhaspelte ich mich bei der Arbeit und stach mir mit der Spitze der scharfen Knochennadel in die Fingerkuppe. Zischend riss ich die Hand zurück, damit ich die Tierhaut nicht vollblutete, dann musterte ich die Wunde. Sie war überraschend tief und ich sah zu, wie das erste Blut hervorquoll und am Finger entlangrann.

Dieser Anblick ließ mich in Gedanken zu den Klippen zurückkehren. Zurück zum Blut des Feinds, das ihm über die Haut strömte, nachdem er sich die Klinge gegen die Brust gedrückt hatte. Der Kerl war verrückt, so viel stand fest.

Also warum wünschte ich mir in diesem Augenblick, dass er bei mir war?

Wenn er es wäre, hätte er vermutlich etwas Seltsames getan, wie mir das Blut vom Finger zu lecken.

Der Gedanke löste sowohl leichte Erregung als auch leisen Widerwillen in mir aus. Stirnrunzelnd drückte ich den Daumen auf die Wunde, um die Blutung zu stillen.

Bokeelie bemerkte, was ich tat, und entnahm einem halb im Sand vergrabenen Gefäß etwas von der leuchtenden Heilsalbe. Sie tupfte sie mir auf die Fingerspitze. Beinahe sofort ließ der Schmerz nach. Lächelnd nickte ich ihr zu.

„Danke, Bokeelie." Sie erwiderte mein Lächeln und die schimmernden Funken in ihren Augen, die denselben goldenen Kupferton aufwiesen wie der Sand, wirbelten umher. Alle Aliens, die ich bisher aus der Nähe gesehen hatte, hatten goldene, kupferne oder bronzene Flecken in den Augen.

Alle bis auf einen.

Im Ernst mal, was für ein Typ hat eigentlich rote Augen?

Ich drückte den Daumen wieder auf die Wunde und ließ die leuchtende milchige Substanz ihre Arbeit verrichten. Das Pulsieren ließ zunehmend nach. Kurz darauf war kaum noch etwas zu spüren und als ich den Daumen hob, war anstelle des Lochs nur noch glänzende, rosige Haut zu sehen. Es war schockierend. Und absolut fantastisch.

„He, ihr, habt ihr eine Ahnung, was für ein Zeug das ist?", fragte ich an die Frauen gewandt und wedelte mit dem Finger. „Das milchige Zeug. Die Heilsalbe", wurde ich deutlicher.

„Keinen Schimmer, aber ich würde es mir gern mal im Labor anschauen", sagte Kat und sah sehnsüchtig zu, wie Bokeelie das Gefäß wieder im Boden versenkte. *Stimmt ja.* Kat war eine Art Wunderkind auf dem Gebiet der Chemie. Nicht, dass uns das viel nützen würde. Wir hatten sogar ein Labor, aber es befand sich an Bord unseres zerstörten Schiffs inmitten eines von Krabben verseuchten Landstrichs. Vermutlich wäre es nicht sinnvoll, sich dorthin zu begeben, nur um die Molekularstruktur der leuchtenden Milch näher zu erkunden.

„Was immer es sein mag, es ist großartig", sagte ich und strich über die geheilte Haut. Dann widmete ich mich wieder meiner Arbeit.

Der restliche Nachmittag verging relativ friedlich, aber es lag unzweifelhaft eine gewisse Anspannung in der Luft, ein energetisches Pulsieren, das alles umfasste. Die Männer konnten kaum stillstehen, wenn sie in der Nähe waren, und die Frauen schienen die Kinder besonders gut im Auge zu behalten. All das hatte mit dem Toten zu tun, den der Feind nach Hause gebracht hatte. Ich war mir ganz sicher.

Sie scheinen irgendetwas zu erwarten. Einen Angriff. Die Vorstellung war hässlich. Ich wollte nicht erleben müssen, wie irgendjemand im Lager getötet wurde. Nicht, wenn es sich verhindern ließ.

Ich wünschte mir verzweifelt eine verdammte Pistole.

Aber ohne Schusswaffe wäre ich im Kampf gegen so große und starke Aliens nutzlos. Ich sagte mir, dass es als ranghöchste Offizierin unter den Menschen meine Aufgabe wäre, auf die meinen aufzupassen und ihre Sicherheit zu gewährleisten. Aber fürs Erste schien alles in Ordnung zu sein.

Bis zum abendlichen Feuer jedenfalls. Dann brach die Hölle los.

Wie üblich saßen wir Menschen zusammen, aßen angekokeltes Fleisch und tranken Kaktusgel. Andere Nahrungsmittel schienen hier nicht auf dem Speiseplan zu stehen. Ohne es zu wollen, huschte mein Blick immer wieder zu dem Platz, der für den Feind reserviert war, aber er erschien nicht zum Essen. Aus irgendeinem Grund hatte ich deshalb schlechte Laune, riss mir gereizt ein großes Stück Fleisch ab und zermalmte es zwischen den Zähnen.

Doch mein alberner Ärger war vergessen, als die ersten Warnrufe zwischen den Zelten erklangen. Sofort spannte ich mich an, machte mich klein und legte die Arme um Theresa und Melanie neben mir. Ich zog sie mit mir zu Boden, während ich mich umsah und abzuschätzen versuchte, was vor sich ging.

Die Alien-Frauen, die bei uns gesessen hatten, sprangen auf und zerrten die Kinder zu den Zelten, und ein Krieger kam mit peitschendem Schwanz auf uns zugerannt. Eine Frau namens Vola – sie gehörte zu den wenigen ohne Mann und Kinder – bemerkte, dass wir in unserer Verwirrung nicht aufgestanden waren, und kehrte zu uns zurück. Sie packte Serena am Arm und zog daran, rief uns etwas zu, und deutete mit dem Schwanz auf das große Zelt.

Menschen mochten nicht die klügste Spezies im Universum sein, aber deutlicher musste sie nicht werden.

„Zurück zum Zelt! Los, los, los!", rief ich. „Und bleibt unten!"

Sich möglichst klein zu machen, war ein Instinkt, geboren aus der Ausbildung für das Laufen unter Beschuss. Vielleicht war es in diesem Augenblick nicht sehr nützlich, aber man schüttelte nur schwer ab, was sich einmal im Körpergedächtnis verankert hatte. Abgesehen davon hatten diese Leute Speere.

Innerhalb kürzester Zeit erreichten wir das Zelt und stürzten in einem Durcheinander aus Gliedmaßen hinein. Ich löste mich von den anderen und zählte schnell durch.

Abgesehen von Zoey und Celia waren alle da und ich atmete zittrig aus. So weit, so gut.

„Was zum Teufel ist hier los?", fragte Kat und stieß Theresas Fuß beiseite, der aus Versehen auf ihrem Schoß gelandet war.

„Weiß ich nicht", antwortete ich. „Wir sollten uns fürs Erste ruhig verhalten."

Auch wenn es wahrscheinlich eine dumme Idee war, kehrte ich zur Zeltklappe zurück. Ich strich den Stoff einen Fingerbreit beiseite, um einen besseren Überblick über die Situation zu bekommen. Von hier aus konnte ich Krieger auf ihren Krokodil-Tausendfüßern erkennen, die sich von den Klippen lösten und über die offene Ebene auf die Hügel zuritten. Und dann sah ich in der Ferne auf den Hängen noch mehr Reittiere auftauchen, auf ihrem Rücken Dutzende Krieger, die ich nicht kannte. Ein ausgewachsener Angriff stand uns bevor.

„Scheiße."

KAPITEL VIERUNDZWANZIG
Fallo

„ZUM ANGRIFF", SCHRIE ich und stieß heulend einen gewaltigen Kriegsschrei aus. Ich zog den Speer, als unsere *irkdu* über die Ebene auf Gahn Buroudeis Truppen zudonnerten, die über die Hügel auf uns zuströmten. Ich hatte recht behalten. Gahn Buroudei war hier, um die Frauen zu holen. Es konnte keinen anderen Grund für seinen unprovozierten Angriff geben.

Wild lachend schleuderte ich meinen Speer und traf trotz der großen Distanz einen Mann tödlich. Ich ersetzte die Waffe mit einer langen *ablik*-Klinge und ließ zu, dass die Blutlust ihre Fänge in mich schlug.

Es war ein günstiger Zeitpunkt. Ich brauchte eine Schlacht, wenn ich nicht bei meiner Frau liegen konnte. Meine Laune verfinsterte sich, als mir einfiel, wie kühl sie mich heute empfangen hatte. Die Lavrika hatten das Band in mir erweckt, dessen war ich mir sicher. Zuvor hatte ich sie als ärgerlich, aber faszinierend empfunden, hatte mich auf unerklärliche Weise zu ihr hingezogen gefühlt. Aber als ich sie am Nachmittag wiedergesehen hatte, war es mir vorgekommen, als wäre die ganze Welt auf eine einzige kleine, wütende Frau zusammengeschrumpft. Als wäre alles andere ausgelöscht worden.

Aber sie schien meine Gefühle nicht zu erwidern. Sie war nicht auf mich zugerannt und hatte sich auch nicht auf meine Männlichkeit gestürzt, wie ich es erwartet hatte.

Das konnte einen in den Wahnsinn treiben.

Ich nutzte dieses Gefühl als Kraftquelle, war bereit, meine Wut an hundert oder auch tausend Männern auszulassen, falls es mir möglich sein sollte. Und um meine Gefährtin zu beschützen, würde ich Tausende weitere töten.

Bei der Vorstellung, dass Gahn Buroudei mir meine Gefährtin nehmen könnte, wurde mein Blickfeld schwarz vor Zorn. Ich fauchte und erhöhte das Tempo, als unsere Truppen kurz davorstanden, aufeinanderzutreffen.

Aber Moment mal ...

Es war nicht Gahn Buroudei, der den Angriff anführte. Es war Gahn Irokai aus den Bergen. Sein Herrschaftsgebiet lag in weiter Ferne. Wenn sich die Neuigkeit von den fremden Frauen bereits so weit verbreitet hatte, war unsere Lage noch viel schwieriger, als ich gedacht hatte.

Aber nein. Darauf kam es nicht an. Ich würde im Zweifel alle vier Gahns im Sandmeer töten, wenn ich musste. Niemand würde die neuen Frauen fortbringen. Sie gehörten nun zu unserem Clan. Und Chapman gehörte mir. Das Schicksal hatte sie zu meiner Gahnala auserkoren.

Die Vorstellung, wie sie in den Gewändern unseres Volks an meiner Seite dem Clan vorstehen würde, mein Junges an ihrer Brust, sorgte dafür, dass mir geradezu schwindelig vor unvertrauter Sehnsucht wurde. Knurrend schwang ich meine Klinge, als könnte ich dadurch dieses Gefühl vertreiben. Es war zu gut, zu seltsam. Ich wusste nicht, wie ich damit umgehen sollte.

Also verdrängte ich es und beschwor einmal mehr die Wut herauf, zog eine zweite Klinge von meinem Rücken und sprang im selben Moment von meinem Reittier wie Gahn Irokai.

In einem brutalen Kampf stießen wir aufeinander. Unsere Schwänze peitschten, die Klingen wirbelten durch die Luft. Gahn Irokai war alt, aber von riesenhafter Gestalt und nach wie vor stark. Ein guter Kämpfer.

Aber nicht so gut wie ich.

Mit einem schnellen, heftigen Ruck versenkte ich meine Klinge in seiner Brust.

Ich war ihm nahe genug, um zu sehen, wie sich seine Sichtsterne vor Schmerz umwölkten. Aber eine solche Wunde reichte nicht, um einen Gahn zu besiegen. Er gab keinen Laut von sich, knurrte nicht, fauchte nicht, aber er griff nach der Schneide meiner Klinge. Mit blutenden Händen versuchte er, sie sich aus dem Körper zu ziehen.

„Du bist ein Narr", sagte ich wütend. „Du hättest wissen müssen, dass du mich niemals besiegen kannst. Und dass ihr die neuen Frauen nie bekommen würdet."

Gahn Irokai schlug mit dem Schwanz um sich und ließ die Klinge in seiner Brust los. Er machte Anstalten, sich eine weitere Waffe vom Rücken zu ziehen, aber mit einem raschen Schnitt meiner zweiten Klinge quer über den Bauch hielt ich ihn auf. Seine Eingeweide verteilten sich im Sand. Einen solchen Schlag konnte er nicht überleben und er brach zusammen.

Triumph tobte in mir und ließ mein Blut schnell und heiß durch die Adern schießen. Ich war ein junger Gahn und hatte in meinem Leben bereits zwei Gahns getötet. Mein Vermächtnis würde gewaltig sein.

Und am Ende der Nacht werden es vielleicht drei sein, dachte ich.

Denn auf einmal erschien Gahn Buroudei. Er war also doch hier. Irokai und er hatten sich für diese Schlacht verbündet, aber sie waren zu dumm, um zu begreifen, dass es nicht darauf ankam. Sie hätten mir jeden Mann im Sandmeer entgegenschicken können und es hätte ihnen nicht geholfen. Sie würden niemals erhalten, weshalb sie hergekommen waren.

Gahn Buroudei schleuderte einen Speer. Ich wich ihm aus, indem ich mich zur Seite warf, und zog eine neue Klinge von meinem Rücken, um diejenige zu ersetzen, die in Irokais regloser Brust steckte. Dann sprang Gahn Buroudei mit einer *ablik*-Axt und einem Dolch vom *irkdu*. Ich hob meine Waffe, die mit dem Blut seines Verbündeten getränkt war, und lachte, verführte ihn, nach vorn zu stürmen.

Er schwang die Axt und führte einen mächtigen Schlag, aber ich parierte ihn. Die *ablik*-Klingen trafen krachend aufeinander. Gahn Buroudei war ein fähiger Krieger, aber ich war größer als er und zweifelsohne auch stärker. Ich lächelte breit und ließ die Klingen durch die Luft schneiden. *Ja, wenn der Abend zu Ende geht, werde ich drei Gahns in meinem Leben getötet haben.*

„Liefer die Frauen aus, dann musst du nicht sterben", knurrte Buroudei.

Ich lachte. Er war wirklich ein Narr. Entweder das oder seine Worte waren bedeutungslos und galten nur der Herausforderung. Er wusste, dass ich nicht aufgeben würde. Das entsprach nicht dem Wesen eines Gahns.

Ich verschwendete keinen Atemzug für eine Antwort. Stattdessen ließ ich meine Klinge wuchtig in die Höhe schnellen. Buroudei war schnell, aber nicht schnell genug, um mir auszuweichen. Ich versetzte ihm einen Schnitt in die Brust, bevor er zurückspringen konnte. Zu sehen, wie seine Haut sich unter der Schneide teilte, weckte in mir die lebhafte Erinnerung, wie ich Chapman in den Klippen gestellt hatte, und ich verbiss mir ein Aufheulen dunkler Leidenschaft.

Buroudei schwang seine mächtige Axt und bevor ich den Arm zurückziehen konnte, ließ er sie schwer auf meinen Unterarm niedergehen, sodass die Schneide auf den Knochen traf. Sofort versagte mir die Gliedmaße ihren Dienst, mein Dolch fiel zu Boden. Aber das war nicht wichtig. Immerhin blieb mir noch eine zweite Hand. Buroudei hielt die Axt fest, sodass ich den Arm nicht mehr bewegen konnte.

Als ich die Klinge in der freien Hand hob, schloss Buroudei die seine um mein Handgelenk in dem Versuch, meine Bewegung abzubremsen. Ich ließ die Zähne aufeinanderschlagen. Obwohl das Blut in Strömen aus der Axtwunde floss, hatte ich immer noch Kraft. Ich beschwor sie mit aller Macht in meinen unverletzten Arm, kämpfte gegen Gahn Buroudeis Griff an und zwang meine Hand in die Höhe, sodass sich meine Klinge seinem Gesicht näherte. Meine Gliedmaßen waren länger als seine und ich war größer. Ich war im Vorteil, brachte ihn an die Grenzen seiner Kräfte. Er musste sich zu sehr strecken, um mir etwas entgegenzusetzen.

In einem wilden Grinsen bleckte ich die Zähne, als deutlich wurde, dass ich ihn besiegen würde. Selbst im verwundeten Zustand war ich stärker. Ich würde erst ihn, dann all seine Männer für ihre Unverschämtheit töten ...

Hitze und dunkle Sterne explodierten vor meinen Augen, als Buroudeis Kopf plötzlich mit meinem Gesicht kollidierte. Für den Bruchteil einer Sekunde war ich verblüfft. Aber dann schmeckte ich Buroudeis Blut. Ich hatte mit den Zähnen seine Haut aufgerissen und das entfachte die Blutlust von Neuem in mir. In meinem Kopf pochte es und ich knurrte.

Der Arm, der bisher vom Druck der Axt festgehalten worden war, fiel schlaff an meine Seite, was mich kurz verwirrte. Aber das war vorbei, sobald mir klar wurde, dass Buroudei die Waffe aus meinem Knochen zurückgezogen hatte.

Stattdessen ging die Axt mit einem ungeheuerlichen Schlag auf meinen Hals nieder. Ich warf mich gerade weit genug zur Seite, um zu verhindern, dass ich geköpft wurde. Sie traf auf den Übergang zwischen Schulter und Hals und drang dank ihrer scharfen, schweren Klinge tief in mein Fleisch ein.

Ich ging zu Boden. Ich konnte nichts dagegen unternehmen. Die Verletzung war zu schwer. Erbost heulte ich auf und schlug mit der Klinge in meiner gesunden Hand nach Buroudeis Beinen, aber meine Bewegungen wurden bereits langsamer und zu ungenau. Gahn Buroudei wich mir mit Leichtigkeit aus und ich sackte auf die Knie. Ich zwang mich, den Kopf zu heben, auch wenn ich ihn dank der verdammten Axt in meinem Hals kaum bewegen konnte. Buroudei ragte über mir auf und zog eine lange Klinge von seinem Rücken.

So sterbe ich also.

Vielleicht war es passend, dass ein Gahn-Töter von einem anderen Gahn besiegt wurde. Kein anderer Krieger wäre stark genug, so viel stand fest. Dennoch hinterließ der Gedanke, dass Buroudei mich töten würde, ein brennendes Glühen in meinem Bauch und obwohl ich zunehmend schwächer wurde, knurrte ich ihn an und peitschte mit dem Schwanz.

„Du wirst keine einzige der Frauen bekommen. Selbst wenn ich schon lange tot bin, werden meine Männer dich bekämpfen. Du wirst ihnen nicht zu nahe kommen." Meine Stimme war brüchig und überschlug sich noch schneller als die Worte in meinem Kopf.

Du wirst Chapman nicht anrühren. Du wirst meine Gefährtin nicht von hier fortbringen. Meine Knochen werden sich aus der Asche meines Scheiterhaufens erheben und ich werde zurückkommen, um dich zu töten, bevor du dich ihr auch nur nähern kannst. Ich werde mich aus dem Griff des Todes befreien und mit meinen toten Knochen deine Kehle aufschlitzen, um aus deinem vergossenen Blut neue Kraft zu ziehen.

Diese Geschichte würde in die Ewigkeit eingehen. Wie der Geist des großen Gahn Fallo aus den Feuern des Todes auferstanden war, um zu seiner Gefährtin zurückzukehren.

Das ist schlimm.

In dem Wahnsinn, den der nahende Tod mit sich brachte, wurde ich mehr und mehr wie mein Vater. Auch er hatte geglaubt, dass Tote zurückkehren und wieder zum Leben erwachen konnten, wenn nur ein ausreichend großes Opfer dargeboten wurde.

Ja, ich hatte den Zenit des Wahnsinns endgültig überschritten, denn nun bildete ich mir sogar ein, dass Chapmans greller, wütender Schrei hinter mir erklang. Doch das war unmöglich. Sie war bei den anderen Frauen in den Zelten.

Ich konnte dennoch nicht anders, als mich ruckartig umzusehen, sodass sich die Axt tiefer in mein Fleisch grub. Blut strömte aus meinem Hals und meinem Arm und färbte den Sand unter mir dunkel.

Dort war sie.

Wenigstens glaubte ich es. Aber vielleicht war es nur ein Fiebertraum in den Wogen des Todes. Eine letzte Vision der Schönheit, bevor ich verging. Und bevor sich meine aschebedeckten Knochen aus dem Staub erheben würden, um jeden einzelnen Mann zu töten, der mich je in diesem Leben herausgefordert hatte.

Ich nahm ihren Geruch wahr, als sie auf mich zulief, und spürte die Berührung ihrer kleinen Hand, als sie eine Klinge aus einem der Riemen auf meinem Rücken zog.

Ich *spürte* sie.

Sie war kein Traum, der den Fängen des Todes entsprungen war. Sie war fest und real, ihre Berührung eine unsägliche Qual auf meiner Haut.

Nein!

Sie durfte nicht hier sein! Nicht in Gefahr. Nicht so. Nicht, um mich zu verteidigen, weil ich zu geschwächt war, um es selbst zu tun. Das war nicht akzeptabel. Ich versuchte, das Wort an Buroudei zu richten, ihn anzusehen, aber ich konnte nicht. Ich sackte nach vorn, bis ich die Hände auf dem Erdboden abstützen konnte. Einen Boden, der feucht von meinem Blut war.

Buroudei war als gerechter und großzügiger Gahn bekannt. Nun zählte ich auf diese Großzügigkeit. Zählte auf die Tatsache, dass Buroudei keine Frau töten würde, nicht einmal eine so eigentümliche und wütende wie die, die sich ihm jetzt stellte. Eine Frau, die die Klinge eines Feinds in den Händen hielt und seinen, nein, unseren Instinkt zu töten herausforderte.

Verflucht seist du, Chapman. Verflucht seien dein Trotz, deine Willenskraft und dein Kampfgeist. In diesem Moment wünschte ich, sie wäre schwach und still. Dass sie ein Feigling wäre. Dann würde sie sich umdrehen und davonrennen.

Aber dann wäre sie nicht Chapman.

Sie sagte etwas. In ihrer Stimme lag der vertraute hochmütige Trotz, aber ich sah, dass ihre Beine zitterten. Meine Kehle wurde trocken, vor meinen Augen drehte sich alles. Mühsam streckte ich die Hand nach ihr aus, versuchte, sie irgendwie und an irgendeiner Stelle zu berühren. Ich konnte mich kaum bewegen, es gelang mir jedoch, die Hand um ihren Knöchel zu schließen. Ich hatte nicht mehr genug Kraft zum Sprechen, aber ich hoffte, meine Berührung übermittelte ihr meinen Befehl. Den Befehl, mich zurückzulassen und zu fliehen.

Auch wenn ich den Kopf nicht heben konnte, sah ich, wie sich die Schneide von Gahn Buroudeis Klinge Richtung Sand senkte. Die Erleichterung war so überwältigend süß, dass sie mich beinahe in die Schwärze warf. *Noch nicht.* Ich konnte jetzt noch nicht das Bewusstsein verlieren. Ich konnte nicht sterben, bevor ich meine Gefährtin in Sicherheit wusste. Der heiße Stachel der Scham in meinem Bauch, die Scham, sie nicht beschützt zu haben, sowie die Wut auf Buroudei, dass er mich in diese Lage gebracht hatte, würden mich am Leben halten. Fürs Erste.

Zum zweiten Mal erfasste mich schlagartig Erleichterung, als Buroudei den Kämpfenden etwas zurief, das ich noch von keinem anderen Gahn des Sandmeers gehört hatte: „Beendet die Kämpfe!"

Die Kampfgeräusche wurden leiser, aber alles wurde für mich leiser, und ich wusste nicht, ob meine Männer gehorcht hatten.

Ich kann mich nicht mehr halten ...

Chapmans schlanker Knöchel in meiner Hand verankerte mich in dieser Welt. Wenn ich losließ, würde ich verschwinden. Ich versuchte, die Finger fester zu schließen, aber mit jedem Herzschlag wurde ich schwächer. Mit einer letzten Kraftanstrengung versuchte ich, den Kopf zu heben. Einen letzten Blick auf meine Gefährtin zu erhaschen, bevor ich starb.

Mein Blickfeld trübte sich. Bevor es endgültig erlosch, war es vom hellen Rot von Chapmans Haar ausgefüllt, das wie ein Stern in der Nacht leuchtete.

Danach gab es nur noch Dunkelheit.

KAPITEL FÜNFUNDZWANZIG

Chapman

UND WAS JETZT?

Ich hatte den nächsten Teil meines Plans nicht unbedingt durchdacht. Genau genommen hatte ich überhaupt nichts durchdacht. Wir hätten in dem gottverdammten Zelt bleiben sollen. Aber ich sagte es ja schon einmal und wiederhole es gern: Wir Menschen sind offensichtlich nicht die schlaueste Spezies im Universum. Denn wir hatten gerade mal zehn Minuten stillgehalten, bevor wir aus dem Zelt geschaut hatten und schließlich nach draußen gekrochen waren.

Ich hatte mich bemüht, Gründe zu finden, um in Deckung zu bleiben, obwohl ich verzweifelt sehen wollte, was draußen los war. Möglicherweise machte ich mir auch etwas mehr Sorgen um einen bestimmten Alien als um die anderen, aber das musste niemand erfahren.

Doch Kat hatte meine Logik ausgehebelt, indem sie betont hatte, dass uns die weichen Planen des Zeltes kaum schützen würden, falls es für unsere Seite nicht gut lief. Und so hatten wir es verlassen, uns zur Grenze des Lagers geschlichen und hinaus in die Ebene geschaut, wo die Schlacht wütete.

Ich fühlte mich an eine Szene aus einem Fantasy-Block-buster oder so etwas Ähnliches erinnert. Mir fehlte der richtige Vergleich für diesen Nahkampf Klinge an Klinge der zwei Meter großen Monster. Mein Instinkt riet mir, mich weit, weit von diesem Irrsinn fernzuhalten.

Bis ich den Feind zu Boden gehen sah.

Und dann? Rannte ich los, verflixt noch mal, fort von meinen eigenen Leuten und mitten in einen Kampf hinein, obwohl ich keinerlei Grund hatte, ihm beizutreten. Aber ich konnte mich nicht bremsen. Ich konnte nicht einfach zuse-hen, wie der Feind dort starb.

Ich schätze, du kannst ihn nicht mehr als Feind bezeich-nen, gestand ich mir ein. *Nicht, wenn du ihn gegen einen an-deren Feind verteidigen willst.*

Eine Redewendung nagte in meinem Hinterkopf an mir, etwas vom Feind meines Feinds, aber ich bekam sie nicht ganz zusammen und verdammt noch mal, war das denn ger-ade überhaupt wichtig? Wenn ich mich keuchend und zit-ternd zwischen einen blutenden Gahn Fallo und einen an-deren beeindruckend aussehenden Kerl warf, der ihm den Kopf abreißen wollte?

Ein Wunder geschah. Mein Anfall von Tapferkeit – ich hatte eine der Klingen Gahn Fallos gezogen und damit vor dem angreifenden Alien herumgefuchtelt – schien Wirkung zu erzielen. Mein neuer Feind senkte die Klinge und musterte mich befremdet. Ich hielt so still, wie es mir möglich war, und das trotz der Unmengen Cortisol, die durch mich hindurchtobten. Ich musste mich gelassen geben. Den Bluff aufrechterhalten. Es war entscheidend, dass der Typ sich zurückzog, denn einen ernsthaften Kampf gegen ihn würde ich nicht überleben.

Während der neue Alien und ich uns anstarrten, spürte ich, dass Gahn Fallo die Hand um meinen Knöchel schloss. Ich zuckte zusammen und für den Bruchteil einer Sekunde wollte ich mich in seine Berührung hineinfallen lassen. Aber seine sonst so heiße Hand war kaum wärmer als meine Haut. Und sein Griff war schwach.

Ihm bleibt nicht mehr viel Zeit.

Was soll ich jetzt tun? Versuchen, den Gegner anzugreifen? Ich musste irgendetwas unternehmen, um Gahn Fallo hier wegzuschaffen, wenn er den nächsten Morgen erleben sollte.

Und mir ging auf, dass ich wirklich, wirklich wollte, dass er den nächsten Morgen erlebte. Damit ich ihm sagen konnte, was für ein irrer Vollidiot er war. Und ihn dann vielleicht ... zu küssen? Mehr als das?

Wer weiß, verflucht noch mal? Meine Gedanken sind ein einziges Chaos. Es geht hier wortwörtlich um Leben und Tod. Konzentrier dich.

Der Alien vor mir hatte der Menge etwas zugerufen und langsam, aber sicher verebbten die Kämpfe um uns. Sofort richteten sich meine Nackenhärchen auf. Was hatte er gesagt? Warum kam alles zum Stillstand?

Er fügte etwas hinzu und die kämpfenden Aliens trennten sich, um zwei Gruppen zu bilden: Eine bestand aus dem Clan, bei dem wir untergekommen waren, die andere aus den Angreifern. Als der fremde Alien weitere Befehle bellte, sah ich einen Krieger auf eines der riesigen Reittiere springen und davonstürmen.

Alle anderen beobachteten mich, Gahn Fallo und den-jenigen, bei dem es sich um ihren Anführer handeln musste. Die Menge zog sich allmählich zu einem Kreis zusammen und dessen Zentrum waren wir.

Na toll. Jetzt bin ich von allen Seiten umzingelt.

„Also, was jetzt?"

Dieses Mal stellte ich die Frage laut. Meine Ungeduld schlug in Panik um. Gahn Fallos Hand lag schlaff um meinen Fuß. Ich spürte, dass er vornüber glitt, von den Händen hinab auf die Ellbogen sackte und dann schlug seine Stirn auf dem Boden auf.

Ich sah rasch zu ihm, nur für eine Sekunde, da ich die anderen im Blick behalten wollte. Und oh Mann, mir gefiel nicht, was ich sah. Ich meine, diese Kerle waren riesig und hatten bestimmt eine Menge Blut im Körper. Aber die Größe des schwarzen Flecks um Gahn Fallo war beängstigend. Niemand konnte es lange durchhalten, so viel Blut zu verlieren. Nicht einmal er.

Ich spürte, dass ich den Mut verlor und meine Maske in sich zusammenfiel. Mein Herz raste und meine Augen brannten. „Können wir ihn wegbringen? Zu einer Heilerin?" Meine Stimme brach. „Bitte?"

Ich war es nicht gewöhnt, zu betteln. Eher etwas durchzuboxen. Aber wenn ich auf die Knie gehen und um Gahn Fallos Leben flehen müsste, würde ich es tun, wurde mir bewusst. Wenn ich es musste, würde ich es tun.

Da war nur das Problem, dass mein Gegenüber keine Ahnung hatte, was ich sagte. Er würde das Betteln eines Menschen vermutlich nicht einmal erkennen. Kein einziges verdammtes Wort würde er verstehen.

Hoffnungslosigkeit breitete sich in mir aus. Das war alles viel zu grausam. Wir waren so weit gekommen, hatten überlebt und wofür? Um zuzusehen, wie einer der wenigen Aliens, zu denen ich eine Verbindung aufgebaut hatte, im Sand vor mir verblutete? Das war so ungerecht.

Ich schluckte mühsam und zerbrach mir den Kopf, was ich als Nächstes tun sollte, als eine klare Stimme durch die Luft schnitt.

Die Stimme einer Frau. Eine menschliche Stimme. Die meinen Namen rief.

Ich löste den Blick vom Alien vor mir. Er hatte seine Waffe weggesteckt, sodass ich mich sicher genug fühlte, um mich wenigstens für ein paar Sekunden nach der Stimme umzusehen.

Es war Celia.

Die Linguistin. Diejenige, die während des Krabbenangriffs entführt und von uns getrennt worden war. Diejenige, die ich nicht hatte retten können. Sie saß auf einem der großen Reittiere in einer Art Sattel, hinter ihr ein Krieger.

Es geht ihr gut.

Erleichterung erfasste mich, aber sie wurde von der zunehmenden Angst um den verletzten Mann zu meinen Füßen gedämpft. Um den *sterbenden* Mann zu meinen Füßen.

Celia lächelte, lachte sogar, als sie mich sah. Zweifelsohne hatte sie uns für tot gehalten, genau wie wir sie.

Sie und der Krieger drängten sich auf der Tausendfüßer-Kreatur in den Kreis und ich konnte nicht anders, als ein zweites Mal hinzuschauen. Celia sah aus wie eine Prinzessin von Menschen wie Aliens zugleich. In königlicher Haltung saß sie im Sattel, ihr Haar war auf dieselbe Weise geflochten wie das der Alien-Frauen und sie trug auch eine ihrer Tuniken. Und sie lächelte über das ganze Gesicht.

Der Effekt verpuffte ziemlich, als sie ungeschickt abstieg und ohne nennenswerte Eleganz zu Boden glitt. Aber sie sprang sofort auf wie ein Duracell-Häschen und lief auf den Anführer zu, den ich einmal mehr nicht aus den Augen ließ. Und dann hüpfte sie ihm praktisch in die Arme.

Wenn ich nicht auf einem fremden Planeten gewesen wäre, hätte ich geglaubt, eine junge Frau zu sehen, die in die liebevoll ausgebreiteten Arme ihres Lovers sprang. Aber wir *waren* auf einem fremden Planeten. Und sie war eine Menschenfrau. Und er ein Alien.

Und doch ging da eindeutig etwas Romantisches vor sich. *Ich bin also nicht die Einzige.*

Bei dem Gedanken verschluckte ich mich fast. *Was soll das heißen, nicht die Einzige? Habe ich mich etwa meinem Alien-Liebhaber so in die Arme geworfen?*

Aber obwohl ich es leugnete, fühlte es sich irgendwie … gut an, das zu sehen. Zu sehen, dass ich vielleicht nicht allein und irgendwie komisch war, weil sich diese merkwürdige Verbindung zwischen Gahn Fallo und mir entwickelt hatte. *Oder vielleicht ist sie einfach nur genauso bekloppt wie du.*

Celia wich zurück, als sie die Wunde auf der Brust ihres Lovers entdeckte. Da ich seinen Namen nicht kannte, würde ich ihn fürs Erste einfach als ihren Lover bezeichnen. Sie wirbelte zu mir herum und musterte mich mit finsterer Miene.

„Ich hoffe für dich, dass du das nicht warst", sagte sie.

Ich konnte mich nicht zügeln und verdrehte die Augen. Ich hatte keine Zeit für diesen Scheiß. „Entspann dich. War ich nicht." Ich zögerte. Die nächsten Worte entfuhren mir, ohne dass ich etwas dagegen unternehmen konnte. „Was schert dich das überhaupt? Es sind Aliens."

Es war in gewisser Hinsicht ein Bluff, ein Test. Ich wollte herausfinden, was sie für ihren Lover empfand, um mich mit meinen eigenen verwirrenden Emotionen etwas wohler zu fühlen. Keine andere Frau unserer Gruppe hatte sich mit einem der Männer eingelassen. Ich wollte diese Angelegenheit mit Celia klären, um herauszufinden, wo ich selbst stand.

Sie sah mich an, dann zu dem Messer, das in meinen Händen eher wie ein Schwert wirkte. Anschließend zu Gahn Fallo, den ich unübersehbar beschützte.

„Sag du es mir", erwiderte sie schlicht.

„Das ist etwas anderes", sagte ich hastig. Meine Hände am Griff der Klinge schwitzten. Es *war* etwas anderes. Gahn Fallo war nicht mein verdammter Lover im Gegensatz zu dem, was der Typ vor mir Celia bedeutete. Er war mein ... was? Ich war mir nicht einmal sicher, ob ich ihn als einen Freund bezeichnet hätte. Wir hatten dank der Sprachbarriere bisher keine zwei Worte gewechselt. Aber zwischen uns war etwas, eine gewisse Leidenschaft, und ich hatte bereits entschieden, ihn nicht länger als meinen Feind zu bezeichnen. Aber wie sonst?

Mir blieb keine Zeit, über diese Frage nachzudenken, da ich Kreischen und Gelächter hörte, gefolgt von menschlichen Schritten, die sich näherten. Innerlich ächzend sah ich zu, wie die anderen Menschenfrauen sich von den Zelten entfernten und auf Celia zurannten, um sie in eine Gruppenumarmung zu ziehen.

Ich schätzte, ich konnte ihnen kaum vorwerfen, dass sie das Lager verlassen hatten. Das hatte ich schließlich auch getan.

Ich sah hinab auf Gahn Fallo. *Er atmet noch.*

Celia und die anderen brachten sich atemlos auf den neuesten Stand. Celia erzählte, dass man sie gut behandelt hatte, was eine große Erleichterung war. Aber ihre nächsten Worte ließen mir das Herz bis zum Hals schlagen. Sie deutete auf den Alien-Mann, den ich nach wie vor im Blick behielt, und sagte: „Wir sind hier, um euch zu retten."

Retten? Ich war stinksauer und fühlte mich schuldig, dass Celias Lover mit seinen Männern so viel Schaden angerichtet hatte, um uns zu *retten.* Andererseits schien das Teil ihrer Kultur zu sein. Sie waren es gewöhnt, sich miteinander anzulegen. Aber Gahn Fallo lag deshalb blutend zu meinen Füßen.

Abgesehen davon mussten wir nicht gerettet werden. Wenn überhaupt, dann war das bei *ihr* der Fall, damit sie nicht ohne jeden menschlichen Kontakt da draußen war.

Theresa schien meine Gedanken gelesen zu haben, denn sie antwortete: „Im Ernst, Süße, wir kennen weder ihn noch einen der anderen, mit denen du hergekommen bist. Wir haben uns an die Leute gewöhnt, bei denen wir untergekommen sind. Du solltest mit ins Lager kommen und bei uns bleiben. Zusammen sind wir sicherer."

„Ich kann nicht", gab Celia matt zurück.

Als Nächstes meldete Kat sich zu Wort. Ihre Stimme explodierte förmlich. „Warum zum Teufel nicht? Was haben sie mit dir gemacht? Benutzen sie dich irgendwie, um uns unter Druck zu setzen? Warum kannst du nicht weg?"

„Nein, nein, gar nicht", sagte Celia hastig. Ich wusste, warum sie nicht gehen wollte. Sie hatte sich einen heißen Alien-Kerl geschnappt, den sie nicht hergeben wollte. „Ich ... ich möchte nicht gehen", bestätigte sie meine Vermutung.

„Du bist ihm ganz schön um den Hals gefallen, als du ihn gesehen hast", bemerkte Melanie. Ich versteifte mich, als spräche sie über mich statt über Celia.

Theresa klang entsetzt und ich verkrampfte mich noch weiter. „Oh, Süße. Oh nein, Schatz. Sag mir, dass du das nicht getan hast. Du hast doch wohl keinen Sex für deine Sicherheit eingetauscht, oder?"

Celia stöhnte und ich unterdrückte ein eigenes Ächzen. Ich konnte ihre Verlegenheit und ihre Verwirrung förmlich spüren. Einer Gruppe Menschen begreiflich zu machen, dass sie sich auf eine nicht jugendfreie Affäre zwischen den Spezies eingelassen hatte, war nicht leicht. *Ich sollte dankbar sein, dass sie mir schon mal den Weg ebnet.*

Ich blinzelte.

Den Weg ebnen für was? Öffentliche Zuneigungsbekundungen mit Gahn Fallo?

Nach wie vor lag seine Hand um meinen Knöchel. Seine Brust hob und senkte sich. Ich versuchte, meine Aufmerksamkeit zwischen ihm, dem Gespräch zwischen den Frauen und dem großen Kerl vor mir aufzuteilen, dem ich immer noch nicht über den Weg traute.

Celias Stimme ertönte erneut. „Gott, nein! Okay, es wird ewig dauern, alles zu erklären."

Gehetzt versuchte sie zusammenzufassen, was geschehen war. Dass sich der Anführer des anderen Clans, der Typ vor mir, in sie verliebt hatte. Dass sie zugestimmt hatte, als seine Gefährtin bei ihm zu bleiben. *Sie ist wirklich tapfer. Vielleicht tapferer als ich.* Es musste ihr schwerfallen, eine solche Liebe vor aller Augen einzugestehen. Ich war jederzeit bereit, in die Schlacht zu ziehen, ohne meine Befehle zu hinterfragen. Aber auf diese Weise meine Gefühle offenlegen, vor allen anderen? Nein danke.

Celias Eröffnung rief ungläubige und entsetzte Schreie in der Gruppe hervor. Ich hingegen betrachtete den Mann vor mir aus anderen Augen und versuchte zu sehen, was Celia sah. Genau wie die anderen Aliens, die wir kennengelernt hatten, war er gebaut wie ein verfluchter Bodybuilder, riesig und stark. Anders als Gahn Fallo, der Dutzende kleine Zöpfe hatte, trug er sein dunkles Haar zu einem einzigen langen Zopf geflochten. Das Schimmern seiner Augen war von einem tiefen Kupferton, nicht rot, und während Gahn Fallo eine Aura nervenaufreibender Wildheit und Verlockung umgab, wirkte dieser Anführer etwas ruhiger. Und weniger verlockend.

Offensichtlich stand ich nicht allgemein auf Aliens. Nur auf diesen einen.

Der Lover knurrte Celia etwas zu und sie antwortete in seiner Sprache. Ich war überrascht, wie fließend sie sprach. Als sie vor einigen Tagen das Schiff verlassen hatte, hatte sie nur einige wenige Worte beherrscht. Ich hatte mitbekommen, wie sie sich über ihren Mangel an Talent und Ausbildung beklagt hatte, insofern konnte ich nicht fassen, wie schnell sie die neue Sprache gemeistert hatte. *Vielleicht gibt sie mir ja Unterricht ...*

Plötzlich sah ich mich einer neuen Bedrohung gegenüber. Ein wütend wirkender, narbenbedeckter Alien trat vor, schlug mit dem Schwanz und grollte etwas mit tiefer, brüchiger Stimme.

Gott, wie lange standen wir hier schon? Wir hatten unsere kleine Wiedervereinigung hinter uns, die Schlacht war vorüber. Was denn jetzt noch? Was wollte dieser neue Typ mit all den Narben?

„Leute, wir müssen uns beeilen. Ich glaube nicht, dass er noch lange durchhält", sagte ich hastig. Es gelang mir, die Angst aus meiner Stimme herauszuhalten, aber Gahn Fallos Griff um meinen Knöchel wurde immer schlaffer. Ich wünschte mir verzweifelt, die Alien-Sprache zu beherrschen. Dann würde ich Celias Lover sagen, dass er sich zurückziehen sollte, und würde Gahn Fallo selbst wegzerren.

Celia löste sich von ihren menschlichen Freundinnen, um an die Seite ihres Lovers zu treten.

„Ich will bei Buroudei bleiben. Ihr wollt bei eurem Clan bleiben. Aber ich finde es nicht gut, wenn wir wieder getrennt werden." Sie kaute kurz auf ihrer Unterlippe herum, dann fuhr sie langsam, aber mit jedem Wort sicherer fort: „Wie wäre es, wenn wir ein Lager für die Menschen errichten? An einer zentralen Stelle zwischen den Gebieten der Clans. Dann ist niemand komplett abgeschnitten und alle Menschen können zusammenbleiben."

Sie sagte etwas in der fremden Sprache. Der narbenbedeckte Alien knurrte und ihr Lover schlug drohend mit dem

Schwanz. Ich hob meine Waffe. *Lass dich nicht ablenken. Sie könnten immer noch jederzeit angreifen.*

Die anderen Frauen zogen sich nervös zurück.

Celia sprach hastig weiter. „Okay, hört mal. Ich muss euch ein paar Sachen erklären, damit ihr versteht, womit wir es hier zu tun haben. Es gibt hier so ein Alien-Wesen, eine Art Essenz ... Ich weiß nicht, wie ich das ausdrücken soll. Es sieht aus wie ein Drache ohne Beine und Flügel. Diese Kreatur ruft die Männer zu sich und zeigt ihnen das Gesicht ihrer zukünftigen Gefährtin. Das ist so ein Seelen-verwandten-Ding und es ist ihnen wahnsinnig wichtig. Buroudei hat mein Gesicht gesehen, bevor wir überhaupt hier gelandet sind. Mein Gefühl sagt mir, dass das noch mehr Kriegern passieren könnte, die ihre potenziellen Gefährtin-nen dann von der Gruppe trennen wollen. Im Augenblick sind Mitglieder von drei Clans hier und weiter weg gibt es noch mehr. Vielleicht suchen sie sogar schon nach euch."

Entschuldigung? Wie war das?

Ich hatte keine Ahnung, wovon sie redete, verdammt noch mal. Drachen? Zukünftige Gefährtinnen? Alien-See-lenverwandte? Die Vorstellung, dass weitere uns unbekannte Aliens die Wüste nach uns durchforsten könnten, weil ihnen ein magischer Drache gesagt hatte, dass wir gute Ehefrauen abgaben, war nicht besonders tröstlich.

„Das muss sich im Moment alles ziemlich seltsam für euch anhören", sagte Celia. „Und das ist es auch. Aber wenn wir Ärger und weitere Schlachten wie diese vermeiden wollen, müssen wir uns hier und jetzt einigen. Wenn wir alle zusammen an einem zentralen Ort leben, ohne an einen der

Clans gebunden sein, werden wir damit viel Blutvergießen verhindern."

Ich musste zugeben, dass es gut wäre, weiteres Blutvergießen zu verhindern. Ich war eine ausgebildete Soldatin, aber ich wollte nicht, dass sich die Leute auf diesem Planeten wegen uns bekämpften und starben. Ich wollte nie wieder etwas wie Gahn Fallos Griff spüren, der an meiner Haut immer schwächer wurde.

Celia redete hektisch auf ihren Lover und die anderen ein. Ihre Idee schien ihnen nicht zu gefallen. Sie schnaubten höhnisch und schlugen mit den Schwänzen. Dann besprachen sie sich untereinander und ich gab mir nicht die Mühe, weiter zuzuhören.

Stattdessen zischte ich Celia etwas zu, als ihr Lover seine Ansprache beendet hatte. „Was sagt er?"

Sie richtete den Blick aus ihren großen grünen Augen auf mich. „Sie stimmen meiner Idee zu. Sie sind damit einverstanden, dass wir gemeinsam an einem neutralen Ort leben, der von allen Clans leicht erreichbar ist. Sie wollen ihre Lager dann in unserer Nähe aufschlagen." Sie schwieg einen Moment lang, ihr Blick huschte zu Gahn Fallo am Boden. „Ich glaube, er muss zustimmen. Sonst stirbt er."

„Sag deinem Lover, dass Gahn Fallo dabei ist."

Die Worte waren heraus, bevor ich mich bremsen konnte. Celia wirkte schockiert, dass ich für ihn gesprochen hatte. Wahrscheinlich würde der Teufel los sein, wenn Gahn Fallo erwachte, aber das kümmerte mich einen Scheißdreck. Ich würde nicht bei seiner Hinrichtung zusehen. Er war noch am Leben und ich hatte vor, dafür zu sorgen, dass es so blieb.

Abgesehen davon gefiel mir Celias Plan zunehmend besser. Ehrlich gesagt interessierte es mich nicht, wo wir uns aufhielten, solange wir zusammen und in Sicherheit waren.

Zusammen ...

Wollte ich damit sagen, dass wir Menschen zusammen sein sollten? Oder viel mehr, dass *alle* zusammenblieben? Inklusive Gahn Fallo und mir?

Ich wollte nicht, dass er starb. Und ich musste mir auch allmählich eingestehen, dass ich ihn nicht verlassen wollte. Selbst wenn er uns gehen ließ.

Oh Gott. Das würde schwerer werden, als ich gedacht hatte.

Celia sprach inzwischen wieder mit den Aliens und bald war alles arrangiert. Wir würden zusammenpacken und zu einer anderen Felsengruppe ziehen, die hinter der Absturzstelle unseres Raumschiffs lag.

„Ja, ja, wundervoll. Alles bestens. Sind wir hier fertig?", fauchte ich.

Ich konnte die Verbitterung nicht aus meiner Stimme heraushalten. *Versuchen wir, bei der nächsten großen politischen Entscheidung darauf zu achten, dass niemand sterbend vor unseren Füßen herumliegt ...*

Nachdem alles entschieden war, verabschiedete Celia sich und stieg mit ihrem Lover auf einen der großen Tausendfüßer. Ihre Männer sammelten ihre Toten und Verletzten ein und verließen die Ebene, um in die Hügel zurückzukehren, aus denen sie gekommen waren. Endlich senkte ich die Waffe. Aber ich konnte mich noch nicht entspannen. Nicht, solange Gahn Fallo noch in Gefahr war.

Zwei Krieger rannten auf uns zu und rollten Gahn Fallo auf den Rücken. Einer packte ihn an den Knöcheln, der andere unter den Armen. Schnell hoben sie ihn hoch. Ich zuckte zusammen, als ich einen eingehenderen Blick auf seine Wunden warf. Die Axt, die in seinem Schlüsselbein steckte, staute die Blutung etwas, aber sie war tief eingedrungen, und die Wunde an seinem Unterarm blutete ungebremst.

Lieber Gott, ich hoffe, es ist nicht zu spät.

Die Krieger trugen Gahn Fallo davon und ich sah ihnen nach, bis sie außer Sicht verschwanden.

KAPITEL SECHSUNDZWANZIG
Fallo

ICH ERWACHTE UNTER Schmerzen. Sie pochten tief in meinen Knochen. Ich brauchte eine Weile, um meine Gedanken zu ordnen und die Quellen des Schmerzes ausfindig zu machen. Meine Schulter, mein Hals und weiter unten mein Handgelenk. Stöhnend öffnete ich die Augen und mir wurde bewusst, dass sich Kalla und Bokeelie um mich kümmerten.

Ich lag in meinem Zelt auf den gegerbten Häuten. Die Frauen nähten hektisch und gossen immer wieder Blut der Lavrika über meine Haut.

„Was ist passiert?"

Ich hasste den Klang meiner Stimme. Der scharfe Befehlston war mir abhandengekommen. Sie klang dünn, schwach und unpassend für einen Gahn.

„Du bist während der Schlacht schwer verletzt worden, mein Gahn." Kallas sonst so freundliches Gesicht war vor Konzentration angespannt, während sie an meiner Schulter arbeitete. „Vakal hat gesagt, du hast mit Gahn Buroudei gekämpft."

Der Zorn, der mich beim Klang seines Namens erfasste, brachte mich endgültig zu Bewusstsein. Dunkle Energien erfüllten mich und ich versuchte, mich aufzusetzen, versagte jedoch. Kalla legte mir eine Hand auf die Brust, um mich unten zu halten. Ich knurrte instinktiv, aber es war zwecklos. Ich konnte mich nicht regen. Noch nicht.

„Bitte versuch das nicht noch einmal, Gahn. Deine Wunden sind sehr tief. Trotz der Stiche braucht das Blut der Lavrika Zeit, um dich zu heilen. Wenn du dich überanstrengst, werden sich die Wunden wieder öffnen. Du hast bereits zu viel Blut verloren."

Nun, zumindest das Blut, das mir verblieben war, kochte beim Gedanken, dass Buroudei und seine Männer uns hier angegriffen hatten.

„Aber ich bin am Leben. Also haben wir gewonnen", sagte ich laut, als mir bewusst wurde, was das bedeutete. Ein zufriedenes Lächeln legte sich auf meine Züge. Mein Kopf schmerzte. Aber wir hatten gewonnen. Meine Männer hatten weitergekämpft und Gahn Buroudei geschlagen, nachdem ich zu Boden gegangen war. Genau wie ich es vorhergesehen hatte.

Kalla setzte ihre Arbeit fort, aber Bokeelie erstarrte und sah erst mich an, dann Kalla.

„Was ist los?" Mein Misstrauen war geweckt.

„Ich ... ich hole Vakal. Er kann das besser erklären."

Die Verletzung an meinem Handgelenk war inzwischen fest verbunden und nun, da Bokeelie fertig war, eilte sie davon. Als sie mit Vakal im Schlepptau wieder auftauchte, hatte Kalla gerade die letzten Stiche gesetzt und verband meine Schulter.

„Du musst stillhalten", wies mich die alte Frau streng an. Ich schnaubte. Ich war es nicht gewohnt, Befehle von anderen entgegenzunehmen, aber ihre Miene war unnachgiebig. „Es ist mir ernst, Gahn. Du wärst beinahe gestorben. Mach nicht all unsere Bemühungen zunichte, indem du dich wie ein Narr benimmst."

Bevor ich sie zurechtweisen konnte, verschwand sie mit Bokeelie und ich widmete meine Aufmerksamkeit Vakal. Er hob den Schwanz und ließ ihn wieder sinken. Dann setzte er sich mit verschränkten Beinen neben mir auf den Boden.

„Wir haben gewonnen", sagte ich, auch wenn es eher nach einer Frage als nach einer Feststellung klang. Das Verhalten der Heilerinnen hatte mein Misstrauen erregt. Warum hatten sie mir nicht breit lächelnd zu unserem ruhmreichen Sieg gratuliert?

„Haben wir nicht", antwortete Vakal ausdruckslos. Und in diesem Augenblick fiel mir ein, warum es überhaupt zum Kampf gekommen war. Die Erkenntnis löste sich aus dem Sumpf meines Verstands. Wir hatten die neuen Frauen vor einer Entführung durch Gahn Buroudei beschützt. Die neuen Frauen ... Chapman ... *Meine Gefährtin!*

Kallas Anweisungen ignorierend zwang ich mich in die Höhe. Heißer Schmerz schoss durch meine Schulter. Mir war vage bewusst, dass Blut durch den Verband sickerte, aber das war nicht wichtig. Wenn Chapman fort war, wenn man sie mitgenommen hatte, würde ich durch das ganze Sandmeer reiten, um sie zu finden; egal, wie schwer meine Verletzungen waren. Ich würde eher sterben als zu erlauben, dass ihr etwas zustieß. Ich würde die Zelte Gahn Buroudeis mit der Hitze meines Zorns entfachen und niemand wäre vor mir sicher.

Als ich stand – deutlich unsicherer auf den Beinen, als mir gefiel –, musste ich eine Pause einlegen. An den Rändern meines Sichtfelds waberte es schwarz und mir wurde schwindelig. Ich schluckte mühsam, drückte die Zungen gegen die Zähne und versuchte, mich zu orientieren.

Vakal stand zwischen der Zeltklappe und mir, die Hände beruhigend erhoben, aber damit schürte er meine Wut nur weiter. *Haben sie etwa alle vergessen, dass ich der Gahn bin?*

„Bitte, Gahn Fallo. Deine Verletzungen sind schwer. Du musst dich ausruhen und gesund werden."

Ich knurrte grimmig und richtete mich zu voller Größe auf, auch wenn mein Körper mich anflehte, davon abzulassen. „Ich werde Gahn Buroudei für seine Taten töten. Wir müssen den neuen Frauen folgen. Ich werde nicht erlauben, dass meine Gefährtin in den Händen seines Clans bleibt!"

Vakal spannte sich an. Seine Sichtsterne verengten sich, als er mich musterte. „Deine Gefährtin?"

Ich schlug mit dem Schwanz. Für so etwas hatte ich keine Zeit. Ich schob mich an ihm vorbei, eilte hinaus aus dem Zelt und auf die Klippen zu, wo mein *irkdu* zusammen mit den anderen weidete. Ich musste sofort aufbrechen. Sofort angreifen. Es war noch Nacht. Gahn Buroudei und seine Männer hatten vermutlich noch nicht einmal ihr Lager erreicht. *Falls es noch dieselbe Nacht ist.* Was, wenn ich viele, viele Tage lang geschlafen hatte?

Die Vorstellung, dass Chapman seit Tagen nicht mehr an meiner Seite sein könnte, weckte neuen Schwindel in mir. Ich musste stehen bleiben und nach Luft ringen. Atmen hatte sich noch nie so mühselig angefühlt. Ich verfluchte meinen schwachen Körper.

Vakal trat hinter mich und redete hastig auf mich ein. „Mein Gahn, bitte hör mir zu. Du musst Gahn Buroudeis Kriegern noch nicht folgen. Die neuen Frauen ..."

Er wurde von einem hohen, lieblichen Laut unterbrochen. Ein einzelnes Wort, das ich nicht kannte, ein Laut wie *He-i*, und gerufen von einer Stimme, die sich direkt einen Weg in meinen Körper bahnte, sich um mein Herz legte und zudrückte.

Ich war wirklich der Irre Gahn. Ich hörte Chapmans Stimme, obwohl sie nicht hier war. So gewaltig war mein Verlangen, sie zurückzuholen.

Aber auch Vakal hatte den Kopf umgewandt und ich folgte seinem Blick. Mein schwaches Herz schlug dröhnend, als ich Chapman auf mich zulaufen sah. Sie blieb nur einen Schritt von mir entfernt stehen und stemmte auf die einzigartige Weise der neuen Frauen die Hände in die Hüften. Wie üblich schien sie wütend auf mich zu sein, aber darüber konnte ich mich in diesem Augenblick nicht ärgern. So nahe war ich ihr nicht gekommen, seitdem die Lavrika unser heiliges Band erweckt hatten. Und ich konnte sie nur überrascht anstarren. „Du bist hier", entfuhr es mir leise.

„Genau das wollte ich dir gerade sagen, Gahn", erklärte Vakal an meiner Seite. Ich hatte ganz vergessen, dass er da war. „Der Kampf ist nach einigen wenigen Verlusten mit einer Art Waffenstillstand beendet worden. Gahn Irokai wurde getötet und Taliok zum Gahn des Berg-Clans ernannt. Sowohl Gahn Buroudei als auch er sind übereingekommen, ihre Territorien zu verlassen und zusammen mit den neuen

Frauen auf neutrales Gebiet zu ziehen. Bei den Klippen von Uruzai."

Mühsam löste ich den Blick von meiner Gefährtin, um Vakal anzusehen. „Bei den Klippen von Uruzai?" Wovon sprach er denn da? Die neuen Frauen würden hierbleiben, als Teil dieses Clans. Sie würden uns nicht verlassen.

Sie wird mich nie verlassen.

Vakals Sichtsterne huschten zwischen Chapman und mir hin und her und er zögerte. In meiner Ungeduld hätte ich ihn um ein Haar erwürgt, aber gerade rechtzeitig sprach er weiter. „Ja, die neuen Frauen wollen gehen. Und sie scheinen die anderen Gahns informiert zu haben, dass wir ebenfalls aufbrechen werden. Dass alle drei Clans an den Klippen von Uruzai leben werden. Wir werden für die Jagd und zu anderen Zwecken an unseren Territorien festhalten, aber an der Seite der neuen Frauen leben. Zumindest wurde es so vereinbart", kam er verlegen zum Schluss und schielte einmal mehr zu Chapman.

„Was?", brüllte ich und trommelte mit dem Schwanz auf den Boden. Wer hatte es gewagt, eine solche Entscheidung für mich zu treffen? Wer unter den neuen Frauen bildete sich ein, das Recht zu haben, über das Schicksal meines Clans zu bestimmen?

Allmählich dämmerte es mir. Ich musste nicht erst sehen, dass Vakal immer wieder zu Chapman schaute, um zu wissen, wer dahintersteckte. Sie war die Anführerin ihrer Frauen und nun hatte sie sich eingebildet, auch die Anführerin dieses Clans zu sein.

Sie ist deine Gahnala. Die Königin dieses Clans. Aber eine Gahnala sollte an der Seite ihres Gefährten und Gahns regieren. Nicht an seiner Stelle.

Ich ließ Vakal stehen und ging auf sie zu, um den Abstand zwischen uns zu überbrücken. Verlangen und Wut kämpften in meinem Innern miteinander. Ich wollte ihr wie bei unserer ersten Begegnung die Hand um die Kehle legen, aber nicht zu fest. Nicht fest genug, um ihr wehzutun. Nur so, dass sie wusste, dass sie mir gehörte.

Meine Finger zuckten. Zu gern hätte ich es getan, aber ich hielt mich zurück. Obwohl ich geschwächt war, war ich mir nicht sicher, ob ich mich davon abhalten könnte, sie mir zu nehmen, wenn ich sie erst berührte. Und angesichts ihrer zornig zusammengezogenen Augenbrauen wäre sie davon sicher nicht begeistert.

Das machte mich erst recht wütend. Sie schien das heilige Band im Gegensatz zu mir nicht zu spüren. Warum? Warum nicht? Ich war ein mächtiger Gahn und ihrer mehr als würdig. Ich war ihr *Gefährte.*

Während ich sie ansah, erinnerte ich mich bruchstückhaft an die Schlacht. An den Biss von Gahn Buroudeis Axt. Wie schwer mein Körper auf den Boden geschlagen war. Ein Aufblitzen roten Haars, als Chapman in den Kampf eingegriffen hatte. Die Scham über Letzteres war stark und heiß. Die Schande, dass meine Frau gezwungen gewesen war, *mich* zu verteidigen. Das entsprach nicht unserer Tradition.

Aber vielleicht der ihren.

„Du musst endlich unsere Sprache lernen. So geht das nicht", grollte ich. Sie erwiderte etwas, das ich nicht verstehen konnte. Knurrend gestand ich mir ein, wie wenig ich über sie wusste. Sie war ein Rätsel, das mich in den Wahnsinn trieb und in das ich meine Zähne schlagen wollte, um es ganz zu durchdringen. Um alles zu erfahren.

Aber fürs Erste war das unmöglich. Ihre Worte rannen mir durch die Ohren wie Sand durch die Finger und verschwanden, ohne eine Bedeutung zu hinterlassen. Ich verstand jedoch, was es bedeutete, als sie ihre Brauen weiter zusammenzog und auf meine Schulter zeigte. Ich schielte zur Seite und erkannte, dass die gewebten Verbände schwarz getränkt waren. Auch mein Handgelenk blutete wieder, der ganze Arm war dunkel gefärbt. Schwarze dicke Tropfen fielen zäh in den Sand.

Dann tat Chapman etwas Seltsames. Etwas, das meinen sterbenden Körper in Brand setzte. Etwas, das mich am Leben halten würde, selbst nachdem der letzte Tropfen meines Bluts im Sand versickert wäre.

Sie trat an meine unverletzte Seite und ergriff mit ihrer winzigen Hand die meine. Ihre Haut war so weich, dass ich aufstöhnte. Wie konnte irgendein Lebewesen so weich sein?

Ich wollte kräftig ihre Hand drücken, aber mir war klar, dass ich ihr selbst in meinem geschwächten Zustand die Knochen brechen würde. Daher zwang ich mich, meinen Griff locker zu halten und nur leicht die Finger um ihre zu schließen.

Sie schüttelte an Vakal gewandt in einer merkwürdigen Hin-und-Her-Bewegung den Kopf, dann zog sie entschlossen an meinem Arm und führte mich zurück zu meinem Zelt. Das widersprach jedem meiner Instinkte als Gahn. *Ich sollte derjenige sein, der führt.*

Aber in diesem Augenblick, solange die Hand meiner Gefährtin in meiner lag, blieb mir nichts anderes übrig, als ihr zu folgen.

KAPITEL SIEBENUNDZWANZIG
Chapman

WENN JEMAND MIR VOR einigen Tagen gesagt hätte, dass ich bald mit Gahn Fallo, meinem erklärten Feind, Händchen halten würde, hätte ich ihm ins Gesicht gelacht. Oder ihn vielleicht sogar bespuckt, wie ich es bei Gahn Fallo getan hatte. Aber hier war ich nun und versuchte, die Wärme zu ignorieren, die dank des sanften Griffs seiner Finger meinen Arm hinaufkroch.

Ich hatte nicht an mich halten können. Er hatte so verloren und wütend gewirkt, hatte geblutet und Schmerzen gelitten. Ich konnte ihm ansehen, mit welcher verbissenen Willenskraft er gegen seinen geschwächten Körper ankämpfte. Er wirkte beinahe fiebrig. Fiebrig und hilflos.

Er war ein Mann, der es gewohnt war, sich auf die Kraft seines Körpers zu verlassen und dank schieren Willens alles zu schaffen. Dafür zu sorgen, dass jeder sich unterordnete. Er war nicht daran gewöhnt, sich zu bremsen oder zu schonen. Auch nicht daran, sich auf andere zu verlassen.

Ich fühlte mich ein wenig an meine Mom erinnert, als die Krankheit sie am Ende eingeholt hatte. Zu erleben, wie hilflos sie sich in ihrem Körper fühlte, weil sie nicht mehr tun konnte, was ihr sonst möglich gewesen war – ihre Wanderungen und ihre Gartenarbeit –, hatte mich fast umgebracht. Und dieselbe Frustration bei Gahn Fallo zu sehen und auch den Schmerz, der damit für ihn einherging, brach mir das Herz.

Ich musste etwas tun.

Also nahm ich seine Hand.

Ich konnte nicht leugnen, dass hinter dieser Geste mehr als der Wunsch steckte, ihn durch seinen hilflosen Zorn zu leiten. Ich *wollte* seine Hand in meiner spüren. Nach allem, was wir durchgemacht hatten, wollte ich ihm etwas Trost schenken. Und ich wollte ihn berühren, mich vergewissern, dass er wirklich noch lebte und fest an meiner Seite stand. Mich vergewissern, dass es ihm gut ging.

Nach der Schlacht war ich nicht in der Lage gewesen, bei den anderen Frauen im Zelt zu bleiben. Ich war nach draußen marschiert und hatte den Umriss von Gahn Fallos Zelt in der Dunkelheit beobachtet, während eine Wache in der Nähe mich vorsichtig beäugt hatte. Und als Gahn Fallo aus dem Zelt geschossen gekommen war, riesig, aufgebracht und wild, hatte ich zu meiner Überraschung die Tränen zurückhalten müssen.

Tränen des Ärgers, weil er aufgestanden war und herumlief, obwohl er das mit Sicherheit nicht sollte. Und Tränen der Dankbarkeit über die Tatsache, dass er überhaupt noch laufen konnte.

Während wir Hand in Hand nebeneinander hergingen, beinahe wie ein ganz normales Paar an einem ganz normalen Tag auf der Erde, fragte ich mich, ob das hier seltsam war.

Aber als ich meinen Griff änderte und die Finger mit seinen verflocht, hörte, wie er neben mir scharf einatmete, fühlte es sich nicht seltsam an. Nur seltsamerweise ... richtig.

Wir betraten das Halbdunkel seines Zelts. Das einzige Licht stammte von zwei flackernden Kaktuskerzen, die auf dem Sitz des Throns neben seinem Lager aus Tierhäuten standen.

„Okay, leg dich hin", befahl ich, ließ seine Hand los und deutete auf die Häute. Er wandte sich mir zu und trat einen Schritt nach vorn, sodass kaum eine Handbreit Platz zwischen uns blieb. Seine Nähe trieb meinen Puls in die Höhe. Aber ich hatte keine Zeit, dieses Gefühl zu analysieren. Er war immer noch verletzt. Sein Blut sickerte in alarmierender Schnelligkeit durch die Verbände.

„Hinlegen! Jetzt!", versuchte ich es erneut und deutete mit dem Finger aufs Bett.

Er schnarrte ein paar fremdartige Worte und rückte noch näher. Sein Bauch und seine Brust drängten sich an meine Brüste, sodass meine Nippel sich verhärteten. Ich trug das graue Tanktop und die Zivilistenhose, keine Jacke und auch keinen BH. Ich spürte sowohl die Feuchtigkeit seines Bluts an meiner Haut als auch die Hitze, die er in Wogen ausstrahlte.

Unübersehbar würde er sich nicht hinlegen, nur weil ich es ihm sagte.

Sturer Kerl.

Ich ließ mich neben den Tierhäuten zu Boden sinken und tätschelte sie mit der Hand, als wollte ich sagen: *Komm schon. Ich bin jetzt auch hier unten.* Ich wurde rot und wandte das Gesicht ab, als mir aufging, dass sein Lendenschurz genau vor meiner Stirn schwebte.

Schließlich setzte er sich mir zugewandt auf das Lager und verschränkte in einer Kopie meiner eigenen Haltung die langen Alien-Beine. Aber während ich mich nach vorn gebeugt und die Unterarme auf die Knie gestützt hatte, saß er stocksteif da, die gesunde Hand in die gegerbten Häute gekrallt.

Er musterte mich eindringlich. Die schimmernden Funken in seinen Augen wirkten unstet und unfokussiert, seine Brust hob sich unter schweren Atemzügen. Ich entdeckte die Jacke, die er mir bei meinem letzten Besuch um die Schultern gelegt hatte. Sie lag zwischen seinem Bettzeug und errötend fragte ich mich, was sie hier tat. Hatte er sie beim Schlafen bei sich behalten?

Hör auf, über solchen Unfug nachzudenken.

Obwohl er so riesig, muskulös und stark wie immer wirkte, machte mich das langsam aus seinem Arm austretende Blut nervös. Die milchige Heilsalbe war ziemlich toll, aber offensichtlich brauchte sie bei so tiefen Wunden doch etwas Zeit, um zu wirken. Zumindest in den kleinen Mengen, die die Ärztinnen in ihren Gefäßen aufbewahrten.

„Ich gehe die Heilerinnen holen", sagte ich und machte Anstalten, mich zu erheben. Als mir klar wurde, dass er mich nicht verstehen würde, versuchte ich es erneut. „Bokeelie. Kalla."

Seine Nasenflügel bebten und sein Schwanz zuckte, als ich aufstand. Bevor ich auch nur einen Schritt machen konnte, griff er mit der gesunden Hand nach mir. Dieses Mal war er derjenige, der meine Hand ergriff und sie und mein

Handgelenk mit seinen warmen Fingern umschloss. Ich erstarrte bei seiner Berührung, ein süßes Ziehen bildete sich in meiner Brust und wanderte nach unten in meinen Bauch.

„Du brauchst ärztliche Hilfe, du Dummkopf!", rief ich mit merkwürdig rauer Stimme. Es gefiel mir nicht, wie sehr mir dieser Kerl unter die Haut ging. Ich reagierte viel zu stark auf ihn. Und allmählich glaubte ich, dass es keinen Weg zurück gab. Zurück zu dem Punkt, an dem er nur irgendein Alien gewesen war. Zurück zu dem Punkt, an dem er mein Feind gewesen war.

Seine einzige Reaktion auf mein Zerren bestand darin, die Finger fester um meine Hand zu schließen. Wenn ich nicht vorsichtig war, würde ich mir noch das Handgelenk verdrehen. Seine Kräfte hatten sich eindeutig regeneriert, seitdem er auf dem Schlachtfeld zu Boden gegangen war. Aber er musste es immer noch ruhig angehen lassen, verdammt noch eins. Ich erinnerte mich viel zu gut, wie schwach seine Hand, dieselbe Hand wie jetzt, erst vor Stunden um meinen Knöchel gelegen hatte, und spürte, wie mir das Blut aus dem Gesicht wich. Ich wollte ihn nie wieder so schwach vor mir sehen.

„Na gut", murmelte ich und setzte mich wieder. „Wenn du mich nicht weglassen willst, werde ich mich selbst darum kümmern müssen."

Kalla und Bokeelie hatten einige Verbände dagelassen, die ich mir in den Schoß legte. Ich saß dichter neben Gahn Fallo als beim ersten Mal, meine Knie berührten seine Schienbeine und kleine elektrische Impulse jagten durch meine Beine.

Konzentrier dich.

Ich rollte die Verbände auf und betrachtete erst sie, dann ihn. Ich hatte eine ziemlich umfangreiche Erste-Hilfe-Ausbildung hinter mir, besonders, was den Umgang mit Traumata und Wunden betraf, aber die hatte sich einzig auf die menschliche Anatomie bezogen. Andererseits schienen sich diese Aliens nicht allzu sehr von uns zu unterscheiden, mal ganz abgesehen von den seltsamen Augen, den kupierten Dobermann-Ohren und der Ähnlichkeit mit Kängurus. Sie bluteten wie wir und wie bei uns Menschen ging ich davon aus, dass es auch für sie ziemlich wichtig war, ihr Blut im Körper zu behalten.

„Gib mir deinen Arm."

Er legte den Kopf schief und sah mich aufmerksam an.

Gott, diese Sache mit der Sprachbarriere nervte allmählich.

Ich entwand ihm meine Hand und dieses Mal ließ er mich los. Wieder ließ ich die Verbände in meinen Schoß fallen und griff nach seinem verletzten Arm. Behutsam umschloss ich seine riesige Hand mit meinen.

Das Blut in diesem Bereich stammte aus einer tiefen Wunde am Unterarm. So vorsichtig wie möglich bettete ich seine Handfläche auf meinen Oberschenkel, um den Arm zu stabilisieren, während ich ihn behutsam untersuchte. Ich würde die Kompresse der Heilerinnen nicht entfernen. Das würde ich ihren erfahrenen Händen überlassen. Aber ich konnte zumindest eine weitere Lage aus Verbänden herumwickeln.

Dank der Verletzung regten sich Gahn Fallos Finger auf meinem Bein nicht und dafür war ich dankbar. Ich ahnte, dass er sonst irgendetwas angestellt hätte, um mich abzulenken. Der grausige Gedanke, dass er die Hand vielleicht nie wieder benutzen können würde, ließ mich mit den Zähnen knirschen und ich machte mich an die Arbeit. Langsam und straff legte ich den neuen Verband an.

Bei dieser Gelegenheit war der Größenunterschied zwischen uns unübersehbar. Meine Hände wirkten neben den seinen wie die einer Puppe, sein Unterarm war dicker als meine Wade.

Ich verband den blutenden Arm fest. Auf meinen Fingerspitzen sammelte sich tintengleiches Blut. Nachdem ich die Enden verknotet hatte, betrachtete ich meine Finger und strich langsam mit dem Daumen über die Spuren. Irgendwie hatte ich das Gefühl, gezeichnet worden zu sein.

Ohne darüber nachzudenken, drückte ich meine befleckten Fingerspitzen auf Gahn Fallos Knöchel und hinterließ die verschmierten Umrisse meiner Fingerabdrücke auf seiner Haut. Nun waren wir beide gezeichnet. Als er sich näher lehnte, schluckte ich. Einige seiner Zöpfe fielen ihm über die Schulter. Ich sah auf und strich sie ihm von der Wunde an Hals und Schulter. Dann legte ich ihm seinen verletzten Arm in den Schoß und erhob mich mit weiteren Verbänden in den Händen auf die Knie.

„Halt jetzt still", befahl ich und bemühte mich, stärker zu klingen, als ich mich fühlte. Dabei fühlte ich mich im Augenblick alles andere als stark. Etwas an seiner Nähe verwandelte meine Knie in Wackelpudding.

Ich stieß die Luft aus und spannte die Muskeln, alles in dem Versuch, meine alte Army-Stärke zurück in meine Knochen zu zwingen. Es funktionierte halbwegs. Für eine Sekunde oder auch zwei. Solange bis ich näher rückte und seinen Atem an meinem Hals spürte. Und dann, wie er die Stirn an meine Schulter legte.

Aufgerichtet wie ich war, erstarrte ich, die Verbände waren vergessen. Er sagte leise etwas und ich spürte, wie er die gesunde Hand hob, um sie in meinen Rücken zu legen. Mein Gesicht brannte, nein, mein ganzer Körper brannte. Ich regte mich nicht, atmete kaum und wartete ab, was er als Nächstes tun würde. Aber er ... hielt einfach still. Sein großer Kopf ruhte an meiner Schulter, seine Hand auf meinem Rücken.

Ich schüttelte kaum merklich den Kopf über mich selbst, ignorierte die Hitze seines Körpers sowie die Vertrautheit unserer Haltung und machte mich an die Arbeit. Ich wickelte die Verbände um seinen Arm und seine Schulter, indem ich die Lage von Bokeelies und Kallas Stoffstreifen kopierte. Nachdem ich alles verknotet hatte, war ich recht zufrieden mit meinen Bemühungen. Ich sah kein weiteres Blut austreten.

„Siehst du? Wenn du einfach stillhältst und tust, was man dir sagt, hört die Blutung auf. Schockierend, was?"

Als ich dicht an seinem Ohr sprach, regte er sich leicht, rieb die Nase an meinem Hals und atmete tief durch.

Ich sollte gehen. Ich sollte ihm Ruhe gönnen.

Aber ich ... konnte einfach nicht.

Es war, als hätte er mich mit einem Zauber an sich gebunden. Oder mit einer Art Alien-Schwerkraft. Ich fühlte mich, als hätte ich Wurzeln geschlagen, in ihn hinein, und war unfähig, mich loszureißen.

„Ich bin froh, dass du nicht gestorben bist", flüsterte ich in mich hinein. Er antwortete mit einem Grollen und damit, dass er den Arm fester um meinen Rücken schlang. Dann zog er mich auf einmal ruckartig nach vorn, sodass ich nicht mehr vor ihm kniete, sondern auf seinem Schoß saß.

„Was glaubst du, was du hier tust?", fuhr ich ihn an. „Ich dachte, du hörst endlich auf mich und benimmst dich wie ein braver Patient."

Ich wollte weiter Protest einlegen. Sein schlaff herunterhängender Arm war mir schmerzlich bewusst. Aber seine Miene schnürte mir die Kehle zu.

Er wirkte ... als würde er Schmerzen leiden. Nur dass es kein körperlicher Schmerz war. Es war eher, als würde ihn etwas innerlich auffressen, etwas, das an ihm nagte, ihn verbrannte und biss. Sein kantiger Kiefer war angespannt, die breiten Augenbrauen zusammengezogen, die schimmernden roten Funken in seinen Augen hatten sich zu einem pulsierenden Punkt verengt.

Er ist wunderschön.

Ich konnte den Gedanken nicht abstreifen. Er entsprang einem Instinkt und ließ sich weder leugnen noch verdrängen. Gahn Fallo war verrückt, unmöglich und unfassbar nervig und sein Ego war so groß wie dieser ganze Planet, wenn nicht sogar größer, aber in diesen Momenten, in diesen stillen Momenten, in denen wir ganz allein waren, entdeckte ich noch etwas anderes in ihm. Etwas Tieferes, Sanfteres, etwas, das mich ansprach. Etwas, nach dem ich greifen wollte, um es mit meinen winzigen Menschenhänden zu umfassen.

„Wenn ich mich in dich verknalle, werde ich verdammt sauer", murmelte ich mit Blick auf seine Lippen. Aber es lag kein Nachdruck in meinen Worten. Ich war einfach zu müde. Zu ausgelaugt von meiner Panik wegen seiner Verletzungen. Zu dankbar, dass er noch lebte. Zu schwach, um mich fernzuhalten.

Der schmerzerfüllte Ausdruck in seinen Augen verstärkte sich und er knirschte unzufrieden mit den Zähnen. Dann löste er die Hand von meinem Rücken und strich mir zärtlicher, als ich mir hätte vorstellen können, über die Stirn, den Kiefer und schließlich den Mund. Mit einer einzelnen scharfen Kralle berührte er meine Unterlippe und ich keuchte auf, doch bevor er die Haut aufreißen konnte, ließ er dieselbe Klaue in meine Haare gleiten und schob die Finger in die zerzausten Strähnen.

Mein Haar war ziemlich lang und hing mir bis über die Schultern, wenn ich es offen trug. Wir waren uns so nah, dass er einige Strähnen an sein Gesicht heben und sie sich gegen Nase und Mund drücken konnte. Aufstöhnend schloss er die Augen.

Und dann schien etwas in ihm zu zerspringen. Mit einem gutturalen Knurren riss er die Augen auf. Er ließ von meinem Haar ab, legte die Hand an meinen Hinterkopf und bevor ich wusste, wie mir geschah, lag sein Mund auf meinem.

Heilige Scheiße.

Was ging hier vor? Küssten wir uns etwa?

Ich hatte bisher nicht einmal gewusst, dass Aliens sich überhaupt küssten.

Schätze schon, musste ich eingestehen, als seine festen Lippen über meine glitten. Mein erster Impuls war, zu erstarren, ihn fernzuhalten, mich zu verkrampfen und dichtzumachen. Aber ich stellte fest, dass ich es wollte, obwohl ich es vielleicht nicht sollte.

Nach einem winzigen Moment des Zweifelns öffnete ich mich. Sein Griff wurde fester, sein ganzer Körper zuckte und dann drang seine dreigeteilte Zunge in meinen Mund. Einfach alles an ihm war größer, als ich es gewöhnt war, und seine Zunge – oder vielmehr seine Zungen – füllten meinen Mund ganz aus. Kurz geriet ich in Panik und hatte Sorge, nicht atmen zu können, aber dann zog er sich leicht zurück und strich nur mit den kitzelnden Spitzen über meine Zähne und meine Zunge. Ich leckte ihm im Gegenzug über die Unterseite der mittleren Zunge und prompt zuckte sein Becken. Seine Reaktion schickte Flammen durch meine Adern, bis ich bemerkte, dass sein Glied zunehmend härter wurde. Mir fiel ein, dass er heute Abend um ein Haar gestorben wäre und dass er noch nicht über den Berg war.

„Du musst es ruhig angehen lassen. Dich ausruhen", keuchte ich, als er von meinem Mund abließ und sich stattdessen über meinen Kiefer und meinen Hals hermachte. Erst mit den Lippen, dann mit der Zunge und schließlich mit den Zähnen glitt er über meine empfindliche Haut, bis mir schwindelig wurde. Er fühlte sich viel besser an, als ein Alien sollte, aber ich musste jetzt stark sein. Ich musste dafür sorgen, dass er sich von all den Zwischenfällen erholte.

„Stopp, Stopp", raunte ich und legte doch den Kopf in den Nacken, um ihm besseren Zugang zu der brennenden Haut meiner Kehle zu ermöglichen. Die Berührungen seiner Zungen, das fieberhafte Kratzen seiner Zähne waren wie eine Droge. Aber bei Gott, auch wenn ich mein ganzes verdammtes Leben auf der Erde lang Nein zu Drogen gesagt hatte, wie es auf Postern und in Fernsehwerbungen von einem verlangt wurde, konnte ich jetzt nicht Nein sagen.

Gahn Fallo hatte den Kopf gesenkt und hinterließ inzwischen heiße Spuren auf meinem Schlüsselbein. Die Erhebung seiner Erektion drückte sich gegen meinen Schritt und weckte ein tiefes Sehnen in mir. Ich umfasste seine Zöpfe, als sein Mund durch meine Kleidung meine Brust fand. Ich konnte nicht anders als aufzustöhnen und mich der Reibung seiner Lippen durch den Stoff entgegenzuheben. Ich brauchte mehr. Mehr von ihm. Und weniger Kleidung.

Aber ich musste das hier abbrechen. Bevor wir zu weit gingen. Ich ballte die Fäuste um seine geflochtenen Haare und zog.

Knurrend zuckte er zurück. Ärger zeigte sich auf seinen Zügen und ersetzte für einen Moment den Hunger.

„Wir müssen aufhören." Ich bemühte mich, entschlossen zu klingen. Kopfschüttelnd suchte ich seinen Blick und hoffte, dass er verstand. Ich hatte noch nie erlebt, dass ein Alien mit einem Kopfschütteln verneint hatte, aber mir standen nicht viele nonverbale Gesten zur Verfügung.

Mir war klar, dass er mich zurückzerren würde, sollte ich versuchen zu gehen. Und ich stellte fest, dass ich sowieso nicht fortwollte. Ich musste dafür sorgen, dass sich dieser verdammte Blödmann ausruhte, wie er es sollte. Dass er nicht die restliche Nacht damit verbrachte, mich zu jagen und wieder herzuschleppen.

Ich löste mich von ihm und kletterte von seinem Schoß. Dann setzte ich mich schnell neben sein Bett, damit er erkannte, dass ich nicht gehen wollte.

„Siehst du? Ich bleibe hier. Also leg dich einfach hin und entspann dich", sagte ich, fragte mich jedoch, ob daran überhaupt zu denken war. Wenn ich blieb, würde ich kein

Auge zumachen. Nicht, solange seine gewaltige, muskulöse Gestalt neben mir lag. Ihm schien es nicht anders zu ergehen. Hitze loderte in seinen Augen. Er hatte die Beine nicht länger verschränkt, sondern leicht gebeugt von sich gestreckt, die Knie waren zur Seite gesunken. Er stützte sich mit der gesunden Hand ab und sein Lendenschurz spannte sich straff über seiner gewaltigen Erektion.

Oh Gott. Mit so einem Ständer würde er kaum Schlaf finden, oder? Er würde mir weiterhin Schwierigkeiten machen.

Als hätte er meine Gedanken gelesen, zischte er mir etwas entgegen, setzte sich auf und riss sich den Lendenschurz herunter. Mir stockte der Atem, als ich zum ersten Mal sein Glied vor mir sah.

Es war riesig, steinhart und dunkel gefärbt. Und wie seine Zunge schien es aus drei Teilen zu bestehen: einem großen Schaft in der Mitte, der einem unbeschnittenen menschlichen Penis ähnelte, aber daneben erhoben sich speerartig zwei weitere Schäfte, die rund ein Drittel der Länge des mittleren Teils hatten. Zum Glück schien er nur über zwei Hoden zu verfügen, groß und tiefhängend und mit samtig wirkender Haut bedeckt. Ich war mir nicht sicher, ob ich noch mehr Verrücktheiten in der Alien-Anatomie ertragen hätte. Von daher war der vertraute Anblick eine Erleichterung.

Doch meine Überraschung über die Fremdartigkeit seiner Anatomie wurde rasch von Neugier, Verlegenheit und mehr als nur ein wenig Verlangen ersetzt, als er die Hand nach unten schob und den mittleren Teil seiner Härte rieb. Mein Mund wurde trocken, als er daran auf und ab fuhr.

Wieder zischte er etwas durch die Fangzähne und hielt gerade lange genug inne, um mich am Top zu packen und nach vorn zu ziehen.

Ich fiel vorwärts auf die Knie und suchte mit den Händen nach Halt. Sie landeten auf seinen kräftigen, muskulösen Oberschenkeln und mein Gesicht war nur wenige Zentimeter von seiner Eichel entfernt. Er ließ mich los und streichelte sich wieder und auch, wenn er mich nicht mehr aktiv festhielt, stellte ich fest, dass ich mich nicht rühren konnte. Die langsamen Bewegungen seiner Hand, die auf die glänzende Spitze zuglitten, hypnotisierten mich geradezu. Jedes Mal, wenn er sie nach unten auf sein Becken zuschob, berührte er die beiden kleinen Schäfte rechts und links, sodass sie sich bewegten und zuckten. Sie schienen nicht ansatzweise so hart wie sein Glied zu sein. Ich fragte mich, wie sie sich in meinem Mund anfühlen mochten.

Nein. Ich muss ihn aufhalten.

Aber wie? Selbst verletzt war er noch deutlich stärker als ich. Und es war immerhin nicht so, als hätte er mich angefasst. Er fasste sich nur selbst an. Wie sollte ich diesem wandelnden Muskelberg erzählen, dass er jetzt aufhören und wie ein braver Junge ins Bett gehen sollte?

Ich glaube, das kann ich nicht. Aber vielleicht kann ich es ihm leichter machen ...

Ich erlaubte mir nicht, darüber nachzudenken, dass ich einfach nur nach seinem Glied greifen, den heißen, harten Schaft in der Hand spüren wollte. Ich sagte mir, dass ich es aus guten Gründen tat, nämlich damit er aufhörte, sich zu bewegen, und sich endlich ausruhte.

Lügnerin.

Mein Körper wusste, dass ich log, auch wenn mein Verstand sich weigerte, es einzugestehen. Ich spürte Feuchtigkeit in meinem Schritt und presste die Beine zusammen, als ich Gahn Fallos Hand beiseitestieß und durch meine eigene ersetzte.

KAPITEL ACHTUNDZWANZIG

Fallo

MEINE GEFÄHRTIN MUSSTE sehen, welche Qualen sie mir zumutete. *Wenn sie mir schon nicht gestattet, bei ihr zu liegen, dann wird sie zusehen müssen. Wird miterleben müssen, wie ich vom wunderbaren Schmerz der Liebe verzehrt werde.* Sie vollführte wieder diese seltsame Geste, bei der sie den Kopf hin und her bewegte, etwas, das auf Unzufriedenheit hinzuweisen schien. Aber das war mir egal. Ich brannte für sie. Ohne Erlösung würde ich nicht in den Schlaf finden.

Und wenn ich sie nicht in ihrer süßen Körpermitte finden konnte, würde ich sie mir eben selbst holen.

Und sie würde mir zusehen.

„Schau dir an, was du mit mir angestellt hast", raunte ich. Es war an der Zeit, dass sie alles zu Gesicht bekam.

Ich löste mit einer Hand den Lendenschurz von meinen Hüften und warf das *dakrival*-Leder beiseite. Mein anderer Arm hing immer noch schlaff und schmerzend an meiner Seite.

Meine Härte zuckte, als ihr der Mund aufklappte und ihr Blick zu der Stelle huschte, an der sich meine Hand be-

288

wegte. Mit vor Lust tiefer Stimme grollte ich: „Sieh deinen Gahn an, deinen Gefährten. Sieh dir an, wie sich meine Männlichkeit für dich hebt." Meinen Worten haftete ein Anflug irrsinniger Verzweiflung an, die ich verabscheute. Eine Unsicherheit. Ein unausgesprochenes Verlangen.

Sieh mich an. Liebe mich.

War das ein Befehl? Oder bettelte ich?

Knurrend bewegte ich die Hand schneller. Die Lavrika hatten mich verflucht und niedergestreckt, indem sie mir eine Gefährtin geschenkt hatten, die mich betteln sehen wollte. Eine Gefährtin, die sich mir bei jeder Gelegenheit entzog. Das unvertraute Reißen der Liebe in mir fühlte sich ausweglos und finster an. Warum konnte sie es nicht sehen? Warum spürte sie es nicht?

Ich würde es ihr zeigen. Ich würde ihr zeigen, was sie mir angetan hatte.

„Sieh mich an", wiederholte ich und ließ von meinem Glied ab, um sie an der winzigen Tunika zu packen und näher zu ziehen. Die Kraft meiner Bewegung kostete sie das Gleichgewicht und mit einem leisen Laut fiel sie nach vorn auf die Knie. Ihre Hände landeten Halt suchend auf meinen Oberschenkeln, ihr Gesicht dicht an meinem Schritt. So nahe, dass ich ihren raschen Atem an der Eichel spürte und sämtliche Willenskraft aufbieten musste, um mich ihr nicht entgegenzuheben. Bis meine Härte in ihren feuchten Mund stoßen würde.

Ich ließ sie los und bevor sie sich zurückziehen konnte, rieb ich wieder über mein Glied. Stolz wärmte mein Blut, als mir auffiel, dass sie den Blick nicht abwenden konnte. Ich sah hinab auf ihr rotes Haar und beobachtete sie, während sie mir zusah. Sie bewegte sich, ihr Haar strich über meine Eichel und ich hob unwillkürlich das Becken.

Und ich drängte es ihr doppelt so heftig entgegen, als sie unerwartet meine Hand wegstieß. Ich spannte mich an, als sie sich auf die Knie erhob, sich das Haar über die Schulter strich und dann mit ihrer kleinen Hand meinen Schaft entlangglitt. Mir entfuhr ein ersticktes Stöhnen. Ihre Hand war so winzig. Sie konnte meinen Umfang nicht umfassen. Und sie bewegte die Finger so langsam. Es war reine Folter.

Sie benetzte mit der Zunge die Lippen und mein Becken zuckte erneut, die Muskeln in meinen Oberschenkeln spannten sich an. Egal, wie klein ihre Hand war oder wie langsam sie sie bewegte, meiner Gefährtin so nahe zu sein, ihre weiche Haut an meiner zu spüren, würde reichen, um mich zum Höhepunkt zu bringen.

Lust vermischt mit schwindelerregender Schwäche überfiel mich und ich ertappte mich dabei, dass ich Dinge aussprach, die ich normalerweise nie gesagt hätte.

„Ich will dich nicht brauchen. Nicht so", knurrte ich. Sie sah aus grauen Augen zu mir auf und ich lehnte mich nach vorn, um ihr die Hand an den Hals zu legen und ihr mit dem Daumen übers Kinn zu streichen. „Ich habe noch nie jemanden gebraucht. Ich habe meinen Vater getötet und bewiesen, dass ich ihn nicht brauche. Ich habe meinen Clan und mein Leben nur mit der Stärke meiner Klauen aufgebaut. Und doch ... und doch ..." Meine Stimme klang erstickter, da sie die Hand schneller bewegte, ein rhythmisches Auf und Ab. „Und doch ist das jetzt alles nicht mehr als Sand im Wind."

Es waren bittere Worte. Ich konnte nicht anders. Meine Schwäche verbitterte mich. Mein Verlangen nach ihr. Ein Verlangen, das nicht erwidert wurde. Wir waren im Ungleichgewicht. Das war ungerecht. Ein Teil von mir wollte lieber gar nichts von ihr, wenn ich sie nicht vollständig, mit Körper und Herz, besitzen konnte. Aber ein anderer Teil – jener, der sich ihrer Hand entgegenhob und ihr gierig die Krallen an den Hals legte – wollte sich nehmen, was immer er bekommen konnte.

Was machte es schon, wenn sie meine Liebe nicht erwiderte? Sie war meine Gefährtin. Wir waren miteinander verbunden. Mein Leben hatte ihre Gestalt angenommen, seine Farben waren vom Rot ihrer Haare und vom Grau ihrer Augen geprägt. Ich würde sie jede Nacht verführen und ihr jeden Tag von Neuem das Herz rauben, bis sie mich ebenso sehr liebte wie ich sie. Bis sie die tiefe Bedeutung dieser heiligen Verbindung verstanden hatte. Den Irrsinn, der damit einherging.

„Du gehörst *mir*", presste ich hervor und zog ihr Gesicht an meins. Dieses Mal kam sie mir willig entgegen und öffnete die Lippen, um mir Zugang zu ihrer seidenweichen Feuchtigkeit zu gewähren. Die süße Nässe an meiner Zunge brachte mich ins Straucheln und Lust explodierte in mir, sodass der Samen aus meiner Härte schoss. Sie keuchte an meinem Mund und versuchte, sich zurückzuziehen, während ein Schub nach dem anderen ihren Bauch, ihre Brüste und ihre Hand bedeckte, aber ich packte fester zu und zwang sie stillzuhalten. Alles entgegenzunehmen. Meinen Mund. Meinen Samen. Alles. Jeden Teil von *mir*.

Als die letzten Wogen der Lust abgeklungen waren, gab ich ihren Mund schließlich frei. Ich drückte die Stirn an ihre und sagte an ihren Lippen: „Als ich heute Abend dachte, dass ich sterbe, habe ich nichts mehr bedauert, als dich verlassen zu müssen." Ich öffnete die Augen und suchte ihren Blick. „Und das war mein größter Antrieb. Der Wunsch, zu leben und zu kämpfen. Oder im Fall meines Todes meine Knochen von meinem Scheiterhaufen zu erheben und zu dir zurückzufinden."

Irgendwie und irgendwo in ihrem tiefsten Innern musste sie mich verstanden haben. Meine Worte kamen zu tief von Herzen, um nicht erfasst zu werden. Um ungehört zu verhallen. Kalter Schmerz knirschte in mir, als sie den Kopf schieflegte, matt lächelte und sich mir entzog.

Schon wieder.

Also hatte sie mich doch nicht verstanden.

Und plötzlich konnte ich es nicht mehr ertragen, in ihrer Nähe zu sein. Nicht, wenn ich mir nichts mehr wünschte, als sie auf die gegerbten Häute zu ziehen und mich mit ihr zu vereinigen, all meine überwältigende Liebe in ihrem willigen Körper zu verströmen. Das Bedürfnis war zu stark, zu verzweifelt. Aber sie entfernte sich bereits von mir. Was immer zwischen uns vorgefallen war, war viel zu früh vorüber und dieses Gefühl ging mit einer Pein einher, wie ich sie noch nie erlebt hatte.

Der Blutverlust und die Anstrengung, meinen Samen zu vergießen, ließen mich schwächer als je zuvor zurück. Und als sie die Hand auf meine Schulter legte, um mich auf mein Lager zu drücken, gab ich nach. Meine Gliedmaßen waren schwer, sanken tiefer und tiefer und ich hatte nicht einmal genug Kraft, um den Kopf zu drehen und ihr nachzusehen.

Aber ich hörte, wie sie sich bewegte. Und als die Zeltklappe zufiel, wusste ich, dass sie fort war.

KAPITEL NEUNUNDZWANZIG

Chapman

NACHDEM WIR HEFTIG herumgeknutscht hatten, was irgendwie zu einem Handjob geführt hatte, sah ich Gahn Fallo zwei Tage lang nicht. Er verließ sein Zelt nicht. Ich hätte es bemerkt, wenn er es getan hätte, denn mein Blick huschte alle paar Sekunden in die entsprechende Richtung, egal, wo im Lager ich mich aufhielt.

Bis zu einem gewissen Punkt war ich froh, dass er auf Distanz blieb, sodass ich herausfinden konnte, was zum Teufel mit mir los war. Es war nicht daran zu denken, dass ich mich in einen Alien verliebte, schon gar nicht in *diesen*. Insofern musste es eine andere Erklärung geben, warum ich verzweifelt wissen wollte, wie es ihm ging. Auch dafür, dass ich mich fragte, ob er sich genauso fühlte wie ich; wie ein albernes Schulmädchen. Und zudem musste es auch eine Erklärung geben, warum es mich so verdammt scharf gemacht hatte, ihm einen runterzuholen.

Nachdem er gekommen war, hatte ich ihm angesehen, dass ihn die letzten Kräfte verließen. Und ich wusste, dass ich nicht bleiben durfte. Nicht nach allem, was geschehen war. Er musste sich erholen, und zwar ohne mich. Also war ich still und leise verschwunden und hatte Kalla zu ihm geschickt.

Seitdem hatte ich alle vier Ärztinnen sein Zelt betreten und verlassen sehen, immer mit Tongefäßen und frischen Verbänden in den Händen. Mein Herz machte jedes Mal einen Satz, wenn jemand herauskam, weil ich mich stets fragte, ob er es endlich war. Aber er kam nicht.

Ich tröstete mich mit der Tatsache, dass wir es erfahren hätten, wenn er gestorben wäre. Es hätte für Unruhe im Clan gesorgt. Aber alle schienen relativ entspannt zu sein, was bedeutete, dass der sture Kerl da drin immer noch am Leben war.

Gott sei Dank. Wie hätte ich in dem Wissen leben können, dass mein Handjob einem mächtigen Alien-König den Garaus gemacht hatte?

Während ich mich um Gahn Fallo sorgte, stürzte ich mich in die Arbeiten im Lager. Die anderen menschlichen Frauen und ich hatten unser Zelt fertiggestellt. Der Zeitpunkt war günstig, da anschließend alle Verletzten der Schlacht ins Lazarettzelt verlegt werden konnten. Dadurch, dass alle Patienten an einem Ort waren, hatten die Ärztinnen es leichter.

Am Morgen nach der Schlacht waren für die wenigen gefallenen Krieger gewaltige Scheiterhaufen errichtet worden. Scheinbar waren alle alleinstehend gewesen, sodass sie weder von einer Frau noch von Kindern betrauert wurden, aber es lag dennoch Bitterkeit in der Luft. Viele der menschlichen Frauen hatten geweint. Und wir fühlten uns alle zumindest ein bisschen schuldig an dem Konflikt, den unsere Ankunft verursacht hatte.

Es hat keinen Sinn, sich darüber Gedanken zu machen, hatte ich mir gesagt. *Wir sind jetzt hier. Was geschehen ist, ist geschehen. Wir können nur nach vorn schauen.*

Danach verlief alles wieder recht normal. Zumindest so normal, wie es auf diesem Planeten möglich war. Wir Menschen hielten weiterhin zusammen und freundeten uns mit den anderen Frauen und den Kindern an.

Zwei Tage nach der Schlacht saßen wir mit ihnen gemeinsam beim Abendessen. Alle lächelten, aßen und lachten wie sonst auch. Es machte beinahe den Eindruck, als wären wir Menschen von den Kämpfen und Todesfällen erschütterter als sie. Das ließ mich glauben, dass der Krieg einen noch wichtigeren Teil ihrer Kultur darstellte, als ich bisher gedacht hatte. Was wiederum bedeutete, dass es umso schwieriger, wenn nicht sogar unmöglich werden würde, Gahn Fallos Zustimmung für Celias Plan zu gewinnen.

Andererseits hatte ich die eine oder andere Möglichkeit, ihn zu überzeugen, in meinem Arsenal. Ich errötete, als ich mich erinnerte, wie begierig er sich meiner Hand entgegengedrängt hatte. *Komm schon, sei ein braver Junge,* stellte ich mir vor, zu sagen. *Freunde dich mit den anderen Aliens an, zieh mit uns um und du bekommst jede Menge Handjobs.*

Und vielleicht auch mehr als das.

Ich stöhnte leise, was mir einen befremdeten Seitenblick von Kat einbrachte. Wie tief steckte ich in dieser Sache schon drin, wenn ich ernsthaft darüber nachdachte, mit einem Alien zu schlafen? Wie weit hatte er sich schon in mein Herz geschlichen? Ich war nun wirklich keine

Jungfrau, aber ich war nie ein Fan von bedeutungslosem Sex ohne tiefere Verbindung gewesen. Ich hatte mich immer nur dann körperlich auf Menschen eingelassen, wenn ich Gefühle für sie entwickelt hatte. Was sagte das also über uns aus?

Nach dem Abendessen standen wir auf und bereiteten uns auf die erste Nacht in unserem neuen Zelt vor. Wir hatten bereits all unsere Habseligkeiten umgeräumt und ich freute mich darauf, an einem Ort zu schlafen, der ganz uns gehörte und den wir selbst geschaffen hatten. Es fühlte sich an, als hätten wir einen kleinen Teil zu dem Leben hier beigetragen, statt uns nur zu bedienen.

Als wir an Gahn Fallos Zelt vorbeikamen, konnte ich nicht anders als hinzusehen. Ich bildete mir ein, das sanfte Glühen der Kerzen im Innern zu erkennen, aber nichts regte sich. Ich ballte die Fäuste. Die Situation machte mich unruhig. Er war seit Tagen dort drin. Und er kam mir nicht wie der Typ Mann vor, der herumgammelte, wenn er nicht in einem wirklich schlechten Zustand war. Bisher war er immer in Bewegung gewesen und war mit peitschendem Schwanz zwischen den Zelten umherstolziert. Es fühlte sich falsch an.

Unser neues Zelt tauchte vor uns auf und ich versuchte, meine Sorgen abzuschütteln. In den letzten Tagen und besonders bei Nacht war ich mehr als einmal versucht gewesen, mich davonzustehlen und nach ihm zu sehen. Ich wusste, dass ich nicht an den uns zugeteilten Wachen vorbeikommen würde. Und ich wollte ihn auch nicht in seiner Genesung stören. Also hatte ich die Füße stillgehalten.

Aber ich wusste nicht, wie lange ich das noch konnte.

Wir hatten gerade unser Zelt erreicht, als alarmierte Rufe erklangen. Die beiden Wachen, die uns begleitet hatten, zogen augenblicklich ihre Waffen, bleckten die Zähne und scheuchten uns ins Zelt. Der Aufruhr war so groß, dass es mir gelang, mich davonzuschleichen, während sie die Hügel jenseits des Lagers im Auge behielten. Selbst mitten in der Nacht wäre es mir nicht gelungen, mich allein aus dem Zelt zu stehlen. Aber in diesem Augenblick und im einsetzenden Chaos schaffte ich es.

Ich wollte auf direktem Weg zu Gahn Fallo gehen und mich vergewissern, dass der Depp noch atmete. Aber als ich geduckt an unserem Zelt entlanglief, kam ich zu dem Schluss, besser erst mal nachzusehen, was los war. Als die Krieger losstürmten, folgte ich ihnen, indem ich von Zelt zu Zelt huschte, bis ich die Grenze des Lagers erreicht hatte, und sah hinaus auf die Ebene.

Ein einzelner Tausendfüßer kam über die Hügel auf uns zu. Die Krieger liefen ihm entgegen. Ich sog scharf Luft ein und fragte mich, ob ich eine weitere Schlacht dort zu sehen bekommen würde. Doch stattdessen bildeten die Krieger einen Kreis um den Reiter und eskortierten ihn zum Lager.

Moment, es sind zwei Reiter.

Ich riss die Augen auf, als ich begriff, wer da auf uns zukam. Es waren Celia und ihr Lover. Derjenige, der Gahn Fallo fast getötet hatte.

Besitzergreifender Zorn regte sich in mir bei der Erinnerung an das, was er getan hatte. Ja, es war im Eifer des Gefechts geschehen und ja, vielleicht hatte Gahn Fallo es sogar verdient. Aber trotzdem sträubten sich mir die Nackenhaare. Ich richtete den Blick auf Celia und versuchte, meine Atmung zu beruhigen.

Es war nutzlos, denn auf einmal schoss mein Puls in die Höhe, als sich eine riesige, vertraute Hand in meinen Nacken legte.

Keuchend und immer noch geduckt fuhr ich herum. Prompt beförderte mich der Schwung der Bewegung auf den Hintern und ich sah zu Gahn Fallo auf. Er hatte sich über mich gekauert und doch ragte er gewaltig und wild vor der Kulisse eines Himmels voller Asteroiden und Sterne über mir auf. Mit der unverletzten Hand hielt er mich fest. Der andere Arm lag in einer Schlinge, die fest an seine Brust gebunden war.

„He, du bist ja auf ...", entfuhr es mir. Ich war schockiert, ihn zu sehen, und gleichzeitig unfassbar erleichtert. Aber er ignorierte mich und zog mich grob herum, bis ich hinter ihm war. Dann richtete er sich auf, blaffte mich an und zog mit dem freien Arm eine Klinge von seinem Rücken.

„Du hast ja wohl nicht vor, dich nur mit einem Arm auf einen Kampf einzulassen, oder?", rief ich und kam mühsam auf die Beine.

Er antwortete nicht, sondern knurrte die sich nähernde Gruppe bösartig an. Celias Lover rief etwas in der Alien-Sprache und der einzige Teil, den ich erkannte, war Gahn Fallos Name.

Was könnte er von Gahn Fallo wollen? Und warum hatte Celia ihn begleitet? Ich hatte nicht gewusst, dass sie zurückkehren wollten.

Ich spähte an Gahn Fallos Gestalt vorbei, als der Lover abstieg und Anstalten machte, Celia zu helfen. Er berührte sie so behutsam, als fürchtete er, sie könnte in seinen Händen zerspringen. Als sie auf dem Boden landete, strahlte sie ihn an und er schlug auf eine Weise mit dem Schwanz, die ich nur als bis über beide Ohren verliebt bezeichnen konnte. Ich hätte beinahe gelacht, als ich mir Gahn Fallo in dieser Situation vorstellte. Oder mich. Nein, wir würden uns wohl eher wegen irgendetwas zanken.

Celia entdeckte mich hinter Gahn Fallo und ihre Augen leuchteten auf.

„Chapman! Hey!", rief sie und wollte auf mich zulaufen, aber ihr Lover legte ihr fürsorglich den Arm um die Taille und zog sie an seine Seite. *Kluger Mann.*

Gahn Fallo wirkte nicht glücklich und dasselbe galt für seine Krieger. Eine kurz angebundene Unterhaltung entwickelte sich zwischen den beiden Anführern und Celia suchte meinen Blick. Uns trennten nur wenige Meter und sie übersetzte aus der Ferne.

„Wir sind hergekommen, um unsere Pläne zu besprechen. Ich bin als Übersetzerin hier. Buroudei sagt Gahn Fallo, dass wir in Frieden kommen. Im Grunde versucht er, ihn zu beruhigen."

Gahn Fallo knurrte etwas und ließ die Klinge durch die Luft zischen. Celia erblasste im Licht der Sterne.

„Was hat er gesagt?", schrie ich. Ich stieß gegen seinen unverletzten Arm. „Was hast du gesagt?"

„Dass wir nie hätten herkommen sollen", antwortete Celia zittrig. „Denn damit hätte Buroudei seiner Gefährtin den hässlichen Anblick seiner Zerstückelung zugemutet."

„Tja, daraus wird garantiert nichts", murrte ich verärgert. Ich umrundete Gahn Fallo, trat vor ihn und stützte die Hände in die Hüften. Da er keinen Arm frei hatte, konnte er mich nicht rechtzeitig abfangen. „Hör mal, ob es dir passt oder nicht, sie gehört zu meinen Leuten", sagte ich. „Wenn sie in friedlicher Absicht hergekommen sind, müssen wir ihnen zuhören."

Celia übersetzte rasch und Gahn Fallos Blick huschte von Celias Lover, den ich nun als Buroudei kennengelernt hatte, zu mir. Die schimmernden Funken in seinen Augen verengten sich und mit knirschenden Zähnen stieß er einen langen Schwall finsterer Worte aus.

„Oh Scheiße", sagte Celia leise.

Ich wirbelte zu ihr herum. „Was denn? Was hat er gesagt?"

Sie biss sich auf die Unterlippe und sah von mir zu Gahn Fallo. Neben ihr zog Buroudei eine Waffe. „Er hat gefragt, was er getan hat, um eine so schwierige Gefährtin wie dich zu verdienen."

„Eine ... eine was?"

Bruchstücke unseres Gesprächs auf dem Schlachtfeld kamen mir in den Sinn. Gerede von Gefährtinnen und Verbindungen und anderen Dingen, an die ich mich nicht richtig erinnern konnte. Schließlich war ich ein wenig abgelenkt gewesen, weil ich versucht hatte, den sterbenden Alien zu meinen Füßen zu beschützen.

Celia lächelte schicksalsergeben. „Wir sollten an einen Ort gehen, an dem wir uns unterhalten können."

Ich nickte. „Ja, sag ihm das. Sag ihm, dass ich reden will", erklärte ich entschieden.

Celia tat mir den Gefallen. Ich schaute mich gerade rechtzeitig zu Gahn Fallo um, um zu sehen, wie er mit dem Schwanz schlug und die Waffe fester packte.

Er schob sie nicht auf den Rücken, sondern nahm den Griff zwischen die Fangzähne, sodass die Klinge seitlich herausragte. Dann packte er mich grob am Ellbogen. Genau wie er es getan hatte, als wir nach unserer ersten Begegnung durch die Hügel marschiert waren. Wut und Kummer tobten in mir, als mir klar wurde, dass sämtliche Fortschritte verraucht und die dürftige Verbindung, die wir geknüpft hatten, zerrissen war. Genau wie damals hielt er meinen Ellbogen fest. Als wären wir wieder Feinde.

In meiner Kehle brannte es und ich blinzelte mühsam, als wir losgingen. Buroudei und Celia folgten uns flankiert von Gahn Fallos Männern.

So ist das also. Er wird immer darum kämpfen, seine Macht über mich zu erhalten, und mich wie eine Gefangene behandeln.

Aber dann, nach wenigen Metern und sobald sein Zelt in Sicht kam, veränderte sich der Griff um meinen Arm. Erst wurde er weicher, dann ließ Gahn Fallo die Fingerspitzen nach unten gleiten, bis sie meine Hand erreichten. Er verflocht unsere Finger miteinander und mit einem Aufkeuchen drückte ich zu. Und zwar kräftig. Ich konnte nicht anders. Er führte mich nicht länger wie eine Gefangene. Er hielt meine Hand. Und offensichtlich auch mein Herz, denn in meiner Brust schmerzte es fürchterlich. Stumm sah ich zu ihm auf.

Mit der primitiven Waffe zwischen den langen, glänzenden Fangzähnen sah er aus wie ein Barbar. Wie ein Verrückter. Aber als mich Hitze erfasste, musste ich zugeben, dass ich irgendwie darauf stand. Für mich funktionierte es. Alles.

Alles an ihm. Selbst seine Wut, sein Stolz und sein Ego. *Nicht, dass wir daran nicht arbeiten können.*

Oh wow, jetzt stehe ich hier und schmiede Pläne für die Zukunft.

Aber um eine Zukunft zu haben, mussten wir die Gegenwart überleben. Mit anderen Worten: keinen Krieg verursachen, indem wir Celias Lover töteten.

Kerzen erhellten das Innere des Zelts und Celia grinste mir von Buroudeis Seite zu, als wir es betraten. „Ich habe mich so gefreut, als ich festgestellt habe, dass du noch lebst", gurrte sie. „Du warst die Erste, die ich entdeckt habe, und ich hätte dich so gern umarmt. Aber es war viel zu viel los."

Sie löste sich von Buroudei und ich wollte dasselbe tun, aber Gahn Fallo hielt meine Hand fest. Ich verdrehte die Augen und legte einen Arm um Celia, während ich den anderen nach hinten gereckt hielt.

„Es ist so viel passiert", murmelte ich ihr ins Haar. Wir hatten uns so viel zu erzählen.

Bei unserer letzten Begegnung vor der Schlacht war ich nicht mehr als eine unterkühlte Security-Angestellte gewesen, die sie und ihre Freundinnen gefangen hielt. Sie hatte einmal mitangesehen, wie ich Kat den Griff meiner Pistole über den Kopf gezogen hatte, und ich wusste, dass sie mich damals dafür gehasst hatte. Aber inzwischen standen Kat und ich uns so nahe wie nie zuvor, Celia war verschwunden und hatte sich unter den Aliens einen Lover gesucht und nun umarmte sie mich. Wie sehr sich unsere Lage doch verändert hatte.

Im Gegensatz zu den anderen hatte ich mich bei ihr noch nicht entschuldigt. Aber das würde warten müssen.

Buroudei knurrte etwas und Celia entzog sich meinem Arm. Gahn Fallo zerrte mich nach hinten.

„Was hat er gesagt?", fragte ich und beobachtete besorgt, wie Gahn Fallos Nasenflügel über der Klinge zwischen seinen Zähnen bebten.

Celia verdrehte die Augen und legte die Hand auf die breite Brust ihres Lovers. „Er meinte, dass ich das Einzige bin, was ihn davon abhält, die Klinge in Gahn Fallos Herz zu rammen. Du weißt schon, das Übliche. Ich schwöre, diese Jungs sind wie Testosteron auf Steroiden."

Angesichts ihrer lässigen Art konnte ich ein Grinsen nicht unterdrücken. Sosehr Buroudei und Gahn Fallo sich auch hassten, schienen sie sich ziemlich ähnlich zu sein. Doch während Buroudei gefasst und beinahe majestätisch wirkte, war Fallo leidenschaftlich und wild. Selbst jetzt tigerte er zwischen mir und den anderen hin und her, mit umherzuckendem Blick und die Waffe in der Hand, nun da er mich nicht länger festhielt. Buroudei hingegen stand still und beobachtete jede von Gahn Fallos Bewegungen.

„Kannst du ihm sagen, dass er damit aufhören soll?", bat ich Celia und deutete auf Gahn Fallo.

Sie zog eine Grimasse und ich änderte meine Taktik. „Entschuldige, könntest du ihm sagen, dass *ich* möchte, dass er damit aufhört?"

Sie wiederholte meine Worte rasch und drängte sich weiter in Buroudeis Arme, als fürchtete sie sich vor Gahn Fallos Reaktion. Gahn Fallo erstarrte, dann trat er an meine Seite und blieb stehen. Ich spürte seinen Schwanz hinter uns auf den Boden schlagen, jeder Muskel seines Körpers war angespannt. Er knurrte etwas und Celia übersetzte.

„Nun sagt er, dass die Bitte seiner Gefährtin das Einzige ist, was ihn davon abhält, Buroudei zu töten. Aber falls wir uns rühren, wird Buroudei das Lager nicht lebend verlassen."

Ich meine, ich war ja froh, dass er auf mich hörte. Aber ich war immer noch etwas besorgt, was diese Geschichte mit der *Gefährtin* anging.

„Worum geht es bei dieser Gefährtensache noch mal?" Ich strich mir über die Stirn. Das würde ein langer Abend werden, das wusste ich jetzt schon.

„Ich hatte es während der Schlacht ja schon ange-sprochen", erwiderte Celia. „Aber im Grunde sind die Lavri-ka eine Art heilige, machtvolle Essenz, quasi eine Gottheit. Und sie sind echt. Ich habe sie in ihrer irdischen Gestalt gese-hen."

Ich hob die Augenbrauen, doch sie fuhr fort, bevor ich Fragen stellen konnte.

„Die Lavrika rufen die Männer der Clans zu sich, um ih-nen die ihnen zugedachte Gefährtin zu zeigen. Die Frau, die ihr vom Schicksal zugedacht ist. Buroudei hat mich in ein-er Vision gesehen, bevor wir überhaupt gelandet sind, und es hört sich an, als wäre es Gahn Fallo ebenso ergangen."

„Okay, aber was *bedeutet* das letztendlich?"

Ehrlich gesagt hörte sich das ziemlich schwachsinnig an. Aber war es auch Schwachsinn, wenn eine leichte Regung von Gahn Fallo und die kaum wahrnehmbare Berührung seiner Hand in meinem Kreuz mir Gänsehaut bescherte?

„Nun, so, wie ich es bisher verstanden habe, funktioniert das Ganze bei ihnen etwas anders als bei uns", erklärte Celia. „Durch die Vision wird in einem Krieger ein Gefährtenband geweckt. Das bedeutet mit anderen Worten, dass er sich

Hals über Kopf in seine Gefährtin verliebt. Und einer Alien-Frau ergeht es im Normalfall ebenso. Aber bei menschlichen Frauen scheint der Prozess anders abzulaufen. Wir müssen uns von selbst verlieben."

Ich blinzelte sie steif wie ein Brett an, als Gahn Fallos Krallen beruhigend über meine Hüfte strichen. Er hatte die Klinge wieder zwischen die Zähne genommen und sein roter Blick glitt zu mir, während ich die Augen aufriss.

Verliebt? Gahn Fallo war in mich verliebt? Was zum Teufel? Er hatte eine verdammt seltsame Art, das zu zeigen! Er scheuchte mich herum, gab sich im einen Moment finster und launisch und im nächsten wild und energiegeladen. Mir kam die Redewendung *Sprache der Liebe* in den Sinn. *Gahn Fallos Sprache der Liebe ist es, sich wie ein Irrer aufzuführen.*

„Aber dieses Band löst in Menschen nichts aus?" Ich war etwas verwirrt, was diesen Punkt anging, da ich eindeutig etwas für Gahn Fallo empfand. Und es wäre sicher herrlich einfach, irgendeiner uralten Alien-Magie die Schuld zuzuschieben.

„Nein, ich glaube nicht", bestätigte Celia. „Zumindest nicht auf die Weise, die Buroudei mir beschrieben hat. Er war praktisch verloren, sobald er mich gesehen hat. Ich dagegen habe mich zwar schnell zu ihm hingezogen gefühlt, aber es hat etwas gedauert, um tiefere Gefühle zu entwickeln. Und die Sprachbarriere war auch nicht gerade hilfreich."

„Wem sagst du das?", murmelte ich. „Wie hast du ihre Sprache eigentlich so schnell gelernt?"

„Ha! Das ist eine ziemlich lange und verrückte Geschichte. Und wir sollten vermutlich erst mal darüber reden, warum wir hier sind, bevor die Jungs sich gegenseitig die Köpfe abreißen."

Ich nickte rasch. Ich wollte unbedingt mehr erfahren, aber sie hatte recht. Gahn Fallo verstärkte den Druck auf meine Hüfte und hatte die Zähne um die Waffe gebleckt, eine stumme Drohung.

Celia runzelte angesichts seines Gesichtsausdrucks die Stirn. „Ich kann mehr oder weniger garantieren, dass Buroudei nicht angreift, solange ich nicht in Gefahr bin. Nur damit du Bescheid weißt."

Das beruhigte mich ein wenig. Dummerweise konnte ich für den Mann, der neben mir die Zähne zeigte, nicht dasselbe behaupten.

„Du musst dich benehmen", flüsterte ich und stieß ihn mit dem Ellbogen an. Wenn er sich nicht noch von seinen Verletzungen erholen würde, hätte ich ihm einen deutlich härteren Stoß versetzt. Er grollte leise, rührte sich jedoch nicht. Fürs Erste.

Celia sagte etwas in der Alien-Sprache, bevor sie es für mich in unserer Sprache wiederholte. „Wir sind hier, um uns zu vergewissern, dass ihr den Umzug zu den Klippen von Uruzai vorbereitet. Nachdem wir aufgebrochen sind, ist uns bewusst geworden, dass die Sprachbarriere ein Problem darstellen könnte. Wir kommen in Frieden, um die Verhandlungen fortzusetzen und Unterstützung jeglicher Art anzubieten."

Ich nickte, während sie sprach. Für mich klang das sinnvoll. Aber Gahn Fallo entfernte ruckartig die Hand von meinem Rücken und zog die Waffe zwischen den Zähnen hervor.

Augenblicklich schob Buroudei Celia hinter sich und hob seine eigene Klinge. Er stieß drohende Worte aus und ich hörte Celia hinter ihm quietschen. „Buroudei verspottet ihn. Er fragt, ob er seine Axt wiederhaben kann."

Ärger stieg in mir auf. Die besagte Axt hätte Gahn Fallo beinahe das Leben gekostet. *Unfassbar, wie dreist man sein kann.*

Aber einer von uns musste einen kühlen Kopf bewahren. Gahn Fallo verlagerte seinen Körperschwerpunkt und bereitete sich auf den Angriff vor. Erschrocken streckte ich die Hand aus und packte auf halber Höhe seinen Schwanz. Er fühlte sich ebenso glatt an wie sein restlicher Körper und strotzte vor Muskeln. Und er war offensichtlich empfindlich, denn Gahn Fallo zuckte bei meiner Berührung zusammen und wandte mir ungläubig den Kopf zu.

„Das reicht", warnte ich ihn leise. „Wenn ich deine Gefährtin bin, musst du mir zuhören. Ich habe für meine Leute entschieden, dass wir Celia und Buroudei begleiten werden. Das ist der Plan. Du kannst mitkommen oder es bleiben lassen."

Ich hoffte wirklich, dass er mitkommen würde. Der Gedanke, mich von ihm zu trennen, war ... nicht angenehm. Aber Celia hatte recht: Wir durften uns nicht auf mehrere Clans verteilen, schon gar nicht, falls Krieger anderer Clans auftauchen und nach menschlichen Gefährtinnen Ausschau halten sollten.

Seine Miene nahm einen gequälten Ausdruck an, als hätte ich ihn verraten. Dann zeigte sich finsterer Zorn auf seinen Zügen. Er schlang den gesunden Arm um mich, die

Waffe hinter meinem Rücken, und sah mir in die Augen, während er etwas zischte.

Celia übersetzte von ihrem Platz hinter Buroudei. „Er sagt, dass du ihn nicht verlassen kannst. Er wird die anderen Frauen und dich niemals gehen lassen."

Scheiße.

„Wir sind nicht deine Gefangenen!", rief ich. Sein Griff wurde fester und einmal mehr wirkte er verletzt, als Celia meine Worte wiederholte.

Mit peitschendem Schwanz sprach er.

„Er sagt, dass du Teil seines Clans bist und es seine Aufgabe ist, dich zu beschützen. Und dass du als seine Gefährtin an seine Seite gehörst." Sie zögerte kurz, ihre Stimme wurde hart. „Und er sagt, dass er dem dreckigen Buroudei niemals die Sicherheit der Clan-Leute seiner Gefährtin anvertrauen wird."

„Ich hasse das. Es kommt mir vor, als würden wir Stille Post spielen. Das musst du nicht übersetzen", fügte ich hinzu. Ich war genervt und furchtbar müde. Seufzend ließ ich Gahn Fallos Schwanz los und ließ die Stirn an seine Brust sinken. Er stieß einen Laut der Erleichterung aus, spannte sich an und zog mich noch dichter an sich.

Celias Stimme drang zu uns herüber. „Tja, wir könnten etwas ausprobieren, um das Problem mit der Sprache aus der Welt zu schaffen. Wir könnten wiederholen, was ich getan habe. Aber ich weiß nicht, ob er dich gehen lassen wird ..."

Ich riss den Kopf hoch. „Wohin gehen?"

Celia spähte hinter Buroudeis breitem Arm hervor. „Zu den Klippen von Uruzai. Um die Lavrika zu besuchen."

„Und wenn ich mitkomme, werde ich wie du ihre Sprache lernen? So hast du das also geschafft?", fragte ich.

Celia biss sich auf die Unterlippe. „Ich bin mir ehrlich gesagt nicht sicher, ob es funktionieren wird. Ich war dort, um mich heilen zu lassen, weil ich schwer verletzt war. Ich weiß nicht, ob es bei jemandem klappt, der einfach so auftaucht. Aber wir können es versuchen." Sie redete mit Buroudei, um ihm unsere Idee zu unterbreiten, dann wandte sie sich wieder mir zu. „Wir bringen dich zu den Klippen. Falls er dich gehen lässt", sagte sie mit Blick auf Gahn Fallo.

Es war das zweite Mal, dass sie von *gehen lassen* sprach, und das nervte mich.

„Ich habe es satt, etwas von einer Erlaubnis zu hören!" Ich sah zu ihm auf. „Ich werde Celia und Buroudei zu den Klippen begleiten. Ich werde diese Lavrika besuchen und versuchen, eure Sprache zu lernen. Dann kann ich dir selbst Verstand einbläuen."

Sobald Celia übersetzt hatte, wurde Gahn Fallos Miene noch finsterer. Er zischte etwas.

Celia klang nervös. „Er sagt, dass du uns nicht begleiten darfst. Dass er dich selbst hinbringen wird."

„Sag Nein", schoss ich zurück. „Er erholt sich immer noch von seinen Verletzungen. Abgesehen davon habt Buroudei und du das Ganze schon mal gemacht. Sag ihm, dass ich mit euch aufbrechen werde. Und sag ihm ..." Ich unterbrach mich und holte tief Luft, als mich ein scharfer Schmerz in der Brust traf. „Sag ihm, wenn er mich nicht gehen lässt, wenn er mich nicht meine eigenen Entscheidungen fällen lässt, wird er mich für immer verlieren."

Celia zögerte. „Bist du dir sicher?"

„Ja", sagte ich und schob das Kinn vor. Ich musste jetzt und hier Grenzen setzen. Wenn wir eine Chance auf eine gemeinsame Zukunft haben wollten, musste er begreifen, dass ich nicht seine Gefangene war und er mir keine Befehle erteilen konnte. Ich dachte für mich selbst und hatte meine eigenen Stärken. Und auch wenn mir bewusst war, dass er sich auf diesem Planeten verdammt viel besser auskannte als ich, war mir auch klar, dass sein Ego und seine territorialen Instinkte sein Urteilsvermögen trübten. Ich konnte mich nicht länger von ihm herumschubsen lassen. Ich *konnte* einfach nicht.

Wenn er wirklich so verliebt war, wie Celia behauptet hatte, würde ihm der letzte Teil meiner Ansprache wehtun. Verflucht, es hatte mir selbst wehgetan, die Worte auszusprechen. Aber es musste gesagt werden.

Ich wusste genau, wann Celia bei diesem Teil angelangt war, denn Gahn Fallo zuckte zusammen, nur um sich dann zu verkrampfen. Die leuchtenden roten Funken in seinen Augen schossen nach außen, als wäre eine Bombe explodiert. Er regte sich nicht. Sagte nichts. Hielt mich nur fest und sah mich an. Als könnte ich verschwinden, sobald ich auch nur mit einem Muskel zuckte.

„Lass mich einfach gehen", flehte ich mit deutlich sanfterer Stimme. „Lass mich gehen. Und ich verspreche dir, dass ich zurückkommen werde. Dann können wir reden."

Sein Kiefer mahlte, während er Celia zuhörte. In seinen Augen glühte es und seine Worte klangen schwerfällig und leise, als er antwortete.

„Er sagt, wenn du nicht wiederkommst, wird er den Rest seines Lebens damit verbringen, in der Wüste nach dir zu suchen. Und wenn er dich dann findet – und das wird er –, wird er dich nach Hause schleppen, sodass du ihn nie wieder verlassen kannst."

Ich zog eine Grimasse. Es war nicht perfekt, aber immerhin ein Fortschritt. Ich würde seine Feinde begleiten. Und er würde mich gehen lassen.

Ich hasste den Gedanken, dass er mich *ließ*. Aber dieser vermeintlich kleine Schritt war für uns genau genommen ziemlich riesig. *Wir werden weiter daran arbeiten.*

„Hier", sagte ich und zog seine Hand hinter meinem Rücken hervor, bis sie zwischen uns war. „Würdest du kurz die Klinge weglegen?"

Er sperrte sich dagegen und mir ging auf, dass ich vielleicht zu viel verlangt hatte. Was ich vorhatte, war schwieriger zu bewerkstelligen, solange er die Faust um den Griff geschlossen hatte, aber ich würde es schon hinbekommen.

Ich schob meinen kleinen Finger zwischen den Griff und Gahn Fallos *kleinen* Finger, der größer war, als ein kleiner Finger sein sollte. Ich gab mir größte Mühe, konnte ihn aber nicht umfassen. Aber unsere Finger waren halbwegs ineinander verhakt, das musste reichen. Dann sah ich erneut zu ihm auf. In ein Gesicht, das so verletzt und unsicher wirkte.

„Das ist ein Fingerschwur. Unter Menschen ist das ... ein heiliges Versprechen. Man kann es nicht brechen." Während Celia lächelnd übersetzte, dachte ich, dass ich vielleicht ein bisschen übertrieb. Aber ich musste ihm irgendetwas anbieten. „Ich schwöre hiermit, dass ich nach meinem Besuch in den Klippen von Uruzai zurückkommen werde. Ich werde nicht weglaufen. Und dann besprechen wir, wie es mit unseren Leuten weitergeht."

Ich wollte mich nach wie vor an Celias Plan halten. Die Menschen mussten sich in einem sicheren, zentral gelegenen Gebiet versammeln. Oder so sicher, wie es auf diesem Planeten eben sein konnte. Aber das würde ich ihm später beibringen, wenn ich richtig mit ihm reden konnte.

Gahn Fallo erwiderte nichts. Aber einen halben Herzschlag später drückte er den Mund auf meinen, sein Arm legte sich wie ein Stahlträger um meinen Rücken. Keuchend öffnete ich mich seinen Zungen. Seine Lippen bewegten sich fest und suchend an meinen und ich hob die Hände, um sie an seine Wangen zu legen. Als ich seine Erektion an meinem Bauch bemerkte, zog ich mich kurzatmig zurück. Ich hatte nicht unbedingt vorgesehen, vor Celia und ihrem Lover herumzumachen, aber vermutlich waren sie die Letzten, die über uns richten würden.

„Ich komme wieder", flüsterte ich und streichelte seine Wange.

Sein Blick bohrte sich in meinen, ebenso suchend wie sein Mund zuvor. Aber dann, so langsam und steif, als würde er sich mit jeder Faser seines Seins dagegen wehren, trat er zurück und ließ mich los.

Ich wandte mich den anderen zu und bemerkte Celias wissendes Lächeln. Ich beschloss, ihre hochgezogenen Augenbrauen zu ignorieren, und konzentrierte mich auf die Aufgabe, die vor uns lag.

„Schnell", sagte ich entschlossen und kurz angebunden. „Verschwinden wir, bevor er es sich anders überlegt."

Auf Celias Vorschlag hin nahmen wir einige zusätzliche Tierhäute mit und legten sie Buroudeis Reittier über den Rücken. Sie waren nicht so schick wie der eigens für sie angefertigte Sattel, aber dank ihnen würde ich auf dem Weg zu den Klippen halbwegs bequem sitzen.

Buroudei half mir aufzusteigen und setzte mich vor Celias Sattel. Kurz darauf folgte sie mir, dann sprang Buroudei mit Leichtigkeit hinter uns. Als er sein Reittier antrieb, verrenkte ich mir den Hals, um nach Gahn Fallo Ausschau zu halten. Ich war überzeugt, dass sein brennender Blick uns folgen würde. Aber er war nirgendwo zu sehen.

Ich runzelte die Stirn. *Merkwürdig.*

Aber es war zwecklos, weiter nach ihm zu suchen. Wir hatten etwas zu erledigen. Um eine Sprache zu lernen, wie es aussah. Ein aufgeregtes Schaudern erfasste mich bei dem Gedanken, dass ich endlich in der Lage sein würde, Gahn Fallo zu verstehen. Dass wir ein Gespräch würden führen können. Vermutlich würden wir uns eher streiten, aber wen scherte das? Wir würden kommunizieren. Und ich würde all mein Kommunikationstalent brauchen, um ihn zu überzeugen, an einen neutralen Standort zu ziehen.

Celia zog einige der trinkbaren Kakteen hervor, dazu etwas Trockenfleisch. „Wir haben Reiseverpflegung dabei, falls du etwas brauchst", sagte sie, nahm einen Bissen und kaute begeistert.

„Danke, Celia." Ich wandte mich zu ihr um.

„Nenn mich ruhig Cece", sagte sie, nachdem sie geschluckt hatte. Ich lächelte, erfreut von ihrem Freundschaftsangebot. Es schien ihr nicht anders zu ergehen. „Mein Gott, es tut gut, Menschen um sich zu haben. Es wird super, wenn wir erst alle wieder zusammen sind."

Ich nickte. „Danke, dass ihr mich mitnehmt. Und ich möchte mich für das entschuldigen, was auf dem Schiff passiert ist. Ich habe es den anderen auch schon gesagt, aber bei dir bin ich noch nicht dazu gekommen. Ich hatte keine Ahnung, dass man euch entführt hat. Mit so etwas wollte ich nie etwas zu tun haben."

Celia lächelte sanft. „Danke, dass du mir das erzählst. Ist schon gut. Wir sitzen jetzt alle im selben Boot. Und so wütend ich auch anfangs war: Wenn das alles nicht passiert wäre, hätte ich Buroudei nie kennengelernt."

Meine Kehle wurde eng. Sie hatte recht.

„Und du wärst Gahn Fallo nicht begegnet", fügte sie langsam hinzu und verengte die grünen Augen.

Ich verkrampfte mich, denn ich war mir nicht sicher, ob ich bereit war, mich auf ein Gespräch unter Frauen über ihn einzulassen.

„Bist du sicher, dass du ... Du weißt schon ... mit ihm klarkommst? Ich meine, dass du in Sicherheit bist?", fragte Cece besorgt. „Ich weiß, dass du sehr stark bist und Soldatin und so. Aber Buroudei sagt, er sei durchgeknallt. Er hat erzählt, er sei der einzige Gahn des Sandmeers, der seine Stellung eingenommen hat, indem er den alten Gahn getötet hat."

Ich schürzte die Lippen und versuchte, meinen Schock zu verbergen. Ich meine, mir war klar, dass er verrückt war, aber ich hatte nicht gewusst, dass er tatsächlich jemanden umgebracht hatte, um an die Macht zu kommen. Ich versuchte, mich von diesem Gedanken abzulenken, indem ich eine Frage stellte. „Was bedeutet Gahn? Ich dachte, es wäre ein Teil von Gahn Fallos Name."

Cece schüttelte den Kopf. Ihr kastanienroter Zopf, der unter den Sternen dunkelbraun wirkte, hüpfte. „Nein, Gahn bedeutet so etwas wie Warlord. Anführer. König. Buroudei ist Gahn Buroudei. Fallo ist Gahn Fallo. Es gibt drei weitere Gahns. Gahn Taliok, der in der Schlacht dabei war und seine Leute zu uns bringen wird, um in unserer Nähe zu leben, und dann noch zwei andere, denen ich bisher nicht begegnet bin." Sie senkte verschwörerisch die Stimme. „Die meisten Gahns werden von ihren Vorgängern erwählt. Oder es kommt zu einem Wettstreit namens *baklok*, um den nächsten Gahn zu ermitteln. Aber Gahn Fallo hat seinen Vorgänger getötet." Bei den nächsten Worten sprach sie noch leiser. „Und er war sein *Dad*. Er hat seinen eigenen Vater getötet, um Gahn zu werden."

Mir wich das Blut aus dem Gesicht und ich wandte mich wieder nach vorn. In meinem Kopf drehte sich alles. Die Vorstellung, mich in jemanden zu verlieben, der um der Macht willen den eigenen Vater getötet hatte, war übelkeiterregend. Besonders da ich meinen Vater, den ich innig geliebt hatte, viel zu früh verloren hatte. Es war abscheulich.

Vielleicht ist es mir doch lieber, wenn er uns nicht begleitet. Vielleicht sollte ich es zu meiner Priorität machen, meine Leute so weit wie möglich von ihm wegzuschaffen.

Kein Wunder, dass Cece sich um mich sorgte.

Sie schien zu verstehen, dass ich nicht mehr reden wollte, und lehnte sich an Buroudeis breite Brust. Er grollte und legte den Arm um sie. In der anderen Hand hielt er einen langen Speer. Schon bald hörte ich hinter mir leises, sehr menschliches Schnarchen. Auch ich wurde allmählich müde. Es war spät und die Reise würde Stunden dauern. Aber an Schlaf war nicht zu denken. In meinem Kopf schossen so viele Fragen umher, dass ich kaum geradeaus schauen konnte.

Den übrigen Ritt verbrachten wir schweigend, da Cece schlief und Buroudei und ich uns nicht unterhalten konnten. Und damit war ich mehr als einverstanden.

Als wir nach einiger Zeit das Wrack unseres Schiffs passierten, wurde am Horizont eine lange Reihe Klippen sichtbar. Cece regte sich, als wir näher kamen, und erwachte endgültig, als wir an der zerklüfteten Felswand angekommen waren.

„Das sind die Klippen von Uruzai", erklärte sie schläfrig hinter mir. „Sie liegen auf neutralem Gebiet. Hier werden wir unser Lager aufschlagen."

Zufrieden sah ich mich um. Dieser Ort schien so gut wie jeder andere zu sein, doch die Klippen boten uns etwas Schutz und wir würden in der Nähe unseres Schiffs sein, falls wir Vorräte holen mussten.

Buroudei trieb sein Reittier an der Felswand entlang, bis eine Gestalt in Sicht kam. Es handelte sich um eine hochgewachsene, kräftige Alien-Frau mit langem weißem Zopf und einem Speer an der Seite. Sie trug eine lange weiße Tunika, deren Schnitt sich etwas von dem der Frauen des Clans unterschied. Etwas Majestätisches ging von ihr aus und nachdem Buroudei Cece und mir beim Absteigen geholfen hatte, hob er den Schwanz vor ihr.

„Ich hoffe, es klappt", murmelte Cece.

„Was meinst du?", fragte ich.

„Ich weiß nicht, ob sie uns einlassen wird. Buroudei erklärt ihr gerade die Lage. Ich durfte nur herkommen, weil ich im Sterben lag. Die Lavrika haben mich geheilt und als

Nebeneffekt habe ich ihre Sprache erlernt." Sie runzelte die Stirn und unterbrach sich. „Ach, verdammt. Sie scheint dich nicht reinlassen zu wollen."

Auf keinen Fall. Ich war nicht den ganzen Weg hergeritten, um jetzt abgewiesen zu werden. Ich konnte es akzeptieren, wenn diese merkwürdige Magie, oder was immer es war, bei mir nicht anschlagen sollte. Aber ich würde mich nicht abweisen lassen, ohne es versucht zu haben.

„Bitte." Ich trat vor. Buroudei sah sich ruckartig nach mir um und knurrte, aber ich ignorierte ihn. „Bitte. Bitte lass mich zu den ... ähm ..."

„Lavrika", half Cece mir aus.

„Die Lavrika. Ich muss zu ihnen gehen. Ich muss es versuchen."

Dieses Gefühl schmeckte mir nicht. Diese Verletzlichkeit. Jemanden um Hilfe und Erlaubnis zu bitten.

Die Alien-Frau musterte mich kühl und regte sich nicht. Sie verstand mich sowieso nicht. *Vielleicht könnte ich probieren, mit einer Finte an ihr vorbeizudrängen, ohne dass es zum Kampf kommt ...*

Ich betrachtete ihren Speer.

Wahrscheinlich eher nicht.

Bevor ich mich entschieden hatte, was ich als Nächstes tun würde, begann die dunkle Felsöffnung hinter der Frau so hell und weiß zu glühen, als hätte sich ein Stern hinein verirrt. Ich verengte die Augen und die große Fremde wirbelte herum, dann trat sie beiseite und hob den Schwanz vor die Augen.

Da ich keinen Schwanz zum Salutieren hatte, sah ich genau, was dort aus den Felsen hervorkam. Auch wenn ich ein paar Sekunden brauchte, um zu begreifen, worum es sich handelte.

Die Kreatur war riesig, der Kopf so groß wie ein massiver Findling und erinnerte mich mit seinen großen, wissenden Augen vage an ein Reptil. Als sich das Wesen aus den Felsen schlängelte, sah ich seinen langen, beinlosen Körper. Gewunden, glühend und durchsichtig wie der einer fremdartigen Geisterschlange.

Hatte Celia nicht einen Drachen erwähnt?

Ja, dieses Wesen ging definitiv als Drache durch. Es hatte keine Flügel, aber es war viel zu gewaltig und majestätisch, um es mit einer Schlange oder einem anderen irdischen Reptil zu vergleichen.

Inzwischen hatte sich die Kreatur zur Gänze aus den Felsen gelöst. Sie wand und schlängelte sich, bis ihr Kopf auf Höhe meiner Augen war. Ihre glühenden Augen blinzelten nicht. Ich hatte das Gefühl, in ihnen zu ertrinken.

Dann wandte sie sich ebenso lautlos ab, wie sie gekommen war, und kehrte in die Klippen zurück.

Wie, und was jetzt?

„Geh, du musst ihnen folgen", hauchte Cece neben mir mit weit aufgerissenen Augen. Buroudei sagte etwas. Er klang verblüfft und sie übersetzte. „Er sagt, so etwas ist noch nie geschehen. Die Lavrika rufen dich zu ihren Teichen. Normalerweise verlässt ihre Manifestation nur die Klippen, um Krieger zu rufen. Aber andererseits bist du ja selbst Kriegerin, oder? Du bist schließlich Soldatin."

Ich sah den schimmernden Schwanz der Lavrika zwischen den Steinen verschwinden. Die Alien-Frau trat beiseite, als wollte sie mich passieren lassen.

„Geh!", drängte Cece.

Ich holte tief Luft. Und ging los.

Der glühende Körper des Wesens leuchtete mir den Weg. Ich bewegte mich durch einen dunklen, engen Tunnel, der nach einiger Zeit in eine riesige, offene Höhle mündete. In der Luft lag Feuchtigkeit, die sich nach der trockenen Hitze der Wüste seltsam auf meiner Haut und in meiner Lunge anfühlte. Der Boden war von Teichen voll ruhiger, glühender Flüssigkeit bedeckt, die die Höhle in ein gespenstisches Licht tauchten. *Oh Mann, das ist ja die milchige Heilsalbe! Hierher stammt sie also ...*

Es ergab Sinn, dass man Cece hergebracht hatte, als sie schwer verletzt gewesen war. Die Menge an Heilsalbe hier hätte sie sofort wieder gesund gemacht.

Die Kreatur glitt in den nächstgelegenen Teich voll glimmender Milch und verschwand in dessen Tiefen, ohne dass sich die Oberfläche kräuselte. Ich wartete darauf, dass sie wieder auftauchte. Das tat sie jedoch nicht.

Sollte ich ihr folgen? Ich war eine gute Schwimmerin, aber ich war nicht wirklich scharf darauf, in dieses Zeug hineinzuspringen, wenn ich es vermeiden konnte.

Aber wie sich herausstellte, konnte ich mich nicht davor drücken. Denn einen Moment später schoss die kräftige, bewegliche Schwanzspitze des Wesens aus der Flüssigkeit, legte sich um meinen Knöchel und zog mich hinein.

Das Nächste, was ich wahrnahm, war kalter Stein unter meinem Rücken. Ächzend zwang ich mich, die Augen zu öffnen und mich auf die Seite zu drehen. Ich befand mich noch in der Höhle und lag allein neben dem Teich. Von den Lavrika war nichts zu sehen. Die Erinnerung an das, was gerade geschehen war, begann bereits zu verblassen. Erinnerungen an ein helles, blendendes Weiß. An einen Körper, der sich um meinen wand. An drei Zahnreihen ...

Ich setzte mich auf und stellte überrascht fest, dass meine Kleidung und meine Haare trocken waren.

Hat es geklappt?

Ich konnte nicht sagen, ob ich eine neue Sprache erlernt hatte oder nicht. Ich fühlte mich in keiner Form verändert.

Es gibt nur eine Möglichkeit, es herauszufinden.

Vorsichtig stand ich auf und prüfte, ob ich verletzt oder anderweitig angeschlagen war, aber alles schien beim Alten zu sein. Das steigerte meine Sorge, dass es nicht funktioniert haben könnte.

Ich bahnte mir einen Weg zurück durch den Tunnel. Die große Alien-Frau trat ein zweites Mal beiseite, um mich durchzulassen, und musterte mich eindringlich.

Cece kam auf mich zugelaufen, gefolgt von Buroudei. „Hat es geklappt? Wie fühlst du dich?"

„Ich habe keine Ahnung", erwiderte ich ehrlich.

Buroudei verzog den Mund. „Es ist gescheitert. Sie spricht immer noch deine Sprache."

Seine Stimme war tief und grollend und, oh mein Gott, absolut verständlich. Ich fuhr zusammen, riss die Augen auf und starrte ihn mit offenem Mund an. „Okay, wir verstehen Sie laut und deutlich, Commander. Roger!" Ich grinste, mir war plötzlich ganz leicht zumute. Wir waren endlich in der Lage zu kommunizieren! Das war besser als alles, was ich mir vorgestellt hatte.

Buroudei brummte. „Ich weiß nicht, warum die Lavrika euch Menschen unsere Sprache so ungenügend beibringen. *Commander. Roger ...* Das sind bedeutungslose Worte."

„Für dich vielleicht", zog Cece ihn auf und hakte sich bei ihm ein. „Vielleicht solltest du dir etwas Mühe geben, *unsere* Sprache zu lernen, statt andersherum!"

Buroudeis Miene wurde milder. Lächelnd sah er auf sie hinab. Dann wandte er sich an mich und wurde ernst. „Es ist gut, dass du nun unsere Sprache beherrschst. Vielleicht könntest du Gahn Fallo jetzt sagen, dass er aufhören soll, uns auf seinem *irkdu* zu folgen."

Irkdu. Nun konnte ich dieses Wort zuordnen. Es handelte sich um die Krokodil-Tausendfüßer-Kreaturen, die die Aliens als Reittiere nutzten.

„Wovon redest du?", fragte ich.

Buroudei deutete mit dem Speer zum Horizont. Ich konnte nicht erkennen, worauf er zeigte. Es war zu dunkel und worum auch immer es sich handelte, für meine menschlichen Augen war es zu weit entfernt. „Gahn Fallo ist uns die ganze Zeit über gefolgt."

Eine Mischung aus Ärger und Zuneigung wärmte mich von innen. *Blödmann.*

Aber dann fiel mir ein, was Cece gesagt hatte. Dass er seinen eigenen Vater getötet hatte, um an die Macht zu gelangen. Prompt verwandelte sich die Zuneigung in meinem Innern zu Stein.

Tja, jetzt, da ich seine Sprache beherrsche, kann ich ihn fragen, was es damit auf sich hat.

Ich konnte die Wahrheit herausfinden und auch, ob er wirklich der Bösewicht war, für den ihn alle hielten. Der

Bösewicht, für den ich ihn ebenfalls bis vor Kurzem gehalten hatte.

Besser jetzt als nie.

Ich holte tief Luft und bereitete mich darauf vor, ihn über die Sandebene hinweg zu rufen.

Aber dieses Mal würde ich das Wort Gahn weglassen.

Kein Titel, keine Formalitäten.

Nur sein bloßer Name im Nachtwind.

„Fallo!"

KAPITEL DREISSIG
Fallo

GAHN BUROUDEI WAR EIN Narr, wenn er glaubte, dass ich Chapman allein mit ihm losziehen lassen würde. Sie war meine Gefährtin. Meine. Also hatte ich ignoriert, wie streng sie dreingesehen hatte und dass sie behauptet hatte, ich würde sie für immer verlieren, wenn ich sie nicht gehen ließ.

Das hier musste reichen. Alles andere war zu viel verlangt.

Also war ich ihnen mit einigem Abstand gefolgt, die vielen Klingen auf meinem Rücken bereit, den Speer in der brauchbaren Hand. Ich hasste es, dass mein anderer Arm fest an meine Brust gebunden war, aber er war derzeit sowieso nutzlos. Die Schlinge zu lösen, hätte mir nicht geholfen.

Die Nacht lag wie dunkles Leder über dem Himmel, durchstoßen von Sternen und Monden. Nichts regte sich in der Wüste – keine *zeelk*, keine *krixel*, keine *drizel*-Fliegen oder *brazel*-Vögel. Entsprechend einfach war es, meine Gefährtin im Blick zu behalten, auch wenn es mich wütend machte, sie auf dem Reittier eines anderen Mannes sitzen zu sehen.

Schließlich erreichten sie die Klippen von Uruzai und ich fragte mich zum ersten Mal, ob es funktionieren würde. Ob Chapman genau wie Buroudeis Gefährtin die Gabe der Sprache erhalten würde. Ich würde zum ersten Mal den Sinn ihrer Worte begreifen. Ich würde ihre Worte in mich eindringen lassen.

Und all ihre Einwände und Zurückweisungen erdulden müssen.

Mein Griff um den Speer wurde fester, als die Lavrika Gestalt annahmen und Chapman in die Klippen führten. Ich wusste, dass sie bei ihnen in Sicherheit war, aber nichtsdestotrotz sträubten sich mir die Nackenhaare. Was, wenn sie mich brauchte und ich nicht da war?

Ihr ist vielleicht nicht einmal bewusst, dass sie mich braucht.

Die Zeit verstrich unendlich langsam und ich zog in Erwägung, meine Deckung zu verlassen und in die Klippen zu stürmen, um Chapman herauszuholen. Es dauerte viel zu lange.

Gerade, als ich mich mit rasendem Herzen und erhobenem Speer in Bewegung setzen wollte, sah ich ihre schmale Gestalt aus den Höhlen stolpern. Sie war zu weit entfernt, als dass ich gehört hätte, ob sie jetzt vertraute Worte verwendete. Doch ich sah, dass Buroudei über die Dünen hinweg in meine Richtung deutete. Er hatte mich also entdeckt.

Grollend legte ich mich flach auf mein Reittier und bereitete mich auf den Angriff vor.

Und dann rief Chapman meinen Namen. Ihr hoher Schrei trug weit.

Ich wollte wütend sein, dass sie mich nicht als Gahn bezeichnet hatte. Aber der Laut fuhr durch mich hindurch wie eine *ablik*-Klinge. Seit meiner Kindheit hatte mich niemand mehr Fallo genannt. Die Erinnerung zerrte an mir.

Ich zwang mich, in der Gegenwart zu bleiben, und ritt los. Sie rief nach mir. Sie brauchte mich.

Was hat Buroudei getan?

Der Rachedurst schärfte seine Klauen an mir. Buroudei war mir schon viel zu lange entkommen, war zu lange nicht für seine Taten bestraft worden. Er hätte mich beinahe getötet. Wenn Chapman nicht gewesen wäre, hätte ich ihn zerrissen, kaum dass er bei uns aufgetaucht war.

Genau das würde ich jetzt tun.

Mein *irkdu* war schnell wie der Wind, sodass ich die kleine Gruppe rasch erreichte. Ich sprang von seinem Rücken und zielte mit dem Speer auf Buroudeis Herz, genoss den erschrockenen Aufschrei seiner Gefährtin.

Er schlug meinen Speer beiseite und wir rollten durch den Sand. Schmerz jagte durch mich hindurch, als er auf mir landete. Er schwang eine lange Klinge, doch ich fing sie ab und drückte sein Handgelenk mit meinem unversehrten Arm in die Höhe. Doch ihm standen im Gegensatz zu mir beide Arme zur Verfügung und er zog eine weitere Klinge, um nach meinem Kopf zu schlagen.

Ich riss in lautlosem Gelächter den Mund auf und fing sie ein. Meine Fangzähne schlossen sich um die Schneide. Ich spürte ein Brennen in den Mundwinkeln, als die Klinge mein irres Grinsen verbreitete, indem sie die Haut zerteilte.

„Ich wollte dich nicht vor den Augen deiner Frau töten. Aber jetzt werde ich es tun", grollte Buroudei, bevor er sein

Gewicht auf beide Hände verlagerte. Mein Kopf wurde in den Sand gedrückt und ich spürte einen Zahn brechen. Gelächter rollte durch meine Brust, aber das Geräusch wurde vom Dolch zwischen meinen Zähnen abgefangen. Er würde mich nie töten. Und er würde mir nie meine Gefährtin nehmen.

Blut sickerte mir in den Mund und die Kehle hinab, während ich mich wehrte, mit dem Kopf ruckte und ihm das Handgelenk verdrehte. Ich stellte die Füße flach auf den Boden, sodass ich die Knie beugen konnte, und zog meinen Schwanz unter mir hervor. Ich nutzte seine Kraft, um mich vom losen Sand abzustoßen und das Becken hochschnellen zu lassen, sodass ich Buroudei mit einem Aufschrei herumwerfen konnte. Seine Klinge fiel mir aus dem Mund, als er auf dem Rücken landete, und ich packte sie mit der gesunden Hand. Seine Gefährtin begann zu schreien und an meinem Schwanz zu ziehen, aber ich nahm es kaum wahr.

Das Einzige, was ich spürte, war die dunkle Freude, Buroudei zu töten.

Furchtbares Vergnügen erfasste mich und mir war nicht bewusst, dass Chapman sich genähert hatte. Ich war nicht darauf vorbereitet, dass sie den Arm um meinen Kopf schlang und an meine Kehle legte. Sie war nicht stark genug, um mich von Buroudei herunterzureißen, aber sie brachte genug Kraft auf, um meine Waffe abrutschen zu lassen. Buroudei nutzte die Gelegenheit, um sich unter mir hervorzuwinden, und tigerte vor mir auf und ab, während ich von meiner Gefährtin festgehalten auf den Knien blieb.

„Lass mich los. Sofort", zischte ich. Ich hätte mich problemlos von ihr befreien können, aber dafür hätte ich sie verletzen müssen. Und das würde ich nicht tun.

„Wie wäre es mit ... Nein?", fragte sie hinter mir. Ihr heißer Atem strich über mein Ohr. „Nicht, bevor du dich beruhigt hast."

Jeder Muskel in meinem Körper verspannte sich. Selbst meine Atmung setzte kurzzeitig aus. Ich hatte verstanden, was sie gesagt hatte. Ich *verstand* sie.

Sie hielt mich weiterhin fest und begann zu sprechen.

„Gahn Buroudei", sagte meine Gefährtin. „Wenn du Fallo tötest, werden wir uns euch nicht auf neutralem Gebiet anschließen. Wir werden bei Fallos Clan in den Hügeln bleiben. Wenn du ihn jetzt tötest, beweist du nur, dass es für uns nicht sicher ist, mit mehr als einem Clan zusammenzuleben. Es beweist, dass man euch nicht trauen kann, wenn ihr aufeinandertrefft."

Ich lachte, als Buroudeis Sichtsterne vor Wut pulsierten. Er wollte die neuen Frauen in der Nähe seiner Männer haben. Er wollte, dass sich einige von ihnen als Gefährtinnen seiner Krieger erwiesen. Das war ein gewaltiger Tiefschlag. Ich ignorierte die Tatsache, dass Chapman ihn, aber nicht mich, als Gahn bezeichnet hatte, und ließ dunkle Freude in mir aufsteigen.

„Siehst du, Buroudei?", fauchte ich. „Du hast verloren. Ich habe dir gesagt, dass du die neuen Frauen nicht bekommst. Und auch meine Gefährtin nicht ..."

„Und du", unterbrach Chapman mich bissig an meinem Ohr. „Wenn du Buroudei tötest, kann ich dir nie wieder trauen. Ich verlange von dir, es bleiben zu lassen. Lass uns in Frieden leben."

Mein Lachen erstarb, erstickt von meinem Blut.

„Du willst mich verlassen", sagte ich leise und mit schmerzender Brust.

Ihr Griff wurde fester. „Ich möchte nicht", erklärte sie bedächtig. „Aber ich möchte dir vertrauen können. Und du musst mir etwas geben. Etwas, das mir beweist, dass wir bei dir in Sicherheit sind."

Ich knurrte. „Habe ich dich nicht bei jeder Gelegenheit beschützt?", fragte ich. „Habe ich nicht die *krixel* für dich getötet, Buroudeis Männer für dich bekämpft und dir Gewänder gebracht? Habe ich nicht alles für dich getan, was ein Gahn für seine Gefährtin tun sollte, und mehr?"

„Das hast du", gab sie zu. „Aber ich fordere auch dies."

Der alte Gahn Fallo hätte jeden, der ihn festzuhalten wagte, in den Sand geschleudert. Der Irre Gahn Fallo wäre Buroudei an die Kehle gegangen. Kein Waffenstillstand. Kein Frieden.

Aber ich war wie erstarrt. Gefesselt von Chapmans schmalem Arm und ihrer Stimme an meinem Ohr.

Ich hatte geglaubt, dass sie mich verrückt machte. Aber vielleicht führte sie mich in Wirklichkeit aus dem Land des Wahnsinns heraus. Früher hätte ich Buroudei auf keinen Fall gehen lassen. Aber weder mein Rachedurst noch meine Blutlust war so groß wie das Bedürfnis, meine Gefährtin zufriedenzustellen. *Ich kann sie nicht verlieren.*

„Wegen dir bin ich schwach und zu weich", krächzte ich. Ich spürte sie seufzen, dann kichern. Ihre Brüste lagen an meinem Rücken und ich drängte mich ihnen entgegen.

„In meiner Heimat gibt es so ein Sprichwort", sagte sie. *„Du machst mich zu einem besseren Menschen."*

Ich leckte über meine blutenden Mundwinkel. „Von besser habe ich nichts gesagt", grummelte ich.

Dieses Mal war ihr Lachen lauter. „Nein, gesagt hast du es nicht, aber das hast du gemeint."

Ich war mir gerade nicht sicher, ob es mir gefiel, Chapman zu verstehen.

Einmal mehr fiel mein Blick auf Buroudei. Er wanderte nicht mehr umher, sondern stand still. Mit einer Hand drückte er seine Gefährtin hinter seinen Rücken, in der anderen hielt er seine Waffe.

„Geh, Buroudei. Verschwinde!", fauchte ich. „Geh mir aus den Augen, bevor der Zauber meiner Gefährtin bricht und ich dir mit den Zähnen die Kehle rausreiße."

Er regte sich nicht. „Woher soll ich wissen, dass du mir nicht den Speer nachschleuderst, sobald ich dir den Rücken zudrehe?", fragte er.

Unerträglicher Gahn. Ich zuckte ärgerlich mit dem Schwanz. „Weil meine Gefährtin ihn abfangen wird, bevor er auch nur meine Hand verlassen hat", gab ich angespannt zurück.

„Sehr richtig", stimmte Chapman mir zu. Mir ging die Luft aus, als sie mir den Arm unter das Kinn drückte und meinen Kopf nach hinten zwang.

Endlich ließ Buroudei die Klinge ein Stück sinken. „Ich werde meine Gefährtin Szsiszi zurück in unser Lager bringen. Für sie und nur für sie bin ich bereit, am Frieden zwischen dir und deinem Clan festzuhalten." Er senkte die Stimme zu einem Knurren. „Wir erwarten, dass du das Versprechen deiner Gefährtin ehrst. Dass du die fremden Frauen in das neue Lager ziehen lässt. Ob du sie mit den deinen begleitest, liegt bei dir."

Chapmans Arm und ihr geflüstertes *Ruhig, Ruhig* an meinem Ohr waren der einzige Grund, warum ich ihn nicht umbrachte. Ich kochte vor Wut in ihrer Umarmung, während ich zusah, wie Buroudei seiner Gefährtin auf sein *irkdu* half. Er warf den Stapel gegerbter Häute in den Sand, auf denen Chapman gesessen hatte, dann verschwanden sie in der Nacht.

Endlich lockerte Chapman ihren Griff um meinen Hals. Als sie sich zurückzog, wirbelte ich auf den Knien herum, packte ihre Hand und zog sie in den Sand. Sie ging zu Boden und sah mich finster an. Dann fiel ihr Blick auf meinen blutenden Mund.

„Du siehst aus wie der Joker", sagte sie und musterte mich kritisch.

„Wer ist *Der Joker*? Bring mich zu ihm und ich werde ihn töten. Und dieses Mal werde ich nicht gestatten, dass du mich aufhältst." Ich war bereit, diesen *Joker* umzubringen. Meine Blutlust war unbefriedigt geblieben und pulsierte in meinen Adern. *Sie darf keinen Platz für einen anderen Mann als mich in ihren Gedanken haben.*

„Oh mein Gott, den gibt es doch nicht mal wirklich", sagte sie. „Egal. Wie geht es deinem Arm?"

Eine ihrer Hände lag immer noch in meiner. Nun hob sie die zweite, um langsam über mein Handgelenk und schließlich über Schulter und Hals zu streichen. Ich unterdrückte bei ihrer viel zu sanften Berührung ein Stöhnen. Ich wollte, dass sie fester zupackte. Ihre winzigen, stumpfen

Krallen in mich versenkte. Dass sie mir Schmerzen zufügte und damit bewies, dass ich ihr gehörte.

„Alles in Ordnung."

Die Heilerinnen hatten meine Wunden in den letzten Tagen neu vernäht und wiederholt mit dem Blut der Lavrika behandelt, sodass sich die Wunden geschlossen hatten. Ich blutete nicht mehr, aber das Fleisch unter der Haut war noch nicht geheilt. Ich hatte immer noch Schmerzen und konnte den Arm nur begrenzt nutzen.

Der Kampf mit Buroudei hatte uns ein Stück von den Klippen weggetragen, aber ich spürte den strengen Blick der Lavrikala auf uns lasten.

„Wir reiten zurück ins Lager", sagte ich und schnalzte mit den Zungen, um mein *irkdu* zu rufen. Es kam auf seinen vielen Beinen herangepoltert. Ich stand auf und zog Chapman auf die Füße. Sie ergriff den Stapel Tierhäute, die Buroudei zurückgelassen hatte, und ich nahm sie ihr ab, um sie dem *irkdu* auf den Rücken zu werfen.

„Und auf dem Heimweg müssen wir uns unterhalten", sagte sie und sah mir fest in die Augen.

Ich wusste nicht, warum, aber ihre Worte machten mir Angst.

KAPITEL EINUNDDREISSIG
Chapman

ICH HATTE GESAGT, WIR müssten reden, aber nun schwiegen wir. Ich hatte Fallo kurz erklärt, woher ich stammte, und vage auf den Himmel gedeutet. Er hatte etwas gebrummt und nichts weiter dazu gesagt. Die einzigen Laute waren das Knirschen, mit denen sich die Beine des *irkdu* über den Sand bewegten, und Fallos Atem hinter mir. Ich lehnte mich in dieses Geräusch hinein, drückte den Rücken an seine Brust. Ich hatte den großen Trottel heute Abend beinahe sterben gesehen. Schon wieder.

Seufzend schüttelte ich den Kopf. Mein Haar strich über seine Verbände.

„Warum bist du nur ständig ... so aggressiv?", fragte ich leise. Ich erwartete keine Antwort, aber er knurrte hinter mir. Der Speer, den er zuvor an der Seite gehalten hatte, tauchte vor mir auf wie eine Parkplatzschranke und er legte den Arm um mich, um mich fester an sich zu ziehen.

„Du willst wissen, warum ich das Bedürfnis habe, Buroudei zu töten? Zu kämpfen? Es liegt in unserer Natur. So leben wir." Seine Stimme klang angewidert, als er fortfuhr. „Kämpft dein Volk etwa nicht? Hat es keine Feinde?"

„Nun, nicht unbedingt", begann ich, verstummte jedoch. Ich gehörte zum US-Militär. Ich wusste verdammt
genau, dass auch Menschen Feinde hatten und verdammt
nachtragend sein konnten. Und wer im Glashaus saß, sollte
nicht mit Steinen werfen.

„Wie dem auch sei", sagte ich. „Ich möchte dich etwas
anderes fragen. Etwas Wichtiges." Mein Mund war trocken,
mein Herz raste. Ich wollte diese Frage nicht stellen, aber
ich musste. Ich musste ihn verstehen, bevor ich weitere
Entscheidungen zu meinen Gefühlen für ihn traf. Bevor ich
entschied, wie es weitergehen sollte. „Hast du wirklich
deinen Vater getötet?"

Ich wusste nicht, was ich erwartete. Vielleicht dass er
zögerte, aber das tat er nicht. Er sagte sofort Ja, als wäre es
keine große Sache.

Ich drehte mich zu ihm um und zuckte zusammen, als
ich das angetrocknete schwarze Blut um seinen Mund und
an seinem Hals sah.

„Warum?"

„Mein Vater hatte den Verstand verloren. Er war kein
guter Gahn mehr."

Ich starrte ihn an. *Wer sitzt jetzt im Glashaus, Herr von
und zu Irrsinn?*

Als er nicht weitersprach, seufzte ich tief. Wir konnten
uns inzwischen vielleicht unterhalten, aber ich hatte immer
noch das Gefühl, dass nicht viel dabei herauskam.

„Möchtest du das vielleicht irgendwie weiter aus-
führen?", fragte ich schließlich, bevor ich wieder hinaus in
die Wüste schaute.

Fallo brummte erneut, als wollte er sagen: *Muss ich das denn?* Aber dann redete er.

„Ich war noch ein sehr junger Mann, als meine Mutter einem Fieber zum Opfer fiel. Mein Vater ist über den Verlust seiner Gefährtin verrückt geworden. Eines Tages rief er mich hinaus in die Hügel. Ich dachte, er wollte mich zum Gahn ernennen. Doch stattdessen hat er mir erzählt, dass er vorhat, meine Mutter von den Toten zurückzuholen. Er meinte, es wäre möglich, wenn er nur ein ausreichend großes Opfer bringen würde. Er wollte mit mir anfangen und dann nach und nach den ganzen Clan töten und die Erde mit so viel Blut tränken, dass es meine Mutter heraufbeschwören würde."

Heilige Scheiße.

Ich wusste nicht, welche Art Erklärung ich erwartet hatte, aber ganz bestimmt nicht ... *das.*

Fallo fuhr fort: „Ich habe erkannt, dass er nicht länger fähig ist, seinen Aufgaben als Gahn nachzukommen. Ich wollte nicht zulassen, dass er mich oder einen der anderen tötet. Er hat es trotzdem versucht. Wir haben gekämpft und ich habe gewonnen. Anschließend habe ich mich zum Gahn ausgerufen."

Ich kaute auf meiner Lippe herum. Ich hätte nicht gedacht, dass Fallo mir einen guten Grund nennen könnte, warum er seinen Vater getötet und seinen Titel übernommen hatte, aber offensichtlich hatte ich falschgelegen. Ich konnte mir das gar nicht vorstellen, da ich von einem Vater großgezogen worden war, auf den ich immer zählen konnte. Zumindest bis zu seinem Tod.

„Das muss wirklich schlimm gewesen sein", sagte ich schließlich.

Ich spürte ihn mit dem Schwanz schlagen, dann sagte er: „Er fehlt mir nicht."

Auch das konnte ich mir nicht vorstellen. Ich vermisste meine Eltern ständig.

„Ich rede nicht gern über so etwas. Über die Vergangenheit." Er hatte den Kopf gesenkt, sodass er in meine Haare hineinsprach.

Ich erschauerte. „Okay, dann lass uns über die Zukunft sprechen. Lass uns über den Umzug zu den Klippen von Uruzai reden."

Er holte kurz Luft und spannte den Arm an.

Wir mussten es jetzt hinter uns bringen. Das Pflaster abreißen.

„Wir Menschen brauchen ein gemeinsames Lager", sagte ich. „Wir können nicht bei einem einzelnen Clan bleiben. Das wird langfristig keine sichere Lösung sein. Und ich glaube, das weißt du."

„Ich weiß gar nichts", fauchte er. „Ich werde verhindern, dass irgendjemand dich anfasst. Du und die anderen neuen Frauen werden bei uns in Sicherheit sein und ich werde jeden Mann in Stücke reißen, der ..."

„Würdest du wohl endlich damit aufhören?", explodierte ich. Allmählich war ich wirklich wütend. „Das hatten wir alles schon und es hätte dich beinahe umgebracht. Etliche deiner Männer sind gestorben, dazu einige von Gahn Buroudei! Ihr könnt nicht einfach weiterkämpfen, während wir Menschenfrauen mittendrin stehen. Und wir müssen selbst über unsere Zukunft entscheiden. Wir haben entschieden umzuziehen. Und damit ist die Sache erledigt."

Ich spürte Fallos Blut, das aus seinem Mund rann, durch mein Tanktop sickern. Schaudernd bedauerte ich es, keine Jacke mitgenommen zu haben.

„Du hältst mich für schwach." Er klang elend. „Du sagst, wenn ich dich behalte, werde ich dich verlieren. Aber wenn ich dich gehen lasse, werde ich dich auch verlieren. Du lässt mir keinen Ausweg. Wenn du mich vor die Wahl stellst, würde ich dich am liebsten fesseln und für immer an mir festbinden, egal, wie sehr du dich wehrst."

Ich seufzte frustriert. „Dir ist aber schon klar, dass es noch eine dritte Möglichkeit gibt, oder?"

Er stieß ein „Hmpf" aus, antwortete jedoch nicht.

„Die dritte Möglichkeit ist, dass du dein Ego stecken lässt, der Sache mit dem Waffenstillstand eine Chance gibst und mit uns kommst. Wir können alle zusammenleben, solange du versprichst, niemanden zu töten."

„Das kann ich nicht versprechen", sagte er übellaunig an meinem Hals. Die Berührung seiner Lippen an meiner Haut ließ meine Oberschenkel erbeben.

„Kannst du schon. Was, wenn *ich* dich darum bitte? Du weißt schon, deine *Gefährtin*?"

Fallos Arm regte sich und er stöhnte. „Also unterwirfst du dich endlich. Du erkennst mich endlich als deinen Gefährten an?" Seine Stimme war heiser und löste ein heißes Pulsieren zwischen meinen Beinen aus. *Bleib stark, Chapman.*

„Nun, ich werde sicher nicht die Gefährtin von jemandem sein, der ständig links und rechts Leute abschlachtet.

Und ich werde auch mit niemandem zusammen sein, der mich gefangen hält." Ich wollte ihn nicht manipulieren, aber ich musste ihm seine Optionen aufzeigen. Und zwar jetzt.

„Du musst uns nicht begleiten", sagte ich. Meine Stimme bebte bei der Vorstellung, ihn zurückzulassen. „Aber ich möchte, dass du mitkommst. Und wenn du ebenfalls möchtest, dass wir zusammen sind, geht es nur so und nicht anders."

Ich hatte bis zu einem gewissen Punkt Mitleid mit ihm. Ich forderte von ihm, entweder die Chance auf Liebe oder sein Zuhause aufzugeben. Das war viel verlangt. Aber ich hatte mich entschieden. Wir Menschen mussten zusammenhalten. Ich wollte nicht bei einem Clan festsitzen, der ständig mit vier anderen im Krieg lag. Es war die beste Lösung. Ich wünschte nur, er würde es erkennen.

Wir hatten die Hügel am Rand von Fallos Herrschaftsgebiet erreicht. Die Sonne ging hinter uns auf und legte einen bronzenen Schleier über die Welt. Die Blumenblüten leuchteten und die Hügel wirkten beinahe grün und üppig.

Ich schrie leise auf, als etwas, das nach einem Vogel aussah, auf mich zugeschossen kam und kurz vor meinem Gesicht flatternd in der Luft innehielt. Seine Flügel bewegten sich so schnell, dass sie nicht zu sehen waren. Er erinnerte mich so sehr an die Kolibris auf der Erde, dass mich Heimweh überkam. Aber dieser Vogel war größer als ein Kolibri und statt Federn bedeckten smaragdgrüne Schuppen seine Brust.

Für einen Moment hielt mich seine Schönheit so gefangen, dass ich mein Gespräch mit Fallo vergaß. Mir dämmerte, dass Theresa genau diese Art Vogel entdeckt haben musste, und ich konnte ihr nicht vorwerfen, dass sie ihm gefolgt war.

Fallos Stimme durchbrach meine Tagträumereien. „Man nennt sie *brazel*-Vögel."

Er warf den Speer zu Boden und strich mir mit den Fingern über die Kehle. Ich wölbte mich der Berührung entgegen.

„Hier lag meine Hand, als ich dich zum ersten Mal berührt habe." Er legte die Handfläche um meinen Hals und verstärkte den Griff kaum spürbar. „Dein Herzschlag war so schnell und wundervoll. Ich fühlte mich an einen *brazel*-Vogel erinnert." Er hob die Finger an mein Kinn und drehte mein Gesicht zu sich. „Du bist mir damals so merkwürdig vorgekommen. So wütend. Strahlend wie Feuer. Und wunderschön."

Mir stiegen Tränen in die Augen und eine rann über meine Wange. Die Funken in seinen Augen fixierten sie und er fing sie mit dem Daumen auf, um sie zu kosten.

„Auch jetzt erscheinst du mir noch fremd. Und immer noch wunderschön. Zu schön. Du machst mich schwach. Du veränderst mich."

Seine Worte gaben mir Hoffnung. Er veränderte sich. Hieß das auch, dass er seine Meinung änderte? Würde er den Krieg, die Wut und den Hunger nach Blut ruhen lassen und mit uns kommen? Mit mir kommen?

Gott, ich hoffte es. Es war mir ernst. Ich konnte nicht länger leugnen, dass ich dem verrückten Alien mit Haut und Haar verfallen war. Und ich wollte ihn nicht zurücklassen.

„Manchmal sind Veränderungen etwas Gutes", flüsterte ich.

Er wirkte gequält und legte mir wieder die Hand an die Wange, um sie zu streicheln. Ich kam seiner Berührung entgegen.

„Kannst du das versprechen?"

„Nein", erwiderte ich. „Aber ich kann dir versprechen, dass ich alles tun werde, damit es funktioniert. Wir können es schaffen, Fallo."

Ein düsterer Ausdruck huschte über sein Gesicht. „Warum nennst du mich nicht Gahn?"

Huch? Was ist denn jetzt wieder los?

„Bedeutet das nicht so etwas wie König? Warum sollte ich dich so nennen? Dein Name lautet Fallo. Wenn wir Gefährten sein wollen, dann als Gleichberechtigte. Ich werde dich nicht mit deinem Titel ansprechen."

Er reckte das Kinn vor und Lust trat in seine Stimme, als er antwortete. „Der Gedanke, dich meine Gahnala zu nennen, verschafft mir ... großes Vergnügen."

Er verlagerte das Gewicht und ich spürte seine zunehmend steifer werdende Erektion an meinem Po. In mir erhob sich eine Flutwelle des Verlangens, aber wir hatten immer noch nicht alles geregelt.

„Können wir von diesem Ding absteigen? Ich möchte dir Auge in Auge gegenüberstehen."

Fallo glitt ohne Schwierigkeiten vom *irkdu*, dann half er mir mit dem unverletzten Arm beim Absteigen. Ich trat vor ihn, froh, mich nicht länger mühsam zu ihm umdrehen zu müssen. Die aufgehende Sonne war hinter mir und ihr Schein umspielte seine fremdartigen Züge. Das Blut. Die Fangzähne. Seine Schönheit.

„Was wirst du nun tun?", fragte ich und verschränkte die Arme, um ihn nicht zu berühren. Zuerst brauchte ich eine Antwort.

„Es ist schwierig", brachte er hervor. Seine Lippen waren schwarz vor Blut. „Ich möchte nicht in der Nähe der anderen Clans leben, aber ich werde mich nicht von dir trennen. Und wie du schon sagtest: Wenn ich versuche, dich gegen deinen Willen hierzubehalten, werde ich dich für immer verlieren."

Ich nickte und wagte nicht, etwas zu sagen.

Er legte den Kopf in den Nacken und sah hinauf in den Himmel, dann suchte er wieder meinen Blick. Seine Stirn glättete sich auf eine Weise, die von ruhiger Resignation sprach.

„Ich werde es für dich tun. Wir werden mit den neuen Frauen gehen. Und ich werde niemanden töten, der es nicht verdient hat. Wenn Buroudei so etwas für seine Frau schafft, dann ich ebenfalls. Ich werde nicht zulassen, dass er mich in etwas übertrifft."

Ich begann zu kichern und schon bald lachte ich aus vollem Hals. Das war eine so typische Antwort für Fallo. Schnaufend wischte ich mir die Tränen aus den Augen und beugte mich vornüber, um die Hände auf meine Knie zu legen. Ich war schon einen ganzen Tag und eine ganze Nacht wach und vor Erschöpfung benommen, was mich noch alberner machte.

Ich hörte allerdings auf zu lachen, als Fallo die Hand auf meinen Hintern legte und mich nur mit dem gesunden Arm hochhob. Instinktiv schlang ich die Beine um seine Taille, um nicht zu fallen.

„Vergiss deinen Teil der Abmachung nicht", sagte er heiser und fiebrig. „Vergiss nicht, wenn wir uns darauf einlassen und ein neues Lager aufschlagen, wirst du mich als deinen Gefährten annehmen."

Ich hielt inne und ließ seine Bemerkung auf mich wirken. Ich würde seine Gefährtin sein. Seine Partnerin. *Eher seine Ehefrau*, dachte ich. Diese ganze Gefährtengeschichte klang ernsthafter als ein paar irdische Dates. Und seltsamerweise machte mir das keine Angst. Stattdessen lächelte ich breit.

„Das habe ich nicht vergessen." Nach wie vor lächelnd legte ich die Hände an sein breites Gesicht. „Also warum bringst du deine Gefährtin nicht in dein Zelt? Und zwar sofort?"

Ein tiefes Stöhnen löste sich aus Fallos Kehle. Er grub die Finger in meinen Po und sein Mund legte sich auf meinen Hals. Sein klebriges, getrocknetes Blut an meiner Haut zu spüren, kühlte mein überwältigendes Verlangen nach ihm ab.

„Warte, du solltest zuerst zu einer der Heilerinnen gehen. Dein Mund ..."

„Ist noch zu gebrauchen", sagte er rau und glitt mit einem seiner scharfen Zähne über meine Kehle. „Bis zum Zelt schaffe ich es nicht mehr. Ist zu weit. Ich warte schon zu lange."

Mein Mund wurde trocken, als mir klar wurde, dass Fallo mich vögeln würde, genau hier unter freiem Himmel. Wir befanden uns in den letzten Ausläufern der Hügel und noch nicht auf der Ebene. Die Sonne stand noch tief. *Vielleicht sieht uns ja niemand.*

„Gott, du bist verrückt", hauchte ich und ließ den Kopf nach hinten fallen, als er seine Lippen auf meine presste. Aber durfte ich ihn als verrückt bezeichnen, obwohl ich kurz davor war, praktisch am helllichten Tag mit einem Alien zu schlafen? Vielleicht waren wir beide verrückt. Gerade verrückt genug.

Fallo ließ mich an einer relativ freien Stelle ohne Dornen und Buschwerk zu Boden sinken. Unzeremoniell zerrte er mir die Hose herunter. Meine Pussy zog sich zusammen, als ich begriff, dass mir kein verträumtes, lang gezogenes Liebesspiel bevorstand. Es würde heiß und brutal werden. Animalisch.

„Verflucht, ja", stöhnte ich, als Fallo mir mit den Fangzähnen die Unterhose herunterriss. Bevor er den zerfetzten Stoff beiseitewarf, drückte er ihn an sein Gesicht, atmete tief ein und seufzte. Ich errötete und wand mich vor Verlegenheit. Es war bizarr, ihn an meiner seit einem Tag getragenen Unterwäsche riechen zu sehen. Und zu erleben, wie sehr er auf mich stand, machte mich feucht.

„Beeil dich", drängte ich. Die Sonne stieg immer höher. Ich befand mich noch im Schatten des Hügels hinter mir, aber schon bald würde ich im prallen Sonnenlicht liegen.

Fallo schleuderte meine Unterhose beiseite und schob mit der Hand meine Beine auseinander. Sein Blick wirkte irre und das Blut um seinen Mund war keine Hilfe.

„So ist es besser. Im Freien und im Licht. So kann ich dich richtig sehen."

Seine Brust hob sich, als er zwischen meine Beine starrte. Ich wollte sie schließen. Ich war es nicht gewöhnt, so offen und bei hellem Tageslicht betrachtet zu werden. Aber er wirkte ... schlicht verzaubert. Mir stockte der Atem.

Mit einem wilden Aufschrei stürzte er nach vorn und leckte mich. Seine drei Zungen streichelten mich, kosteten mich. Als die dickste und längste Zunge gegen meinen Eingang stieß, schrie ich zittrig auf und griff mit beiden Händen nach seinen Zöpfen. Er entzog mir die Zunge und sagte etwas an meinen feuchten Schamlippen, während ich stöhnend seine Abwesenheit in mir bedauerte.

„Ich habe darauf gewartet, dich wieder zu schmecken, Chapman. Ich habe danach gehungert. Essen und Trinken bedeuten mir nichts mehr. Das hier ist alles, was ich brauche."

Ich riss den Mund auf und sah Sterne, als er wieder über mich herfiel. Als seine mittlere Zunge in mich hinein- und wieder hinausglitt, verlor ich beinahe die Beherrschung. Ich schloss die Oberschenkel um seinen Kopf und wand mich, hob mich seinem Gesicht entgegen. Gerade als ich kurz vorm Höhepunkt stand, hörte er auf, stemmte sich auf die Knie hoch und riss sich den Lendenschurz herunter.

Ich sah zu ihm auf und wollte nicht darüber nachdenken, warum mich sein Anblick ohne Kleidung, aber mit den vielen umgehängten Waffen so erregte. Die Riemen verliefen kreuz und quer über seinen Oberkörper, selbst über die Verbände, und die Griffe der Klingen erhoben sich über seinen Schultern wie gebrochene Flügel.

Er rückte näher, beugte sich vor und drängte die Spitze seiner Länge gegen meinen Eingang. Ich hob mich ihm entgegen. Meine Brustwarzen verhärteten sich unter dem Stoff des Tanktops, sehnten sich danach, sich an ihm zu reiben. Er schob die Eichel in meine Feuchtigkeit, hielt dann aber mit einem erstickten Ächzen inne.

Ich riss den Kopf hoch, um ihn anzusehen. „Was? Warum hörst du auf?"

Er schaute mich an, als wollte er mich verschlingen. Seine Fangzähne glitzerten im Licht, die schimmernden Zentren seiner Augen hatten sich weit geöffnet.

„Nenn mich Gahn", befahl er mit dunkler, gefährlicher Stimme.

Ich biss mir auf die Unterlippe. Ich wollte ihn nicht Gahn nennen. Meine Gründe hatte ich ihm bereits genannt, aber in diesem Augenblick war der Gedanke zu erleben, was es in ihm auslösen würde, irgendwie ... heiß.

Ein teuflisches Grinsen legte sich auf meine Lippen. „Schieb mir deinen Schwanz rein. Sofort, *Gahn Fallo*."

Ein Schauer erfasste ihn und er stieß in mich hinein. Es ging eine solche Hitze von ihm aus, dass ich mir in die Hand biss. Und er war so groß, dass er mich bis an die Grenze des Belastbaren ausfüllte. Die beiden seltsamen Erhebungen an den Seiten seines Glieds wurden von der Kraft seiner Hüften nach hinten gedrückt. Sie strichen quälend über meinen hinteren Eingang und ich zuckte ihm entgegen.

„Bitte, bitte", flehte ich. Meine Beine zitterten. Er musste sich bewegen, ich brauchte ihn. Dieses Mal neckte ich ihn nicht. Ich bettelte.

Fallo ließ sich auf den Ellbogen des unverletzten Arms sinken, sodass der fixierte sich gegen meine Brüste drückte. Stöhnend rieb ich meine Brustwarzen daran. Er stieß in mich hinein, anfangs langsam, dann schneller und härter, bis seine Bewegungen hektisch wurden.

Sein Gesicht schwebte über mir, er ließ mich keine Sekunde aus den Augen. Ich versuchte, die Lider zu schließen, doch sein Zischen verhinderte das. „Schau mich an. Sieh mich, Chapman. Sieh alles von mir."

Und ich konnte nicht wegsehen. Ich verlor mich völlig in ihm. Alles, was ich wahrnahm, waren das Wirbeln seiner roten Augen, die Stöße seines mächtigen Glieds und die Worte, die aus seinem blutverschmierten Mund kamen.

„Chapman, meine wunderschöne Gefährtin. Ich liebe dein Haar und deine Augen und deine Kraft. Deinen Zorn und deinen Mut und dein Innerstes. Ich werde dich ewig lieben, jeden Tag dieses Lebens und darüber hinaus. Ich werde dich lieben, bis uns die Dunkelheit holt, und es nie bereuen."

Ich war wirklich froh, dass ich ihn inzwischen verstehen konnte. Denn eine solche Liebeserklärung zu verpassen, wäre eine verdammte Tragödie gewesen. Mein eigenes, kaum verständliches *Ich liebe dich auch* wirkte dagegen erbärmlich, aber mehr bekam ich nicht zustande, bevor ich von einem überwältigenden Orgasmus davongerissen wurde. Die Lust ließ mich die Muskeln anspannen und Fallo tiefer in mich hineinziehen.

Eine Sekunde später schrie er auf und zuckte wild, als er kam. Er bewegte sich weiter, wurde langsamer und langsamer und verlängerte unsere Höhepunkte, bis wir beide vollkommen erschöpft waren. Keuchend lagen wir da, während die Sonne höher stieg und die Luft sich erhitzte.

Ich wollte mich nicht bewegen, aber ich musste mich anziehen und in den Schatten. Schwerfällig zog ich mir die Hose hoch und Fallo legte sich den Lendenschurz um.

„Ich glaube nicht, dass ich jetzt noch laufen kann", sagte ich zittrig und es war nur halb als Scherz gemeint.

Wortlos packte Fallo mich, warf mich über seine Schulter und rückte mich darauf zurecht. Dann legte er die Hand auf meinen Po und marschierte auf das Lager zu. Genau wie damals, als wir noch Feinde gewesen waren.

Aber dieses Mal? Dieses Mal wehrte ich mich nicht gegen ihn.

Dieses Mal hatte ich nichts dagegen einzuwenden.

Nicht das Geringste.

NACHWORT

HERZLICHEN DANK, DASS du Chapmans und Fallos Geschichte gelesen hast. Im dritten Buch, Alien-Waise, geht es um die Geschichte des narbenbedeckten Gahns Taliok. Um den Überblick über meine deutschen Veröffentlichungen zu behalten, melde dich gern unter www.ursadaxwriting.com/deutsch[1] für ss deutschsprachigen Newsletter an.

GEFÄHRTINNEN DER SANDMEER-WARLORDS
Buch 1 ALIEN-TYRANN
Buch 2 ALIEN-ERZFEIND
Buch 3 ALIEN-WAISE
Buch 4 ALIEN-VEREHRER
Buch 5 ALIEN-GEÄCHTETER

---

1. https://www.ursadaxwriting.com/bucher-auf-deutsch

Buch 6 ALIEN-KLINGE

ALIEN-ERZFEIND © 2021 Veronica Doran

ursadaxwriter@gmail.com

Übersetzung: Maike Wiegand

Lektorat: Debora Exner

Korrektorat: Tanja Eggerth

Peace Weaver Press Inc.

5-190 Minet's Point Drive, Suite 140, Barrie, ON, Canada, L4N 8J8

ISBN: 978-1-7388449-5-1